三民叢刊 260

臺灣現代詩筆記

張默 著

三民書局印行

建構詩領域的雄偉建築

封德屏

同為編輯也是好友的鍾麗慧，在一篇文章中提到，她喜歡和一些比自己年長的作家交往。除了因為嚮往前輩們的文學成就，感念他們對後輩的提攜、照顧外，他們彼此之間的美好的情誼，更讓人欽羨。這種感覺，我在《文訊》近二十年的編輯工作中，體會的十分深刻。

除了高中開始接觸編輯工作，我從小愛看小說，上了高中後嘗試寫些散文，大學讀中文系，開始接觸古典詩。比較起來，現代詩接觸得最晚。對現代詩的認識，來自大學時一位很會寫信的男友，他酷愛文學，特別是現代詩，送了我幾本余光中、鄭愁予、葉珊的詩集，我生吞活剝，流行於當時文藝青年的一些新詩「名句」，也開始能朗朗上口。

一直到進入《文訊》工作，才真正驚覺到臺灣詩人的活力，以及「詩壇」相較於整個文壇的影響力。這個感覺大部分來自許多的詩人朋友（都是前輩）。《文訊》舉辦活動，他們踴躍出席；編輯約稿，慨然應允；商借資料，毫不吝惜。於是，編輯們大多喜和詩人來往。當然，站在文類均衡發展的觀點，也曾有意努力節制，但到後來也就聽其自然——誰叫詩人們這麼熱情、這麼努力、又這麼有魅力呢？

詩人的這些特色，張默不但兼而有之，更屬其中的靈魂人物。我在漫長的編輯生涯中，除了將編輯視為一種延伸的創造性工作，從中得到成就感外，最珍視的還是與許多作家、學者、專家，建立起的一種相互肯定、尊重、欣賞的情誼，有了這個基礎，在許多方面，透過作者與編輯功能的互補，才有可能造就出最佳的產品。

在編輯《文訊》的記憶中，凡是詩壇狀況、新詩史料，甚至在文章中不能確定的一個書名、人名或出處，我常常打電話請教張默，他幾乎都能立刻給一個確切的答案，縱使不能馬上回答，隔不了一會兒，響起的電話這端，我又再度得到安心滿意的解答，儘管之前你真心的說了好幾遍：「不急！不急！等您有空再幫忙查一下。」

張默不是只講好話的人，只要他發覺《文訊》刊物中有任何不妥、錯誤，或活動安排有不當之處，他立刻就告知，一通電話或一封信，做到真正難能可貴的「諍友」，讓《文訊》在讚美聲中，能有一股鞭策的力量，不斷再求進步。

一九九〇年之後，《文訊》長期累積、整理文學史料的工作，終於獲得政府文化單位肯定，除了日常的雜誌編輯工作，《文訊》連續十年接受文建會委託，承擔《當代文壇大事紀要》、《中華民國作家作品目錄》（新編、續編）、《臺灣文學年鑑》等專案工作，必須長期在故紙舊書堆中搜尋，在耆老前輩的回憶或口述中建檔文學的歷史。每一個專案，張默都以顧問身分參與其中。顧問群中，張默是專案執行編輯最喜愛者之一。往往開完會，在規定時間內，離截稿期限還有一段時日，他就把委託的工作做好了。編輯當然欣喜若狂，別人常要三催四請，他卻超前進度，讓人放一百個心。就算已提前完稿，他總嫌郵政太慢或不安全，電話裡才告訴你他寫完了，沒多久就出現在辦公室，抱著一大疊稿子。編輯們感動之餘，還來不及道謝，他卻只說：「沒事！沒事！你們忙，你們忙。」然後像一陣風掠過，不留身影。

有時某位顧問出了狀況，或是策劃時疏忽了某個該有的檢查機制，既要嚴格把關又不能延擱進度，心急如焚下，我又找到張默。面對實在不合理的期限，他不曾猶疑，也沒有一句怨言，總是說：「我沒有十分把握，我試試看。」然後，在大家企首倚盼的非常期限內，他像一陣春風又悄然出現，總是不負所託，讓人一再感激莫名。

這就是張默。

關於詩的創作、評論，我不是專家。但作為一個長期的欣賞者，仔細閱讀他的詩作，總能感覺到詩人詩心不同時空下的幻化與蛻變。張默有揚帆待發的豪情，也有細膩熨燙的溫柔；有波濤洶湧的感懷，更有東籬南山的哲思。詩如其人，驚喜感動，隨處可見，不經意悄然出現，常使人心有戚戚，泫然欲泣又醺然如醉。

至於編詩刊、編文藝刊物、編詩的工具書，他更是我們這些後輩編輯的典範。編、印、發，包括美術設計，他無一不能。永遠領先的編輯觀念和源源不絕的熱情毅力，更令許多人望塵莫及。之前他編著的《臺灣現代詩編目》，不但是詩領域雄偉的美麗建築，更是嘉惠眾多文學後進研究現代詩的基礎工程，引起兩岸三地文學界的大大的側目。

張默講話簡短快速，所謂「快人快語」，做事更乾脆俐落，給人一種「劍及履及」，說到就一定做到的信任感。待人本就十分謙虛，對後生晚輩，尤其客氣。他在「詩路」上往前快步邁進，說話不多，卻不斷的論述、創作、出版，總是令人又驚又喜，無疑也是啟迪我們後生晚輩「竭盡所能，勿枉今生」，最直接有力的一種身教詮釋。

這也是張默。

這部《臺灣現代詩筆記》，是他近十年來的詩評集。包括卷一的十一篇詩綜論、卷二的李政乃、彩羽、吳望堯、邱平四位詩人專論、卷三的三十九篇詩集、詩作選評，從紀弦、向陽到唐捐，老中青三代皆有。書後並附有跨兩個世紀（一九〇〇～二〇〇二）的「臺灣新詩大事紀要」，可以說是評論與史料並重，亦可見張默展現的創新面貌及灌溉新詩園地持續的努力。

對於這本書，他謙遜地說：「我只定位自己的書是當代新詩的基本資料。」其實，正由於張默經年累月在新詩史料上的用心鑽研，促使他與一般詩的評論者有相當不同的評論方式。他往往在指述或分析詩人作品時，更深入到歷史背景與環境的對應。當然也因此豐富了我們對詩人及其作品的認識、了解。此外，他不厭其煩、不畏細瑣，鋪陳、整理或調查出許多新的史實，更成為論述的基本資料及堅實基礎，使許多論述不至於打高空，變得不著邊際或自言其是。

這還是張默。

細數張默五十年來的經歷——創作、編輯、評論、整理史料……等，無一不是細密綿長、精彩耀目。觀察現代詩壇，甚至整個文壇，都屬鳳毛麟角，難得罕見。

做為一個晚輩、朋友、詩的讀者、編輯同行，或是與作者互動頻繁的編者，張默一直是我尊崇、學習的對象。

相信文壇每多一個張默，那個領域珍貴的文學史料就不致流失，空留缺角一大塊的遺憾；那些過往歲月燦開的美麗花朵，就會有勤奮用心的園丁，以汗、以淚、以血再灌溉，重現更加五彩繽紛的錦簇花團，讓更多世代內心中，能留駐永恆難忘的琉璃光影、撩人香氣，還有那一份真情流露無以言喻的感動。

再記：張默目前所有結集出版的書，我應該是少數不是詩人、詩評家的序言者；行文前，他再三囑咐——千萬不要溢美多譽。謹就個人常年以來之受想行識，記憶所及，據實以告讀者。

卷前說明

一、本書概分四卷，依序編排。

・卷一——收十一篇論述，主題包括從「兩大報新詩獎」談起、五〇年代第一本《詩誌》的誕生、泛談詩人筆名、酒詩知多少、閒話兩岸小詩、以「橋」為素材的觀察筆記、誰來綜理新詩史料等等。

・卷二——收四篇詩人專論，大抵以史實為經，作品為緯，進行客觀中肯的賞讀；他們都是五〇年代崛起的詩壇老將，各具特色。

・卷三——收當下老中青三代某些新詩集的閱讀札記，以及《天下詩選》、《年度詩選》入選詩作之抽樣點評。

・卷四——附錄「臺灣新詩大事紀要」（一九〇〇～二〇〇二），係參閱當代多種文學資料，歷時經年編成，相當清晰周全，可供研究臺灣當代新詩史者的參考。

二、本書各卷收錄文字，大致按性質區分，年月一律採用紀元，文末均註明詳細出處。

三、本書為作者第六部談詩文集，側重論述與史料並重，各文稿均為近十年間完成，如有繆誤之處，敬希方家不吝補充訂正。

臺灣現代詩筆記

目次

卷二：詩人專論

卷三：詩集、詩作選評

3 次目

卷四：附錄

卷一

綜合論述

誦明月之詩，歌窈窕之章

——從「兩大報新詩獎」談起

1

詩，確實是最精緻的藝術。當代所有的新詩期刊、文學雜誌、報紙副刊，近年來大家無不兢兢業業，以發表各種風貌品質精純的詩作為最大鵠的。而被譽為初生之犢的《臺灣詩學》季刊自第十二期（一九九五年九月號）起，又再度開放「詩戰場」專欄，除了強調「是在開創一個可以自在對話的空間」，同時也宣示「一個開闊、活潑的論述空間已經形成」❶。

為此，筆者以為大家不要光看「詩戰場」這幾個字眼相當炫人的表象意義，彷彿彼此捲起

❶ 見《臺灣詩學》季刊第十二期，一九九五年九月號，李瑞騰〈關於「詩戰場」專輯前言〉。

衣袖，磨刀霍霍，惟恐天下不亂，大幹一場；而應更深刻細緻地思考當前各種糾結混沌的詩的課題，以十分理性的態度，鞭辟入裡的論說，踴躍提出各自獨特的創見，為詩壇力謀解救之道。

誠然，近年來臺灣現代詩發展中的現象，可議論者頗多。筆者本文試圖以各種詩的資訊實例，包括對兩大報詩獎的回顧檢討與建議，近兩月各報副刊刊登詩作抽樣調查，《聯合文學》月刊「當代詩」專欄的評述等等，從一點一滴的真憑實據，娓娓探討臺灣現代詩今後可能的動向。

2

時報文學獎，於一九七八年首創，第二年（一九七九）始確立增列「敘事詩獎」，迄今（一九九五）已屆十八載，從最早白靈的〈黑洞〉❷，到今年張善穎的〈晚禱詞〉❸，估計約有七十多位詩人獲獎，其影響層面實在難以形諸筆墨。

七〇年代中後期，《中國時報》「人間」副刊在高信疆的強勢主導下，報導文學風氣大開，而該報「敘事詩獎」之設立，正是和報導文學相唱和。從一九七九～一九八二年共舉辦四屆徵求三百行左右的敘事詩獎，讓當時詩壇眾多年輕好手都投入此一戰場，成果相當豐碩。但自第

❷ 白靈的敘事長詩〈黑洞〉，刊於一九八〇年三月六日《中國時報》「人間」副刊。

❸ 張善穎的〈晚禱詞〉，係時報文學獎第十八屆（一九九五）新詩甄選獎首獎作品。

六屆（一九八三）起，敘事詩獎正式更名為新詩獎，概分為「推荐獎」和「甄選獎」，徵詩長度也從三、四百行降為五、六十行。例如獲得第七屆新詩甄選獎首獎的陳煌作品〈煙灰缸及其他〉❹，係組詩，僅五十九行。可見該報也在逐步調整詩獎徵稿的方向和內容。他們之所以作如此大幅度的調整，可能有鑑過去四年徵選的敘事詩已達頂峰，再不改弦更張，可能品質不保，何況每年應徵的敘事詩多達數百件，以如此龐大的應徵量，其結果雀屏中選的不過三、五篇，其他落選作品，隨之消聲匿跡，殊為可惜。因而從第六屆改徵一般新詩迄今，也屬情非得已的事。

但是於一九八九年五月，九歌出版社刊行的《中華現代文學大系・詩卷》（一九七〇～一九八九），由筆者、白靈、向陽主編。一九九〇年十月書林出版公司刊行的《臺灣新世代詩人大系》，由簡政珍、林燿德主編。上述兩部文學大系，不約而同，俱選入時報歷屆不少獲獎詩作，可見主編人對該詩獎品質之肯定。特列表如後，供大家參閱。

❹ 陳煌的〈煙灰缸及其他〉，發表於一九八四年十月八日《中國時報》「人間」副刊，經收入向明主編的《七十三年詩選》，第一三二～一三六頁，爾雅出版社，一九八五年三月。

時報文學獎新詩獎得獎作品入選兩部「當代文學大系」比較表

詩作題目	作者	詩獎名稱屆次	年月	入選大系名稱	出版者	年月
黑洞（四二三行）	白靈	第二屆敘事詩甄選獎首獎	1979.10	臺灣新世代詩人大系（上冊）見 183～199 頁。	書林出版公司	1990.10
霧社（三四〇行）	向陽	第二屆敘事詩甄選獎優等獎	1979.10	中華現代文學大系・詩卷二 見 992～1003 頁。	九歌出版社	1989.5
最後的王木七（二三七行）	陳黎	第三屆敘事詩甄選獎首獎	1980.10	中華現代文學大系・詩卷二 見 952～961 頁。	九歌出版社	1989.5
懷孕的阿順仔嫂（二七四行）	焦桐	第三屆敘事詩甄選獎優等獎	1980.10	中華現代文學大系・詩卷二 見 1087～1096 頁。	九歌出版社	1989.5
王維的石油化學（二七五行）	渡也	第四屆敘事詩甄選獎佳作	1981.10	臺灣新世代詩人大系（上冊）見 227～235 頁。	書林出版公司	1990.10
建築	陳克華	第六屆新詩甄	1983.10	臺灣新世代詩人大系	書林出版公司	1990.10

（三四四行）		選獎評審獎		（下冊）見666～669頁。		
說書人柳敬亭（四七五行）	羅智成	第九屆新詩推荐獎	1986.10	中華現代文學大系・詩卷二 見971~987頁。	九歌出版社	1989.5
我不會悸動的心（一九四行）	王添源	第九屆新詩甄選獎評審獎	1986.10	中華現代文學大系・詩卷二 見935～941頁。	九歌出版社	1989.5
				臺灣新世代詩人大系（上冊）見349～355頁。	書林出版公司	1990.10
室內設計（二二七行）	陳克華	第九屆新詩甄選獎優等獎	1986.10	中華現代文學大系・詩卷二 見1177～1186頁。	九歌出版社	1989.5
				臺灣新世代詩人大系（下冊）見679～687頁。	書林出版公司	1990.10
今夜，你莫要踏入我的夢境	黃智溶	第十屆新詩甄選獎評審獎	1987.10	中華現代文學大系・詩卷二	九歌出版社	1989.5

（一一二行）				見1067～1071頁。臺灣新世代詩人大系（下冊）見559～572頁。	書林出版公司	1990.10

上表所列十篇獲獎詩作，計選入新世代大系者六首，選入中華大系者七首，其中有三首，重複入選二書。這批詩作，確屬面貌各具、令人動容的佳構，早為一些真正的愛詩人耳熟能詳，筆者暫不詳述。但是由時報敘事詩獎所帶來的另一波創作長詩的高潮，似乎一時難以止息。洛夫的〈血的再版〉、汪啟疆的〈染血的天空〉、白靈的〈圓木〉、杜十三的〈火的語言〉（千行寓言詩）❺……都先後應運而生，這或許是當代詩壇的意外收穫吧。如果有一天，國內某些具有遠大理想的文學出版社，能將這批長詩編輯成《臺灣當代長詩選》（或敘事詩選）出版，誠然是新詩讀者一項莫大的福音。

3

❺ 杜十三長詩〈火的語言〉，初刊《創世紀》第九十四期，第三十三～五十二頁，一九九三年七月出版。後收入《火的語言》詩集，時報文化公司，一九九四年一月。

聯合報文學獎與中國時報文學獎之創設幾乎是同一年，前者創始之初，並未設置新詩獎項，直到一九九一年才正式增列聯合報文學獎附設新詩獎。

該獎一開始即在徵稿啟事中明列徵選五十行以內的短詩，從海內外歷屆得獎者如蘇紹連、謝昭華、方群、于堅、羅葉、鍾鳴、虹影、鴻鴻、陳大為、黃龍杰、吳瑩、蔡富澧、唐捐、陳黎、彭譽之等等，俱為一時之選。其中尤以于堅得獎詩作〈墜落的聲音〉獲得的迴響最大，該詩曾先後入選《八十一年詩選》❻，及《新詩三百首》❼，一九九三年彭譽之以〈存在的重量〉一詩獲時報新詩評審獎，並被選入《八十二年詩選》❽，在次年六月該詩選出版茶會上，曾有一位年輕女詩人當場向主編人質疑，指出本詩是〈墜落的聲音〉的再版，後經筆者和向明等人仔細查對，發現該詩某些意念確有于詩的影子，但不能指認為抄襲。想不到一九九五年聯合報新詩獎彭譽之又以一首〈存在的聲音〉獲得。在同年八月上旬聯副主辦的新詩獎公開評審會上，當場有好幾名詩友指出該詩與〈墜落的聲音〉有若干相近之處，雖然未被本屆決審委員接受，照樣獲獎，足證于詩的魅力迄今不減，兩大報新詩獎所衍生的連鎖效應，誰能預卜，甚至當日

---

❻ 見《八十一年詩選》，向明、張默編，第一一八～一二〇頁，現代詩季刊社，一九九三年六月。

❼ 見《新詩三百首》（下冊），張默、蕭蕭編，第一二二八～一二三一頁，九歌出版社，一九九五年九月。

❽ 見《八十二年詩選》，梅新、鴻鴻編，第二〇一～二〇五頁，現代詩季刊社，一九九四年六月。

主持其事的聯副諸君（如陳義芝、侯吉諒），也徒嘆奈何！

4

其實，兩大報詩獎之受人矚目，主在一旦獲獎，可謂名利雙收，何樂不為。現今兩大報副刊同仁，加上中央副刊、本土副刊、「時代文學」周刊、自由副刊，無不都是詩人掌舵，其中絕大多數曾獲其中一報詩獎，僅此一例，青年詩人之熱中得獎，借以打開知名度，甚至變成媒體的寵兒，也不無可能。

時報新詩獎已行之十七年，聯合報新詩獎則僅有五年，就時間跨度言，其影響程度自然無法並論，但近一、兩年，每逢兩報詩獎揭曉後，無不議論紛紛，其中最大原因是兩報所定的徵獎遊戲規則可能不盡完備。例如：

- 凡獲得詩首獎者，及擔任決審委員者，應明文規定，以後不得再參加同一獎項之角逐。
- 前一年某詩人應聘為時報新詩獎的決審委員，第二年他放下身段，參加該報新詩獎又一舉獲得，如此混淆「決審委員」與「得獎人」的角色，極為不妥，也貶抑詩獎的公平性，更年輕一代的反應尤其強烈，例如韓維君曾在「青年詩人看兩大報詩獎」的座談會上就

侃侃直言：「用詩得獎是一件危險的事。例如：這屆的得獎者是上屆的決選評審？」❾

- 對於類似「彭譽之事件」（姑如此稱之）明顯受某些得獎詩作的影響而完成的作品，連連獲得兩報詩獎，如何杜絕與避免。
- 近幾年兩報詩獎的長短，均以五十行為上限，應註明下限為十行以上，則更具伸縮性。
- 詩劇、散文詩，均可以發展，兩報詩獎似可酌情另訂辦法。
- 兩報含報系所屬刊物，每年均刊登海內外詩人詩作，數量可觀，更可從全年中評出最優詩作，須給推荐詩獎。
- 在評審過程中，兩報均採初、複、決三審制，十分合理，惟詩獎應徵稿件極多，往往好幾百件，初審把關極為重要，應增為五人，聘一年長之前輩優秀詩家擔任召集人，另四

---

❾ 韓維君的話，見《臺灣詩學》季刊第九期，第一二二頁，一九九四年十二月，「青年詩人看兩大報詩獎」座談記錄，參加者為楊平、吳長耀、楊宗翰、丁威仁、劉釋眠、陳大為，方安華、噴泉、方群、戰克傑、吳思飛、阿鏡、韓維君、韋銅雀等十餘人，她所指的就是詩人陳黎，一九九三年他曾應聘擔任時報新詩獎決審委員，一九九四年他以「一天詩作」（陳大為語）應徵該獎而獲獎。

無獨有偶的是，陳黎並未把年輕一代的真話放在心上，一九九四年他應聘擔任聯合報新詩獎決審委員，一九九五年他又如法炮製，應徵聯合報新詩獎而獲獎。

人由報社覓適任之青壯詩人擔任，賦予召集人有最後裁定權，免得好詩落選；複選也應採老、壯、少三人組成，以民主方式通過進入決選之詩作。最後聘請五位著名詩人學者組成決審委員，但從歷年的決審經驗中，往往某一、二決審委員口才極佳者，占很大便宜，不善言詞表達者則屈居下風，在邀約組成的份子上請再三考量。例如今年聯合報新詩獎公開決審會上，詩人商禽係決審委員之一，但獨力難撐巨廈，他所肯定可以獲獎的詩作，最後均被一一封殺，就是一個活生生的例子，難道咱們的「歪公」，欣賞詩的道行真的那麼差嗎？

以上七點，絕非僅是筆者個人的淺見，同時也聽取了若干老友和青年一代的看法，特坦誠彙整提出，供兩報辦理詩獎之參考。

5

國內報紙副刊，多年來對新詩作品的刊載，一直不遺餘力，特將近兩月抽樣調查統計列表如下：

國內報紙副刊一九九五年十、十一月刊登新詩作品抽樣調查統計表

副刊名稱	十月份作者小計	刊出首數	十一月份作者小計	刊出首數	合計	名次
臺時副刊（主編・王家祥）	蕭泰、王墨華、楊念德、莫野、李國彬（組詩）、楊秉欽、蕭秀芳、於非（三首）、曾美玲、尚瑞鳳、陳信正、扶疏、鄧榮坤、離畢華、李進文（三首）、朱問天、方路（三首）、陳瑞山、張士太、林白、莊崧冽。（二十一家）	27	廖祖堯、天平（組詩）、謝政芳、蘇河（組詩）、李俊東、紀明宗、蔡秀菊、江安燃、鄭焱琮、蘇文彥、陳盈志、潘煊、林沈默、張遠謀、江野、鍾順文、吳錫和、胡榮基、羅明河、林岳、孫梓評、劉菊英、張詩、白稜、吳音寧、林麗秋。（二十六家）	26	53	1
人間副刊（主編・楊澤）	羅任玲、方思、詹澈、張善穎、羅葉、林燿德、簡政珍、許悔之、林沈默、楊靜文、謝錦德、謝馨（二首）、余光中（二首）、侯吉諒、古添洪。（十五家）	17	劉少雄（二首）、袁則難、路寒袖、平川、隱地（二首）、梅新、鴻鴻、張錯、張默、洛夫（二首）、詹澈、余光中、張善穎、劉俊、徐望雲、林沈默、須文蔚、許悔之、朵思、陳煌、非馬（二首）。（二	26	43	2

			十一家）			
聯合副刊（主編・瘂弦）	蓉子、戴天（組詩）、梅新、梁榮宗、張錯、隱地、綠蒂、非馬（二首）、楊牧（四首）、紀弦、余光中、陳家帶（二首）、施俊州。（十三家）	18	陳慧樺、朵思、周夢蝶、汪啟疆（二首）、許悔之、向明、紀弦、顏艾琳、蘇紹連（二首）、陳黎、劉叔慧、莊柏林、夏菁、吳垠、雁翼。（十五家）	17	35	3
本土副刊（主編・沈花末）	扶疏（三首）、紫軒、楊平、謝奇峰、田運良（二首）、林廣、王卦怠、林中、何光明（二首）、鍾順文、栞川、朵思（二首）、林豐明、莊柏林。（十四家）	19	王卦怠、李俊東、白家華、扶疏、楊念德、杜潘芳格、田運良（二首）、何光明（二首）、鍾順文、介嵐、栞川、方群。（十二家）	14	33	4
青年副刊（主編・李宜涯）	紀明宗、碧果（三首）、丁威仁（四首）、董克勤、羅明河、王凱、謝輝煌、平川（三首）、茹建中。（九家）	15	丁威仁、張默、方群（二首）、鄧榮坤、辛金順（三首）、蔡富澧（二首）、吳錫和（組詩）、碧果（二首）、方鴻明、謝輝煌、楊華康（二首）。（十一家）	17	32	5
自由副刊	方群、林燿德（三首）、蘇紹	16	莊柏林（二首）、田運良、張	9	25	6

（主編・許悔之）	連、平川、劉孟晉、簡政珍、鴻鴻、何光明、顏艾琳、鄭于飛、李魁賢、楊平、黃梁、劉瑛娟。（十四家）		錯、林燿德（二首）、劉孟晉、蘇紹連、劉叔慧。（七家）			
西子灣副刊（主編・鄭春鴻）	究音、潘弘輝、彭選賢、紀明宗、謝錦德。（五家）	5	吳錫和（二首）、潘弘輝（三首）、黃樹根（二首）、吳夏暉、黃暐勝、彭選賢、何光明、鍾順文、扶疏、林姿伶、離畢華、張默。（十二家）	16	21	7
中華副刊（主編・應平書）	吳錫和（三首）、鍾順文、簡政珍、蕭蕭、羅明河、扶桑、隱地、胡品清、林煥彰。（九家）	12	林煥彰、張錯、楊平、張默、張菱舲、棕色果、鍾順文、鐵匠。（八家）	8	20	8
中央副刊（主編・梅新）	張效愚、黃伯飛。（二家）	2	蘇津平、張錯。（二家）	2	4	9

從上表讀者可以清晰看出各副刊的詩作者群，可說老、中、青三代並列，各有所本。就數量言，臺時副刊兩個月刊出五十三首數量可觀，排名榜首；中央副刊僅出現四篇，大意失荊州，

不幸吊車尾，十分可惜。

當然，副刊登詩數量的眾多，並不代表品質一定精純，但如果全月只刊出一、二首，硬要說它質地如何優異，那也難以自圓其說。依據筆者讀詩的經驗，每一副刊，每周選用三到五首詩作，其量可謂適中矣。

就各報副刊整體選稿的取向言，「人間」、「聯副」的包容性較強，有水準以上的展示，但也有少許的人情債；「時代文學」周刊近兩個月先後刊出紀小樣、朵思、侯吉諒、楊小濱、非馬等人的詩八首，差強人意，因該刊性質是副刊中的周刊，無法排名，不便列入調查表內；自由副刊在許悔之的規劃下，選刊一些精純的小詩，開闢另一思考的空間；臺時副刊設計的「每天收藏一首詩」，用意頗佳，但所刊詩作，水準不齊，甚為可惜；「本土」副刊強調生活與現實的結合，版面設計新穎，以沈花末的才具，選詩不妨再精鍊些；另如「西子灣」、「華副」、「青副」，都已注意新秀的培育，詩質的提升有待努力；惟獨老編梅新，該加加油吧，以他對文學、對詩的真誠，「中副」詩作要領副刊之風騷，並非無望，就看他正在下的這盤棋怎樣走了。

《臺灣詩學》季刊許久就曾揚言要對各報副刊的詩進行密集的定期鑑評，但是只聽樓聲響，這一回筆者先開個頭，以統計數據為主軸，希望該刊早日為副刊的詩「開講」。

一九九二年敗部復活的「年度詩選」，又告誕生。而副刊詩作也為「年度詩選」必備的材料之一。下面再列一表，更可看出近三年「年度詩選」與副刊的親密關係。

各報副刊刊載詩作入選近三年「年度詩選」一覽表

刊名	八十一年詩選入選作者詩篇小計	八十二年詩選入選作者詩篇小計	八十三年詩選入選作者詩篇小計	合計首數	名次
聯合副刊	向明、梅新、于堅、陳義芝、周策縱、白靈、渡也、周夢蝶。（八家、十首）	陳黎、陳義芝、梅新、余光中、紀弦、張士甫、楊小濱、陳家帶、吳英女、黃龍杰、吳瑩。（十一家、十一首）	蘇紹連、梅新、余光中、渡也、管管、尹玲、許悔之、向明、杜十三、隱地、敻虹、白靈、張默、唐捐、碧果、辛鬱。（十六家、十九首）	40	1
人間副刊	余光中、辛鬱、向明、葉維廉、瓦歷斯・尤幹、侯吉諒、鄭愁予。（七家、八首）	鄭愁予、陳黎、洛夫、杜十三、許悔之、木心、楊澤、辛鬱、謝馨、曾淑美、蘇紹連、孫維民、管管、鴻鴻、彭譽之、楊牧、向明。（十七家、十七首）	蘇紹連、渡也、路寒袖、侯吉諒、羅任玲、馮青、隱地、張默、陳黎、簡政珍。（十家、十首）	35	2
中央副刊	紀弦、大荒。（二家、二	鄭愁予、零雨、陳東東、	梅新。（一家、一首）	7	3

	首）	商禽。（四家、四首）			
時代文學周刊	李湘茹、陳黎。（二家、二首）	羅智成、朵思。（二家、二首）	羅智成、許悔之。（二家、二首）	6	4
本土副刊	向陽。（一家、一首）	路寒袖。（一家、一首）	吳晟、羅門、李魁賢。（三家、三首）	5	5
中華副刊	余光中、鍾順文、孫維民。（三家、三首）		游喚。（一家、一首）	4	6
西子灣副刊	彭選賢、辛玠。（二家、二首）			2	7
青年副刊		向明。（一家、一首）		1	8
臺時副刊		平川。（一家、一首）		1	8
自由副刊	彭選賢。（一家、一首）			1	8

雖然，就上表而論，「聯副」、「人間」入選「年度詩選」的量，遠遠超過其他副刊，筆者相信事在人為，只要各主編人力爭上游，大量選刊好詩，說不定後三年的情況就不一樣了。本文無法涉獵評介所有入選詩作之良莠，請有心的批評家去挖掘吧！

6

文藝期刊在六〇年代、七〇年代確曾風起雲湧，為當代臺灣文學鼓吹吶喊，令人矚目；但時至今日，其影響力確實日漸式微，目前除《聯合文學》、《中外文學》、《文學臺灣》、《幼獅文藝》、《臺灣文藝》繼續發刊外，但細究各期刊刊載新詩的量均不甚理想，一九九五年全年值得提出者，惟《聯合文學》策劃的卷前「當代詩」專欄而已，特列評述簡表如下。

一九九五年聯合文學月刊「當代詩」專欄概要評述簡表

月份	期別	作者	詩作題目	內容	概要評述
1	123	斯人	康橋百行	全詩概分五節，每節二十行，以英倫康橋為主軸。	鑑於先賢〈再別康橋〉的家喻戶曉，是以斯人在寫作本詩時，乃致力規劃與經營，無論用詞遣句，感覺排鋪，結構佈建，無不期其水到渠成。全詩從盛夏初旅始，到落葉時分揮手終，或如結句所示：「花冠屬你、棘心屬我」，人生的際遇誰能逆料，頗有盛筵難再的唏噓！

		岩上	八行詩三首	三首詩分別是：〈鐘〉、〈傘〉、〈藤〉。	岩上專攻八行體已經多年，三詩各有所指，在虛與實之間巡弋，令人玄想而又踏實。
2	124	林燿德	不要驚動，不要喚醒我所親愛	全詩區分七節，凡八十五行，是一首純美的情詩。	愛與性是抒寫不盡的。作者從陽臺、客廳、浴室、臥房……，每一場景都有十分精湛細膩燦爛的演出，豈只是不要驚動，不要喚醒而已。
3	125	梅新	六〇年代雙城街的黃昏	係組詩，區分五景，是對逝去歲月的追索。	五幅小小的風景，在讀者的心中矗立，它是真實的，也是流動的，敲打三十年前那個單調、刻板、平靜的黃昏。
		渡也	渡也詩二首	二首詩分別是：〈歷史〉、〈門〉。	「歷史」，永遠沉落在黑暗之中，人類還有救嗎？人世間的「門」，一道復一道，誰能走得完，最後鐵定是幽幽冥冥，空空洞洞。
4	126	夏宇	你是霧，我是酒館——夏宇作品（上）	係作者旅法最新詩作，從〈耳鳴〉到〈紫色地下〉共三十二頁。	夏宇在卷前自述中說，讀她的詩，不妨「逆毛撫摸」；羅智成則詮釋她的詩：「拼貼的意象，並置的語法，自由聯想的驚人表現，單純樂

					趣的嘲弄。」準此而觀夏宇的詩，大概可以進入她超後現代迷思的情境中。
5	127	夏　宇	你是霧，我是酒館——夏宇作品（下）	從〈醒來〉到〈擁抱〉共十五首。	同右。
6	128	鴻　鴻	時間與房間的小書	全詩區分五個子題，凡七十七行，其創作動力來自德國戲劇文學家玻透・胥拓思(Botho Strauss)〈時間與房間〉的劇作。	本詩充滿戲劇性的幽默與動作，如〈陌生的男子〉的東張西望，〈兩張椅子〉的奇思、以及〈福爾摩斯〉的謊語，這些那些，它是否就是時間與房間不斷變換場景的實例。
7	129	陳義芝	身體詩六首	全詩概分「觀音、啊、政治事件、房車、瓶花、野馬」，凡八十七行。	身體詩是陳義芝近年致力經營的素材。「身體」，它不僅指個人的實體，也泛指人間的一切。旁及政治事件、房車、瓶花和野馬，不論動靜盈虧虛實，它都蘊含在詩人飽滿奇詭的玄思中，令人繾綣。
8	130	羅　葉	我們的聯繫	全詩概分「電話、呼	作者所抒寫的全是日常生活所不能

				叫器、傳真情書、聖誕明信片、絕交信」，凡一○六行。	或缺的器物，想像超脫新穎，語氣俏皮悠忽，全詩充滿炙人的意象。
9	131	張　默	遠近高低各不同	本詩援借古人詩句，以「遠、近、高、低、各、不同」共寫六題，凡九十七行。	本詩內在氣勢飽滿，外在節奏明快，隨意揮灑，戲味十足，在老頑童的快意中，愈可發現他澄明的生活哲學，詩的思想性飛揚其間，遠有遠的思慮，近有近的情事，高有高的寫法，低有低的設計，充分呈現他內斂的定靜之美。（蕭蕭執筆）
10	132	陳東東	秋歌五首	本詩以秋為主題，凡一三五行。	秋的感覺在作者的筆下既單純又複雜，他抒寫的是異國的秋嗎？海波中月光下的秋嗎？長河流盡，崇山帶雪的秋嗎？其中某些語句充滿不確定性，或許更耐人思索。
12	134	汪啟疆	生活冊	全詩概分「男人的骨骼屬性、觀景一二、砍伐、走入一張照片、晨安竹屋、飆族速	近年來汪啟疆於軍務倥傯之餘，又重拾詩筆，頗有收穫。本詩不乏佳篇，如〈男人骨骼〉的英挺，〈砍伐〉的犀利，〈一張照片〉的淒惻，以及

				記」，共八十八行。	〈飆族速記〉的超高速想像，在在令人心驚。

近年來，《聯合文學》在初安民的綜理下，頗有收穫，特別是該刊在卷前設計選刊的「當代詩」，每月由一或二位詩人執筆，取稿謹嚴，版面優雅，讓讀者一開卷即隱隱聞到現代詩的芳香，以最少的篇幅，收到相當驚心的效果，的確是畫龍點睛的一筆。上表已對各詩概要評述，拙詩則請蕭蕭為之按語。該刊四、五月號以大篇幅登出夏宇新作四十七首，堪稱罕見的壯舉，其餘瑣事就不再嘵嘵了（又十一月號因出刊「張愛玲特輯」，故「當代詩」暫停一次）。

7

本文的目的，著重在以現有最新的數據資料說話，不論是兩大報詩獎、副刊登詩比重、文學期刊詩欄、各種詩大系選集，理當以挖掘精選優異的詩作為職志，筆者深切希望臺灣現代詩人更應向前邁開大步，開拓更新更好更壯闊更深邃的創作空間。宋代大詩人蘇東坡的名句：「誦明月之詩，歌窈窕之章」❿，或許就是我們今後共同的期許。

❿ 引蘇軾〈前赤壁賦〉的文句。

末了，我再把前面的話濃縮成以下的結語。

一、請兩大報傾全力把新詩獎辦得更好，發掘更優異的年輕的一代，而不使它繼續淪為少數人的「囊中物」。

二、請各報副刊致力選刊好詩，培育更年輕的詩選手。

三、請當代所有文學期刊，精心策劃各種具有創意的詩特輯，大力推動評鑑當代新詩人的佳作。

四、二十世紀臺灣新詩史，應該由咱們當代富遠見、具宏觀的詩評論家去共同擔綱完成。

附記：本文引用報紙副刊、文學雜誌、大系詩選等很多資料，幸得《文訊》月刊總編輯封德屏、主編高惠琳之協助，特此誌謝；又季季編的《時報文學獎史料索引》（一九七八～一九八九），也極有參考價值。如文內統計數字傳抄有誤，容他日改正。

——一九九五年十二月十三日脫稿於無塵居

——原刊《臺灣詩學》第十三期，一九九五年十二月

特別說明：

一、本文發表於七年前，對當年兩大報詩獎及某些報紙、文學期刊刊載新詩的統計資料，作出個人特

具的觀察心得，希望為撰寫臺灣新詩史的學者，提供一些多元確鑿的見證。

二、時報文學獎、聯合報文學獎，行之有年，各設有新詩獎，但徵獎內容規格均有變動，如時報早已不辦敘事長詩之徵選，而改以五十行以內的短詩；聯合報詩獎一開始即以短詩為標的。

三、兩大報新詩獎自舉辦以來，一直是海內外中壯輩及青年詩人競相角逐期能獲獎的對象。

——二〇〇二年十一月十二日補記

語近情遙話小詩

——為「兩岸詩學交流研討會」而寫

一首小詩，是一個玲瓏剔透的宇宙，
一首小詩，是一片茂林修竹的風景；
一首小詩，是一幅氣韻生動的素描，
一首小詩，是一抹隱隱約約的水聲。

在中國現代文學的領域裡，小詩自胡適之創導白話文運動初期，即已有人嘗試，冰心的〈春水〉、〈繁星〉，頗為當時的詩讀者所喜好。這批小詩每首約在二到八行之間，由於體積短小、語意清新，甚合讀者胃口。譬如〈春水〉之四，可為例證：

蘆荻，
　只伴著這黃波浪嗎？
　趁風兒飛到江南去吧！

短短三行，作者借「蘆荻」寄意，詩思流溢於字裡行間，隨著黃波浪飛向江南水鄉，該是何等的飄逸，引人玄思。

之後，小詩歷經一些前輩詩人不斷的墾拓實驗與耕耘，從而題材更加開闊，技巧日漸純熟，語言愈為嚴密，意象益發繽紛。……茲舉數例如下：

　我思想，故我是蝴蝶……
　萬年後小花的輕呼，
　透過無夢無醒的雲霧，
　來震撼我斑斕的彩翼。
　　　——戴望舒〈我思想〉，一九三七年

　我是個無能的風景畫家：

山水之間最怕點染人物。
人物？
白雲深處如何勾出老人髮白？

——羅大岡〈骨灰〉十四，一九三八年

在長白山一帶的地方，
中國的高粱
正在血裡生長。
大風沙裡
一個義勇軍
騎馬走過他的家鄉，
他回來：
　敵人的頭，
　掛在鐵槍上！

——田間〈義勇軍〉，一九三八年

以上三例，各有所指，作者無論構思、運筆、佈局，顯然頗費苦心。〈我思想〉確然是戴望舒詩思靈光之一閃，以人喻物，以物入景，以景造境，企圖達到「人我一如、物我一如」之境界。羅大岡的〈骨灰〉，是他留學里昂中法大學時的少作，里昂一度被德國納粹侵略軍占領時摧毀，所幸這批小詩仍帶在身邊，可說是劫後餘燼，是故總題為「骨灰」，原詩由二十首四行體組成。本文所錄第十四首，可見其寫作態度之嚴謹，詩中的「風景畫家」何所指，也許是作者自喻，更多的可能是假設，作者當時是二十多歲的翩翩青年，他如何能從白雲深處勾勒出將來自己的髮白？而一首小詩的餘韻，也就在這一聲輕呼「老人髮白」的結語中完成。田間的〈義勇軍〉的寫作年代，正值抗戰初期，他以簡潔清明的語言、堅定有力的口氣，燦然描繪一個義勇軍的身姿，其實那也是整個中華民族男兒全心投入對日抗戰的血誓。本詩看似平白，且在一、三、六、九句末字落了韻腳，實則作者從平淡中更凝聚了詩的口語的效用。如「中國的高粱，正在血裡生長」，這兩句是多麼鮮明有力，而結尾的大白話，更令人過癮叫絕。

依據筆者平日讀詩的經驗，小詩給予人的直接印象比較強烈，回顧一九四九年以後在臺灣發表的小詩亦屬可觀，茲抽樣列舉各時期八首佳作如下：

例一：鍾鼎文的〈腳〉（人體素描之五）

是誰，最先舉起前面的兩隻腳，
在黑暗中，向繁星祈禱？

從此我們只剩下後面的兩隻腳，
再不能同狗和兔子賽跑。

例二：楊喚的〈黃昏〉（詩的噴泉之一）

壁上的米勒的晚鐘被我的沉默敲響了，
騎驢到耶路撒冷去的聖者還沒有回來。

不要理會那盞燈的狡猾的眼色，
請告訴我：是誰燃起第一根火柴？

例三：林亨泰的〈國畫〉

在故事的草叢裡
古人們的蛋
孵化了

大霧中
（葡萄酒味極濃）
山河也都醉
留著鬍子
握著手杖的
仍然嚼著泡泡糖……

例四：瘂弦的〈婦人〉

那婦人
背後晃動著佛羅稜斯的街道
肖像般的走來了
如果我吻一吻她
拉菲爾的油畫顏料一定會黏在
我異鄉的髭上的

例五：朵思的〈暗房〉

不要讓光漏進來
不要讓光擾亂暗房秩序

這裡要洗出不管你接不接受的鏡頭
這裡要說山路彎曲或筆直的甜言蜜語

例六：渡也的〈雨中的電話亭〉

突然

以思想擊響閃電的
鮮血淋漓的玫瑰啊

凋萎

例七：白靈的〈鐘擺〉

左滴右答，多麼狹小啊這時間的夾角

游入是生，游出是死
滴，精神才黎明，答，肉體已黃昏
滴是過去，答是未來
滴答的隙縫無數個現在排隊正穿越

例八：羅任玲的〈盲腸〉
古道後面一條
小小盲腸
風起時
隱隱作痛
一截潰瘍的
鄉愁

從上述八例不難看出臺灣現代詩的生長軌跡，與夫每位詩人所期望達成的創作的目的。這個目的就是希冀一舉直逼讀者的靈視，而讓讀它的人在那一剎那徜徉在純詩的氛圍中。

一首小詩，如何能經得起讀者一而再再而三抵抗性的閱讀，確實是創作者的一大難題。筆者以為一首小詩應該是「思、情、趣」三者的複合體，如何使這三者水乳交融，天衣無縫，作者除了辛勤耕耘，努力經營獨特的語法，融鑄各種詩的技巧之外，似乎別無他途。

現在我們回過頭來咀嚼一下以上的詩作。

〈腳〉在鍾鼎文的筆下，顯得多麼瀟灑、無奈而又充滿智慧。作者以前後對照的兩面寫法，頗具超現實的想像，你能感受「向繁星祈禱」和「同狗兔賽跑」的不同興味嗎？

楊喚的〈黃昏〉一開始以沉默敲響牆上懸掛的米勒的名畫〈晚鐘〉，實屬神來之筆。第二段以「燈」作引子，更加令人感受黃昏的稍縱即逝，接著以誰燃起第一根火柴為結語，這個疑問句不落俗套且具畫龍點睛之效。

讀林亨泰的〈國畫〉，彷彿進入一個峰迴路轉的極短篇。第一節「古人們的蛋孵化了」這個意象之摘取，令人眼界大開，我想這應該是一幅大型的山水畫。第二節極富人情味，從畫中的雲霧，想到葡萄酒、想到故國山河的醉，給予讀者很大的想像空間。第三節充滿諸多調侃的意味，是作者自況，一面嚼著泡泡糖一面在欣賞，還是另有所指。如果說〈國畫〉是一幅畫中之畫、一首詩中之詩，亦無不可。

瘂弦的〈婦人〉，可能是作者觀賞一幅西畫有感而作，顯然他與林亨泰的創作觀大異其趣，他的超現實詩趣極濃，首節的場景大約出自畫面，由於印象派畫作中的婦人，大都皮膚白皙體態豐盈，因此作者有了想吻一吻她的念頭，末句「……顏料一定會黏在我異鄉的髭上」，極具嘲弄意味，令人莞爾。

朵思的〈暗房〉，看似單刀直入，實則是虛實相生，從清明委婉的語意中，使人感受到作者智慧與玄思淒然之一閃。渡也的〈雨中的電話亭〉，有意象派的理念與手法，描繪作者面對一具紅色電話亭在雨中一剎那的景象，真摯、確鑿、犀利，令人動容。白靈的〈鐘擺〉，以滴答之聲貫穿全篇，借現代寓未來，語意鮮活，觀照深刻，確屬小詩中的佳構。而〈盲腸〉在羅任玲的筆下會展現怎樣的一種風采呢？一開始的「古道」，令人好奇，接著聽她娓娓道來，「風起時，隱隱作痛」，最後是主題「鄉愁」出現，盲腸隨時可以割掉，而鄉愁則是跟你一輩子，本詩建構得宜，意象貼切，達到語近情遙的佳境。

自兩岸於一九八八年開放後，大陸新詩也逐漸大量在臺灣登堂入室。七、八年來，筆者也搜集不少大陸新詩個集與選本。其中不乏品質精純的小詩，以下特抽樣選錄近期佳作七首，俾供愛詩人參閱。

例一：孔孚的〈巨顱〉

三百萬年滴落
前額冷冽如故

心思漠漠
聽腳步走過

例二：昌耀的〈斯人〉

靜極——誰在嘆噓？
密西西比河此刻風雨，在那邊攀援而走。
地球這壁，一人無語獨坐。

例三：傅天琳的〈船〉

船的最大樂趣
是將人群分成各種艙位

船最怕岸

船的小名叫河
船的大名叫海

例四：嚴力的〈根〉

我希望旅遊全世界
我正在旅遊全世界
我已經旅遊了全世界

全世界的每一天都認識我的旅遊鞋
但把我的腳從旅遊鞋往外挖掘的
只能是故鄉的拖鞋

例五：楊煉的〈瞬間〉

這一刻，世界並不存在
你問，看那遠處
大海為什麼晃動著陰影

我無法回答你，我不知道
那月光鋪成的道路盡頭
是什麼在等待我們
那海和天空之間，星星消失的地方
連時間也沒有確切的命運

例六：李岩的〈黃昏的隱者〉

假如一萬年以後
地球——這宇宙的玩具還沒有損壞
就仍有不知名的隱者坐在松下的石上
聽明月的水流緩緩上升

把季節裝在杯子裡，啜飲

例七：小宛的〈瀑布〉

倆人對坐

有一條河水
從心的這一頭
流向那一頭
不料，有一人絕情而去
那慢慢循環的河
忽然頓住
然後直奔斷崖
一瀉千尺

上述七首大陸詩人的小詩，無論對素材之揀取、語言的創新、意象之塑造、情感的推演，均有其各自獨特的風貌，值得臺灣從事新詩創作者和評論者的關注。孔孚的「山水詩」在當代頗有好評，這首〈巨顱〉寫的是帕米爾高原的某一景觀，用語簡潔，觀察入微，可以細品。昌耀的〈斯人〉，短短三行，捕捉一種極其孤絕的個人某一時刻內心的風景，令人躍動。傅天琳的〈船〉，著墨詮釋人與自然的界限，語言平白，意蘊無窮。嚴力的〈根〉，發抒以及挖掘客居異域的情懷，但故鄉永遠是自己心靈的母親。楊煉的〈瞬間〉，有以小寓大，以短暫寓永恆的深意，也有一種莫可名狀的無奈，對歲月的無奈，對生命的無奈。李岩的〈黃昏的隱者〉，隱喻人生某些哲理的片斷，對宇宙作無常的觀照，「把季節裝在杯子裡，啜飲」，何其俏皮幽默。小宛的〈瀑布〉，以倆人對坐方式展開抒情的對話，最後高潮湧現，一瀉千尺，詩作於焉完成。

「小詩」以小得名，在行數上似應有較嚴格的限制。然而當代詩人或詩評人，對小詩的行數則寬嚴不一，譬如李瑞騰主張二十行以內均屬小詩，羅青則表示以律詩的雙倍（十六行）為準，洛夫、大荒、向陽相繼創作十行詩，雖然他們未曾指出以十行為小詩的上限，但從他們熱愛十行體，隱約可以透現其意圖，向明則以絕句乘以二（八行）為小詩最理想的規格，白靈全力寫作五行詩，張健一度鍾情於四行的靈巧，晚近陳黎、杜十三、沈志方等熱中三行俳句的創作，究竟小詩應否有行數的上限，當代詩評人似宜以脈絡分明的理論，早日為小詩下一個最清晰最具體最完美的定義。

小詩由於體積短小，在語言上，應力求精省，盡量講求密度與純度，一舉擊中表現的焦點；在意象上，應力求突兀、轉折、千變萬化，從而臻至「抒情的出神狀態」；在感覺上，應力求舒愉暢達、縱橫跳躍，讓讀者於不知不覺中進入詩的美麗的核心；在節奏上，應力求抑揚諧和，甚至譜出天籟之音，散發一首小詩特別精緻的光環。

總之，現代小詩是一條相當長遠而又寬闊無比的道路，它的礦源更是取之不盡用之不竭，希望兩岸詩人今後採取各種角度，運用各種方法，使其具有多種面貌、出類拔萃的小詩，得以在客觀犀利的鑑評下長遠流傳，真正為當代中國小詩創造一種「橫看成嶺側成峰」的新景。

附記：一九八七年五月，筆者編著的《小詩選讀》，由爾雅出版社刊行，計選從覃子豪到陳斐雯等六十八首佳作。本文所引詩例凡在《小詩選讀》中出現過的作品，一律未再引用，特此說明。

——一九九五年一月九日脫稿於內湖

詩：穿越虛與實之間

——《一九九六臺灣文學年鑑》詩選目導言

一九九六年的詩作發表、詩集出版和詩的活動，如以數據為證，應可說是相當的穩健與耀眼。

檢視全年報紙副刊、文藝期刊、同仁詩刊計三十餘種，發表詩創作的總量約在五千首左右，而出版的個人詩集單行本也有五十餘種，另有詩選及詩評集約十種。果真臺灣新詩就是在這樣的情況下茁壯起來的，或者說今天的讀書界「不讀新詩已經沒有藉口」了。而那一冊冊五花八門的新詩出版品，莫非就是最有力的見證。

一九九六年一月，首先為詩運揭開一個令人心驚的序幕，當推《中外文學》月刊第二八四期精心策劃的「詩專號」。展出當代臺灣十二位中堅詩人（李敏勇、羅青、鄭炯明、杜十三、簡政珍、白靈、陳義芝、王添源、陳黎、詹澈、向陽、羅智成），十二位精銳詩人（焦桐、侯吉諒、路寒袖、零雨、瓦歷斯・諾幹、陳克華、林燿德、黎煥雄、謝昭華、鴻鴻、羅葉、許悔之）的新作。編者在卷前的〈弁言〉中說明「……希望提供給一般讀者一個燦爛的文藝花園，給比較嚴肅的讀者一個具有代表意義的臺灣當代詩的橫切面，給目前十分積極和不太積極從事創作的詩人一個動筆和相互觀摩的契機」。

綜覽這批新作，大都有水準以上的演出。其中以杜十三的〈新世界的零件〉、陳義芝的〈草房〉、向陽的〈日的文本及其左右上下〉、路寒袖的〈祖母之歌〉、瓦歷斯・諾幹的〈回部落囉〉、林燿德的〈馬桶〉（長詩），不僅詩思技巧別具，且在在突顯、開創新的精神領域，值得愛詩人細品。

其次，《現代詩》第二十七期（一九九六年七月）出刊的「九〇年代女性詩專號」。計有零雨、曾淑美、夏宇、唐亞平、翟永明、虹影、小君、陸憶敏、邱琲鈞、陳宛茜、顏艾琳、黃靖雅、廖之韻、王渝、辛虹、張耳等三十一家的詩作，輔以對談評介，是一項十分新穎而脫俗的設計。其中臺灣女詩人零雨的〈鐵道連作〉、曾淑美的〈記憶〉、鍾怡雯的〈河宴〉（組詩）、顏艾琳的〈孤獨城堡〉、陳宛茜的〈在房間建造一座城市〉……其獨特敏銳的觀察力，不容輕估。而編者在「卷首語」中的提示：「無論如何，女性詩並不是同男性詩對立而存在的。那麼，它是對男性詩的挑戰還是誘惑（抑或二者兼而有之）？」確實令人玩味。

其三，《創世紀》第一〇九期（一九九六年十二月）製作的「臺灣大專校園詩專輯」。計刊出參商（清華大學）、莫札邦（輔仁大學）、思諾（師範大學）、袁中翠（靜宜大學）、張永豪（中山大學）、夏閑月（中央大學）、陳孝慧（長庚醫學院）、吳東晟（彰化師大）、廖之韻（臺灣大學）、丁妮（淡江大學）、紀少陵（東海大學中文研究所）……等三十位同學帶有強烈實驗性的詩作。另有四篇率真而各具創見的導言：

- 須文蔚、劉家齊／臺灣新世代詩人的處境
- 丁威仁／「影響」與「認同」
- 楊宗翰／頑硬齒牙間某些泥軟的聲音
- 邱稚亘／拒絕標籤的詩人

茲引述其中部分的意見如下：

「臺灣新世代詩人可以說處於羅生門的處境中，陷於正負二極的評價裡。……文學研究者對於新世代的觀察，往往是自行主觀建構，自然會產生許多迷思。」（須文蔚、劉家齊）

「『多元』思考應取代二元『思考』，而『複製』也應該被揚棄。」（丁威仁）

「我愛詩，而不是愛詩社；愛文學，而不是愛文壇。」（楊宗翰）

「我懷疑，一連串詩壇『尋找接班人』的舉動，其中有多少成分只是老詩人們害怕光榮不再，詩人光圈無法繼續延續心態下的產物。」（邱稚亘）

以上雖只是大專校園詩人從某些角度出發、一鱗半爪的見解，畢竟他們是臺灣新詩界未來的主人，讀者自不應等閒視之。

其四，《臺灣詩學》季刊第十六期（一九九六年九月）策劃主編的「情詩大展」，計刊出吳建廣、葉蕙芳、吳承澤、葉紅、韶翎、夐虹、尹玲、曾智偉、薛莉等三十六家的詩作，各家均有所本，其對「情」的切入與綻放，頗有「橫看成嶺側成峰」的感覺。

本期最引人矚目的話題，是「情詩大賽作品再檢驗調查表」的製作。緣起是對《中國時報》「人間」副刊於上半年與法國Lancôme蘭蔻化妝品公司合辦名為「詩情愛意」的情詩徵文比賽，徵三十行以內的情詩，獎金十分優厚，第一名二十五萬元，第二名十萬元，第三名五萬元，佳作十四名，每名五千元。參選作品共一六七九件，打破歷年參賽記錄。初審入圍作品四十件，決審由鄭愁予、夐虹、蔣勳擔任。得獎名單於六月二十日公佈，尤其是第一名，引起詩壇大譁。

《臺灣詩學》自許要「監督」臺灣各項詩獎，於是製作調查表，致函當代二十多位知名詩人，請其為得獎詩作重新檢驗。參與此次諮詢的詩人是：大荒、王添源、尹玲、向明、余光中、辛鬱、杜十三、朵思、孟樊、徐望雲、黃粱、葉紅、張健、趙衛民、楊宗翰、楊平、顏艾琳、蘇紹連、羅門、蕭蕭。讀者是王曉菊、陳宜萱、陳若白、琉璃子、張淑華、薛万威。詩人與讀者給該項詩獎的評分如下：

原第一名李宗榮／〈如果飛魚躍出〉　總分七十四分

原第二名羅葉／〈攝影師的戀人〉　總分八十六．三分

原第三名劉富士／〈春天，早起的天門冬和妳〉　總分六十八．二分

根據是項再檢驗再評定的結果：原第二名的羅葉應獲首獎。原佳作的林福岳／〈野百合與大提琴〉，得八十一分，應晉升為第二名。原佳作的李進文／〈削蘋果的方式〉，得七十八分，應晉升為第三名。而原第一名的李宗榮和第三名的劉富士，則應降級為佳作。

這樣的結果與「人間」副刊聘請的三位決審的看法的確差異極大，孰是孰非，筆者不願作主觀的界定，不過本特輯李瑞騰的前言，似可參考。他說：

「這一回，我們不只是寫情詩，而且要檢驗情詩——那是一場情詩比賽的得獎之作。情詩

要有情，情要可知可感；詩要寫得好，好要說得出來。……而我們要讓更多人說說看……。」

其五，《笠》雙月刊，一向對當代新詩史料相當重視，第一九二期（一九九六年四月），陳千武編製的〈林修二（一九一一—一九四四）遺稿選集《蒼星》作品目錄〉，至為完備。林修二於一九三三年參加「風車詩社」，其《蒼星》遺稿由日籍妻子原妙子於一九八〇年編輯出版，後經陳千武全部譯為中文。此項編目如能繼續刊出，對臺灣早期新詩史料之挖掘與保存，深有裨益。

而創刊不久的《雙子星》人文詩刊第三期（一九九六年六月）特別策劃「詩與歷史：中日詩歌專輯」。選刊臺灣詹冰、陳千武、林亨泰、羅浪、錦連等五人的詩。每家有小傳、玉照、詩作；另陳明台撰寫的〈戰後日本現代詩概觀〉，則選刊日本詩人石原吉郎、鮎川信夫、關根弘、田村隆一、谷川俊太郎的詩作。其中黃粱的〈臺灣早期新詩的精神裂隙和語言跨越〉和張彥勳的〈銀鈴會的發展過程與結束〉，也深具歷史意識與參考價值。

《世界詩葉》雙周刊，全國惟一以報紙版面呈現給讀者。該刊每期製作大陸新銳女詩人小輯，特別是大學校園詩人，普遍引起大陸新詩界的注目。其他如《現代詩》、《創世紀》、《葡萄園》、《笠》、《秋水》、《大海洋》……諸詩刊，對刊載大陸詩人的作品和評論，也不遺餘力。

其六，為蓬勃當代詩運，詩人個集之出版，尤其重要。一九九六年自年初林燿德的《不要驚動不要喚醒我所親愛》到年尾張錯的《細雪》，凡五十三種。以量而言，近四年來詩人個集之出版，每年約在五十～六十種之間，可謂相當穩定。檢視這一年的個集，其中如鴻鴻、蕭蕭、江自得、隱地、劉季陵、余光中、碧果、大荒、零雨、須文蔚、紀小樣、紀弦等十餘種，可說風格獨具，內容多樣，可供愛詩人探索欣賞。而文建會近年來特別贊助個別詩集、詩評論集、同仁詩刊之印刷費，對繁榮當代臺灣之新詩運，不言而喻。

關於「新詩選目」，是本文最重要的一個組成部分，以下當以確鑿明晰的數據為例證。當《一九九六臺灣文學年鑑》召開編輯委員會時，曾為要不要收錄文學作品篇目而展開再三的討論，最後因該書篇幅有限，而在不得已的情況下，改採「作品選目」，詩部分由筆者負責，必須在很短期間內翻閱全年報刊近三十種。為此我也先行訂了一些入選的遊戲規則：

- 特別著重「詩選目」的整體考量，展現各家風格手法的多樣性。
- 力求均衡之必要。即某一詩人在某報副刊全年如登詩多首，以選取其中一、二首最具代表性者為準。同一文藝期刊或詩刊亦比照辦理。
- 「詩選目」應質量並重，儘量以客觀、公正的態度出之，既不偏袒成名詩人，也不抹殺年輕新秀，一切以詩作之良莠為入選與否的依據。

・每一報紙副刊、文藝期刊、同仁詩刊，篇幅大小厚薄和刊期均不同，因此在選目的數量上自不能一視同仁。

是以經過筆者歷時三周廢寢忘食的披閱。計得出如下的結果：

㈠報紙副刊：（十家，合計三一八篇）

・人間副刊／五十篇
・聯合副刊／五十篇
・中央副刊／二十九篇
・中華副刊／二十五篇
・西子灣副刊／三十六篇
・新生副刊／十六篇
・自由副刊／四十五篇
・青年副刊／二十六篇
・臺灣副刊／二十九篇

・世界詩葉／十二篇

㈡文藝期刊：（七家，合計六十七篇）
・中外文學／三十三篇
・聯合文學／十三篇
・幼獅文藝／五篇
・文學臺灣／五篇
・明道文藝／四篇
・臺灣文藝／三篇
・臺灣新文學／四篇

㈢同仁詩刊：（十二家，合計一二九篇）
・現代詩／二十一篇
・創世紀／二十二篇
・葡萄園／六篇
・笠／二十三篇

・秋水／六篇
・大海洋／五篇
・新陸／五篇
・心臟／五篇
・臺灣詩學／二十三篇
・雙子星／九篇
・詩象／三篇
・詩歌藝術／一篇

其中報紙副刊，兩大報依然選得較多，但自由副刊、臺灣副刊緊跟在後，特別是後者，開闢的「臺灣日日詩」，每天登詩一首，創副刊所未見，假如明年《文學年鑑》要選詩，說不定臺灣副刊會掛帥。

文藝期刊，其中《中外文學》因出刊「詩專號」故選目較多；《聯合文學》年刊詩量中等，但水準甚高。同仁詩刊仍然是四分天下：即《現代詩》、《創世紀》、《笠》與《臺灣詩學》，它們的選目數量相當，創刊不久的《雙子星》，則是緊跟在後，頗具爆發力，其他各刊人意不得。

檢視一九九六年的「詩選目」，可說老將新秀並列，各具特色。其中以陳克華的產量最多，見諸報刊約四十首以上，他的題材也是十分多元的。如其題目所示〈美麗深邃的亞細亞〉、〈肌肉妹與鬍鬚哥〉、〈誰是尹清楓〉、〈獸姦之必要〉等，令人目不暇給。即將邁入望七之年的余光中，依然寶刀不老，〈弔濟慈故居〉、〈不朽的旱煙筒〉為其佳構。鄭愁予的〈大冰雕之消融〉自成另一種奇絕之風景。梅新的〈說詩〉、大荒的〈剪取富春半江水〉、林亨泰的〈誕生〉、李魁賢的〈日出撒哈拉沙漠〉、余素的〈三秋賦〉、蕭蕭的〈所謂世界不過是泥與土〉……，均另創新意。而侯吉諒的〈交響詩〉、鴻鴻的〈我也會說我的語言〉、黃克全的〈魂兮歸來〉、陳大為的〈甲必丹〉、初安民的〈冰變〉，以及須文蔚、潘煊、孫梓評、黃粱、唐捐、劉叔慧、林則良、白家華、紀小樣、林輝熊、代橘、劉季陵、楊宗翰……等等更年輕之一代，他們將次第領新詩壇之風騷，則是不必爭論的事實。

「詩選目」的題材是多元的。包括季節、懷古、詠物、親情、日常生活雜感、故國風煙、生與死、禪與佛、歷史人物、同志題材、電腦網路、現代的速度感、環保、現實政治諷喻……下面特錄一些詩的題目，供大家參閱。如〈有一種門它名叫海峽〉（王瑞雯）、〈字紙簍裡的飽嗝〉（陳裕盛）、〈我拒絕對秋天發表評論〉（羅青）、〈給虛實的宇宙〉（莊柏林）、〈南瓜無言〉（洛夫）、〈天空其實在晾乾太陽〉（十四行）（鍾順文）、〈洗的辯證法〉（尹玲）、〈肥了秋陽瘦了乳房〉（管管〉、〈日的文本及其左右上下〉（向陽）、〈烏雲中的抽屜〉（匡國泰）、〈山上橫著一條光的眉光〉（詹澈）、〈這首詩便秘了〉（江文瑜）、〈讓土地不再淌血〉（方鴻明）……。

其實詩的題目是相當重要的，它具有畫龍點睛的效果，立即使讀者的眼睛一亮。三十多年前洛夫曾說「詩的題目猶如大衣左邊的一排鈕釦」，想不到他早就悟到解構的樂趣了。

然則，一九九六年誕生了五千首詩作，不少詩人在抒情與知性地帶徘徊，在虛與實之間懸蕩，在後現代與網際網路上競走，在快速與緩慢的節奏中變調。……當然其中也充斥相當龐大的糟粕之作，讓真正的詩讀者倒胃口。儘管「詩選目」可以做一些過濾梳理的工作，但是從事新詩的創作者，理應致力個人詩作的品管，不要輕易把不成熟的壞詩拿出去發表。我希望老中青三代詩人，大家都用心經營好詩，所有詩的編輯人用心編輯精緻高雅的詩集（詩刊），評論者用心去鑑別響叮噹的詩作，如此水乳交融的三位一體，讓今後的《文學年鑑》一本比一本紮實，一本比一本更具歷史感。

果如此，則一九九六年拋出的這塊磚，也就彌足珍貴和別具新意了。

——原刊《一九九六臺灣文學年鑑》，文建會，一九九七年六月

夢想與現實拔河

——當代詩人以「橋」為素材的觀察筆記

一首詩，或許是一個永恆的存在？

在當代新詩人中，以「橋」作為抒寫對象的，究竟誰的創作量最豐富，誰的「橋」詩最有爭議性或最具爆發力，從一九一七年到今天，讀者心目中的「橋」詩，它的語言、意象、音樂、感覺的重量，以何種標準才能測出它真正的深度、純度與厚度？

是故面對當代新詩即將跨越新世紀之際，如何假借「橋」來剖析，突顯歷來詩人的特別觀察所得，莫非以最確切的詩例為證，把筆者曾經閱讀過的「橋」詩，通過警句式的選錄，或許會得到某些意想不到的驚喜。

※※※

記得童年在安徽無為老家讀私塾，每天必須熟讀《唐詩三百首》中的某些名篇，劉禹錫的〈烏衣巷〉七言絕句：「朱雀橋邊野草花，烏衣巷口夕陽斜，舊時王謝堂前燕，飛入尋常百姓家。」是我過目不忘的佳作，也是古典詩中對「橋」的假借十分生活化的例證。

抗戰勝利後，我在南京成美中學就讀，國文老師虞詩舟先生，新舊文學根基深厚，他教我們閱讀新文學作品，徐志摩的〈再別康橋〉首次燦然飛進我幼小心靈的窗口，經常獨自喃喃背誦，從而興起我習作新詩的念頭，這首二十八行的絕唱，令我不能自已，對英國劍橋大學的康河，投以無限欽慕的目光，每當讀到——

軟泥上的青荇，
油油的在水底招搖；
在康河的柔波裡，
我甘心做一條水草！❶

❶ 徐志摩詩〈再別康橋〉作於一九二八年十月六日中國海上。選自《徐志摩詩選》，楊牧編，洪範書店，一

我就海闊天空幻想著，哪一天我才能親手撫摸康河上的水草呢？想不到五十年之後，我於一九九六年的九月，竟然有機會到劍橋大學徜徉一日，在康河上泛舟，盡情放歌。返臺後我也寫了一首〈康橋，垂柳依稀若綴〉，發表於同年十一月六日自由副刊上，特引述首節末三行如下：

原來大名鼎鼎的康橋
竟以如此風雅樸拙的面貌
映帶左右的，婉約在這裡❷

歷經半世紀的仰望之苦，筆者終於得償宿願，雖然拙詩無法與〈再別康橋〉相提並論，但兩詩時空背景相去七十載，那又何必非要詳加比對定出什麼高下呢：

歷來寫橋的詩例並不多，依據筆者手頭資料所得，從早期的穆木天到近期的林思涵，不過五、六十首。其中以小詩形式出現者，當以卞之琳的〈斷章〉（四行）最具有代表性。全詩如下——

九八七年十一月出版。

❷ 張默詩〈康橋，垂柳依稀若綴〉，選自《遠近高低》手抄詩集，創世紀詩社，一九九八年五月出版。

你站在橋上看風景，
看風景的人在樓上看你。
明月裝飾了你的窗子，
你裝飾了別人的夢。❸

六十年來，國內外重要新詩選本，甚少漏列本詩，讀這首詩應採取各種角度，多重距離，去體會它的哲學與美學含義，風景處處可見，請勿把它固定在某一點上。

羅浪的〈吊橋〉（五行）抒寫的是臺灣早期苦難的現實，故而才有——

古老的吊橋
像挑著擔子叫賣的老人❹

杜十三的〈橋〉（六行），洋溢另類的機智與幽默，是故他委婉地寫出：「他把一句謊話吐

❸ 卞之琳詩〈斷章〉，選自《卞之琳選集》，香港文學研究社，一九七九年二月出版。
❹ 羅浪詩〈吊橋〉，選自《混聲合唱——笠詩選》趙天儀、李魁賢、李敏勇、陳明台、鄭烱明編，文學臺灣社，一九九二年九月出版。

在地上／變成一座橋／架在兩岸之間／河水不相信／從橋底下／走過。」❺

大荒的〈羊群過索橋〉（七行）❻那是他暢遊神州，從大三峽到小三峽，換乘機船所看到的景象，那就是「羊群過索橋」恍若走鋼絲的感覺。

碧果的〈觀橋自得〉（七行）他自創一套與眾不同的書寫方法，不信請看——

兩岸風景使我橫臥
不過我要站在一端，看
另一端走來的自己❼

請問，這個「另一端的自己」究竟是誰？

馮至的〈橋〉（八行），更是他突生奇想的靈光一閃：

百萬年恐怕這座橋也不能築起

❺ 杜十三詩〈橋〉，選自《臺灣新世代詩人大系》（上冊），簡政珍、林燿德編，書林出版公司，一九九〇年十月出版。

❻ 大荒詩〈羊群過索橋〉，選自《剪取富春半江水》詩集，九歌出版社，一九九九年三月出版。

❼ 碧果詩〈觀橋自得〉，選自《七十九年詩選》，向明編，爾雅出版社，一九九一年二月出版。

但我願在幾十年內搬運不停❽

這不正是這位老詩人一直想衝破的「人生藩籬」嗎？岩上的〈橋〉是他《八行集》中的一首，別看他寫得那樣輕鬆，實則另寓弦外之意：

交會架起時間的十字架
走路過橋一樣是過客❾

巫永福的〈在橋上〉（十一行）早年在日據下以日文寫成，後經陳千武中譯，本詩主客分明，引人思索，結語尤其開闊。

從橋上看望
看望我倒錯的線條
樹跟河水的中間
龐大的空間流著❿

❽ 馮至詩〈橋〉，選自《中國新詩庫》（第三冊），周良沛編，長江文藝出版社，一九九三年十二月出版。
❾ 岩上詩〈橋〉，選自《岩上八行詩》，派色文化，一九九七年八月出版。

請再往下看，以臺灣各地橋樑為主軸，其中如覃子豪的〈過黑髮橋〉⓫、錦連的〈鐵橋下〉⓬、余光中的〈西螺大橋〉⓭、敻虹的〈臺東大橋〉⓮、向明的〈過星見橋〉⓯，以及馮青的〈大鐵橋在霧裡〉⓰，這些「橋」詩，各有所指，也具有不同程度關注或批判臺灣現實象徵的意蘊。以下特節錄六家詩句為證——

⓾ 巫永福詩〈在橋上〉，選自《森林的彼方》，「光復前臺灣文學全集」之十一，陳千武、羊子喬編，遠景出版社，一九八二年五月出版。

⓫ 覃子豪詩〈過黑髮橋〉，選自《覃子豪全集》第一冊「集外集」最末一首，覃子豪全集出版委員會編印，一九六五年詩人節出版。後選入《新詩三百首》（上冊），張默、蕭蕭編，九歌出版社，一九九五年九月出版。

⓬ 錦連詩〈鐵橋下〉，選自《七十五年詩選》，向陽編，爾雅出版社，一九八七年三月出版。

⓭ 余光中詩〈西螺大橋〉，選自《創世紀》詩刊第十期，一九五八年四月出刊。後收入《余光中詩選》（一九四九～一九八一），洪範書店，一九八一年八月出版。

⓮ 敻虹詩〈臺東大橋〉，選自《中華現代文學大系・詩卷一》，張默、白靈、向陽編，九歌出版社，一九八九年五月出版。

⓯ 向明詩〈過星見橋〉，選自《青春的臉》詩集，九歌出版社，一九八二年十一月出版。

⓰ 馮青詩〈大鐵橋在霧裡〉，選自《天河的水聲》詩集，爾雅出版社，一九八三年五月出版。

佩腰刀的山地人走過黑髮橋
海風吹亂他長長的黑髮
如蝙蝠竄入黃昏

——覃子豪〈過黑髮橋〉

夢想著有這麼一天而燃起的希望之火
河床的小石子們，他們
祇是那麼靜靜地吶喊著

——錦連〈鐵橋下〉

轟然，鋼的靈魂醒著
嚴肅的靜鏗鏘著

——余光中〈西螺大橋〉

走過去，短短的橋
雖然並不等於

一隻巨臂的提領

——向明〈過星見橋〉

聽說吊橋已流失
山哭石慟，卑南溪灰灰的大堤
灰灰卑南溪吊橋可流失我的童年

——奠虹〈臺東大橋〉

大鐵橋在霧裡悄悄地蹲著
潮濕的冬日鱗片閃著光
一輛火車喀隆而過
像極了那位男士一直不曾疲倦過的聲音

——馮青〈大鐵橋在霧裡〉

信然，從上述詩句來看，覃子豪著重黑色意象的捕捉與建構；錦連以小石子暗喻人民不滿的聲浪；余光中用鋼的靈魂突顯大橋的壯觀；向明借人的手臂對比橋的長度；奠虹感歎童年的時光不再，卑南溪早已面目全非，豈只山哭石慟；馮青剪取霧中影像，以潮濕的鱗片暗喻時空之無常。真是各具匠心，臺灣五花八門的橋，在他們的筆下躍躍欲飛，令人印象深刻。

對於「橋」的觀察，詩人確是情有獨鍾，展示個人創作不凡的魅力。筆者再舉管管的〈劍橋之柳〉⑰、秀陶的〈華盛頓橋〉⑱、陳黎的〈橋之派對〉⑲、利玉芳的〈愛染橋上的沉思〉⑳、連水淼的〈臺北大橋〉㉑、王志堃的〈行經關渡橋〉㉒，以及林思涵的〈西螺小集——大橋〉㉓等七詩斷句為例。

---

⑰ 管管詩〈劍橋之柳〉，選自《八十五年詩選》，余光中、蕭蕭編，現代詩社，一九九七年六月出版。
⑱ 秀陶詩〈華盛頓橋〉，選自《聯合文學》月刊第二十二期，一九八六年。
⑲ 陳黎詩〈橋之派對〉，選自《陳黎詩集》①，書林出版公司，一九九八年八月出版。
⑳ 利玉芳詩〈愛染橋上的沉思〉，選自《詩在女鯨躍身擊浪時》女性詩選集，書林出版公司，一九九八年十一月出版。
㉑ 連水淼詩〈臺北大橋〉，選自《臺北・臺北》詩集，創世紀詩社，一九八三年四月出版。
㉒ 王志堃詩〈行經關渡橋〉，選自《秋水詩選》，涂靜怡編，秋水詩社，一九八九年七月出版。
㉓ 林思涵詩〈西螺小集——大橋〉，選自《畢業紀念冊——植物園六人詩選》，台明文化，一九九八年五月出版。

- 吾跟菁菁在劍橋每個學院都找不到徐志摩的腳印（管管）
- 掛在春天臉上的，河的微笑（秀陶）
- 死亡的脊背不就是最好的橋樑（陳黎）
- 夕陽癱在愛染橋上，我也鬆了一口氣（利玉芳）
- 扛在搖搖晃晃的肩上，生活啊！像一座花轎（連水淼）
- 我站在橋中央靜觀，陰雲哭泣（王志堃）
- 枯水的中年，我們回到下游
  遍尋芒花翻飛裡，綿延的沙田（林思涵）

綜覽他（她）們的詩思，如此奇特、深沉而鮮脆，令人動容。然則「橋」詩的例證仍多，筆者怎能在有限的篇幅內網羅天下所有優異的「橋」詩。

二十一世紀即將誕生，每位詩人心中都有一座夢想的橋樑，但願大家經之營之，繼續創作像〈再別康橋〉、〈西螺大橋〉……那樣令人一讀再讀的好詩。

——二〇〇〇年十月十一日脫稿於內湖無塵居

——本文原刊《聯合文學》月刊第一九四期，二〇〇〇年十二月號補充說明：本文之撰寫，係應《聯合文學》月刊副總編輯詩人許悔之之約，因字數所限，原已覓得穆木天到潘郁琦等二十餘家的「橋」詩，未能引用，他日再作處理，特先編「篇目」如下：

- 穆木天詩〈伊東的川上〉，見《中國新詩庫》②，周良沛編，長江文藝出版社，一九九三年十二月出版。
- 馮乃超詩〈白外渡橋〉，見《中國新詩庫》②。
- 李廣田詩〈過橋〉，見《中國新詩庫》⑤。
- 施蟄存詩〈橋洞〉，見《新詩三百首》②，牛漢、謝冕編，中國青年出版社，二〇〇〇年一月出版。
- 覃子豪詩〈橋與小樓〉，見《當代情詩選》（上冊），王牌編，濂美出版社，一九七六年六月出版。
- 紀弦詩〈我來自橋那邊〉，見《檳榔樹乙集》，現代詩社，一九六七年八月出版。
- 方敬詩〈塔與橋〉，見《現代中國詩選》II，楊牧、鄭樹森編，洪範書店，一九八九年二月出版。
- 吳望堯詩〈橋上〉，見《靈魂之歌》詩集，良友出版社，一九五五年六月出版。後選入《巴雷詩集》，天衛文化，二〇〇〇年六月出版。
- 魯蛟詩〈橋〉，見《文壇》月刊，一九七九年四月號。
- 劉延湘詩〈那人打橋上走過〉，見《當代中國新文學大系・詩卷》，瘂弦編，天視公司，一九八〇年四月出版。

・楚卿詩〈小橋的囈語〉，見一九八〇年六月八日聯合副刊。後收入《抒情傳統》（聯副三十年文學大系・詩二），一九八二年六月出版。

・柳北岸詩〈有樂橋〉，見《新加坡共和國華文文學選集》（詩歌），柏楊編，時報出版公司，一九八二年七月出版。

・吳錫和詩〈跨海大橋〉，見《吐詩的蜘蛛》詩集，書林出版公司，一九九三年三月出版。

・零雨詩〈劍橋日記〉九首，見《特技家族》詩集，現代詩社，一九九六年六月出版。

・謝輝煌詩〈橋〉，見《中華新詩選》，中華民國新詩學會編選，文史哲出版社，一九九六年三月出版。

・張健詩〈小橋〉，見《星空的鯉魚》詩集，藍星詩社，一九九八年一月出版。

・孫家駿詩〈盧溝橋上的石獅子〉，見《遠去的鼓聲》詩集，詩藝文出版社，一九九八年十一月出版。

・朱學恕詩〈盧溝橋〉，見《中華新詩選粹》，綠蒂、一信編，文史哲出版社，一九九八年六月出版。

・林佛兒詩〈夜過西螺〉，見《中華新詩選粹》。

・秦嶽詩〈在天祥稚暉橋下〉，見《中華新詩選粹》。

・許其正詩〈我的橋〉，見《中華新詩選粹》。

・潘郁琦詩〈橋畔，我猶在等你〉，見《天下詩選》②，瘂弦編，天下文化，一九九九年九月出版。

筆者根據手頭現有資料，當代不少詩人幾乎對「橋」未曾著墨，大概包括鍾鼎文、林亨泰、洛夫、商禽、鄭愁予、白萩、葉維廉、林泠、辛鬱、彩羽、羅門、楊牧、羊令野、梅新、沙牧、瘂弦……等等，特此一記。或許是我查閱資料不夠周延之故。

又瘂弦雖曾於一九六三年，完成有名的情詩〈給橋〉，他的太座是也，因此「橋」非彼「橋」，故不得不放棄。辛鬱的〈關渡渡口〉名作，刊於《中華文藝》月刊，一九七七年六月「詩專號」，當初關渡大橋尚未興建。朵思的〈康河印象〉（四行），見《飛翔咖啡屋》詩集，一九九七年五月，也沒有「橋」的意象，故無法引述。

而零雨的〈劍橋日記〉九首，懷友、抒情、紀事兼具，對「橋」的本身指涉甚少，僅第七首第五節有如下的句子：

——據說他們因為寫詩，以致受傷
不幸我也傳染一種
世代相襲的痼疾。但我
散步。我走過橋

——請參閱《特技家族》，第三十五頁

我確信大家看了這份補充說明之後，當可瞭解筆者撰寫此文查閱資料所花的功夫。由於《聯合文學》月刊無法刊出篇末之附註，故再將拙文含釋註在《創世紀》第一二五期完整的刊登一次，以供某些有史料癖人士的參考。

橫看成嶺側成峰

——泛談詩人的筆名及其他

當我步入那最高的峰巔，
把臉在眾星之間隱藏。
——W. B. 葉慈的詩句

詩，本是心靈深處最亮麗最率真最動人的結晶，詩人於「仰觀宇宙之大，俯察品類之盛」之餘，他豈能把這一美好的屬於個人名聲的標誌等閒視之。往者已矣，即以臺灣光復迄今的新詩人為例，至少，我們可從那一大堆上千個風格各具的筆名中，找出不少古風新意熠熠生輝的名字。

有人說：「人格即風格」。詩人為自己選取筆名，當然也得細細思量，譬如有的以音響取勝，有的以氣勢見長，有的以名山大川為背景，有的以動植物花卉為藍圖，陽剛陰柔兼具，酸甜苦辣同行，真是各取所需，莫衷一是，令人目不暇給。但萬變不離其宗，屬於每位詩人自我的骨骼氣質，依然可在他（她）們所沿用的各式各樣的筆名中，找出一些蛛絲馬跡。

根據筆者多年來觀察所得，詩人選擇筆名不外以下幾項原則：首先要求響亮、典雅、灑脫；其次要別出心裁與眾不同；其三講求忠孝節義的傳統，或者「反其道而行」，譬如自己的身材瘦小，盡量用巨大、堂皇一類的字眼來補足。至於如何去尋覓，則因各人性格氣質不同而呈現諸種風貌。有的喜歡單一，有的鍾情繁複，有的一時高興，抓到什麼就是什麼，有的精挑細選，找了一大堆名字，最後還難以定奪。

通常習見的筆名是冠上自己的姓氏，塗掉或更易中間一兩個字，也有改用諧音者，例如下述：李莎（李仰弼）、詹冰（詹益川）、鄭愁予（鄭文韜）、管管（管運龍）、秦嶽（秦貴修）、陳慧樺（陳鵬翔）、劉菲（劉金田）、季野（季湞生）、方莘（方新）、吳晟（吳勝雄）、楊澤（楊憲卿）、馮青（馮靖魯）、陳黎（陳膺文）、楊平（楊濟平）、林彧（林鈺錫）、游喚（游志誠）、許悔之（許有吉）、蓉子（王蓉芷）、朱沉冬（朱辰東）……

其次，不冠姓氏，一任作者自由揮灑者，這類筆名占的比例相當大。如金軍（劉鼎漢）、紀弦（路逾）、鍾雷（翟君石）、上官予（王志健）、羊令野（黃仲琮）、林泠（胡雲裳）、向明（董平）、楚戈（袁德星）、白萩（何錦榮）、楊牧（王靖獻）、夐虹（胡梅子）、辛牧（楊志中）、沙穗（黃志廣）、渡也（陳啟佑）、白靈（莊祖煌）、尹玲（何金蘭）、向陽（林淇瀁）、焦桐（葉振富）、路寒袖（王志誠）、孟樊（陳俊榮）、杜十三（黃人和）、筱曉（劉玲珠）……。除上述兩種情形外，當然還有第三種、第四種，甚至第五種，下面且聽在下細說一二。

．好端端的彩羽，怎麼不見了

詩人彩羽，本名張恍，一頭十足的湖南騾子，脾氣火爆，可是他卻取了一個相當華麗的筆名，令同輩詩友不解。彩羽為人坦率，一根腸子通到底，民國四十八、九年，他和大荒、唐靜予，同在中部陸軍某部隊服役，由於近在咫尺，他們「哥兒三」便經常以詩會友，飲酒談心，好不暢然。

記得一個夏末的黃昏，他們三人來到山丘起伏的湖口郊野，散步狂奔，大口飲紅標米酒，啃雞翅膀，一邊走一邊大聲朗誦各人喜歡的詩句，其時彩羽突然內急，於是大荒、唐靜予先行迴避，並向彩羽直嚷：「你就近找個掩體解決吧！」行行復行行，他倆在山野間來回走了近一小時，還不見彩羽的蹤影，且天色漸暗，他倆不覺心生疑竇，於是拉大嗓門，狂呼大叫：「彩羽，你在哪裡？」但始終不見回應，這下子他倆可急了，在回頭的路上仔細展開搜索，還是沒有一點動靜，眼看黑夜就要降臨，怎麼一個好端端的大男人會失蹤，正當他倆失望之際，突然從一座橋底下隱約傳來一陣微弱的呻吟，於是尋聲而至，原來彩羽已掉進橋下一個大土坑裡，半天說不出話來，他倆合力把彩羽拉上來，問他怎麼回事，他也茫然不知所以，你說怪不怪。

本名章益新的梅新，筆名也另有所指，他早年服役軍旅，努力思變，從隨營補習教育到中國文化大學新聞系畢業，從小兵幹到執掌一個大報的副刊，其間所付出的心血可想而知，蓋梅新者實有禁得起冰雪的嚴酷考驗，而有脫胎換骨之意耳。

「現代派」大將之一，早年精心迻譯里爾克、紀德、梵樂希的詩文而飲譽文壇的葉泥（戴蘭村），民國四十二、三年間，他座落在臺北漳州街的寓所，經常出入的詩友不計其數，那時他官拜上尉（大家喊他大尉），他把微薄的薪俸全拿出來結交各路詩人志士，是故月前在歡宴林泠的餐會上，商禽、楚戈、黃荷生、羅行、梅新……等人，無不對漳州街那段黃金歲月和軼事，侃侃而談，如數家珍。……

・林泠名作〈四方城〉，震驚詩壇

早在民國四十五年，以〈四方城〉組詩連載於紀弦主編的《現代詩》季刊而風靡詩壇的林泠，她的一系列名作〈星圖〉、〈阡陌〉、〈微悟〉、〈未竟之渡〉、〈不繫之舟〉……誠不知點亮了多少人心靈的眼睛。她的筆名更見巧思，而有連綿不絕的意境。月前她應邀回國擔任某一大報本屆新詩獎的決審委員，並與當年諸詩友雅集，重組《現代詩》編輯陣容，把主編的棒子交給青年詩人鴻鴻掌理。而每年由她資助出版處女詩集一冊的計畫仍將持續，林泠不忘回饋詩壇，大力培育年輕一代的雅意，確已獲得不少的掌聲。

詩人喜歡登高遠望，享受大自然的沐浴，藉以怡情悅性，比比皆是，因此直接以「山」為筆名者，為數甚眾。如艾山、王登山、林東山、周玉山、許藍山、陳瑞山、岩上、林曉峰、張士峰、盧思岳、司馬青山……，偏偏是爬山高手的鄭愁予，他的筆名卻與山一點邊也沾不上，而他抒寫「山」的詩，不僅氣勢磅礡，感覺犀利，真情洋溢，讀來更令人如臨其境，而有「飄飄兮若流風之迴雪」（曹子建語）之深澈。例如〈霸上印象〉之一節：

不能再東，怕足尖蹴入初陽軟軟的腹裡
我們魚貫在一線天廊下
不能再西，西側是極樂

而有些詩人對水的情懷特別敏感，有的筆名如長江大河，一瀉千里，有的如涓涓細流，緩緩漫過心底。這些各領風華的名字是楊濤、楊澤、楊渡、楊雨河、楊子澗、白浪萍、連水淼、陳進泉、吳濁流、郭水潭、汪洋萍、田湜、蔡深江、噴泉、琹川……等等。

法國詩人波特萊爾曾有詩曰：「我愛雲，那飄逝的雲。」蓋雲的瞬息萬變，行止不定，正如詩藝之難以征服是一樣的道理。詩人以「雲」代入筆名者為數可觀。諸如梁雲坡、高小雲、梁如雲、徐望雲、黃懷雲、韋雲生、雲從、祥雲、藍雲、靜雲、憶雲、瘦雲王牌等，喜歡超然物外嚮往雲遊的詩人，他們的興致可不淺啦！

喜以植物或花卉為筆名者，更是不勝枚舉。光是一個「松」，就有王祿松、秦松、葉日松、范揚松和邱豐松；眷戀於梧桐者亦有袁聖梧、黃海桐、焦桐和陳瘦桐；他如白萩、梅新、葉笛、郭楓、席慕蓉、黃樹根、喬林、舒蘭、董雅蘭、柳翱、麥穗、林紹梅、紫藤……等，如果再列，還有一大群正在排著長長的隊伍哩。羅青的筆名似與植物無關，但他的〈水稻之歌〉一詩卻有相當精湛的演出：

成體操隊形散開，一散，就是千里

就某種象徵性的意義而言，這句詩該是對所有以這類素材為筆名的詩人，一種無形的鑑照與期許。

・大荒、商略、躑躅於詩詞的寶庫

唐詩宋詞、《古文觀止》的寶典，對現代詩人之選取筆名也有莫大的助益。因此他們莫不挖空心思，希冀覓得最中意的字眼。諸如詩、散文雙絕的大荒，他出生於民國十九年，時值安徽大水，來臺後開始文學創作，回憶童年家鄉的困境，乃自《禮記》中擇得「大荒」為筆名，而《唐詩三百首》更屢見不鮮，如「山隨平野盡，江入大荒流」（李白）、「古戍蒼蒼烽火寒，大荒沉陰飛雪白」（李頎）、「城上高樓接大荒，海天愁思正茫茫」（柳宗元）。而先寫詩後致力散文的張騰蛟，他的名字則出自王勃的〈滕王閣序〉／「騰蛟起鳳，孟學士之詞宗」之句，前面冠上張姓，更是俊彩星馳，豪情千里。在高雄開設牙科醫院的沙白，他獨鍾杜甫的〈登高〉／「風急天高猿嘯哀，渚清沙白鳥飛回」，而他本人也是白白胖胖的，雖沉鬱不足，卻熱情有勁。何方，一個浪子，早年寫詩，現在戲劇界闖蕩，他也是杜甫的信徒，筆名即選自〈贈衛八處士〉／「怡然敬父執，問我來何方」。陌上塵，富有「草根性」的南方客，他悠然於陶潛的田園，在其「雜詩」中找樂趣，「人生無根蒂，飄如陌上塵」。不求聞達的商略，為「藍星」詩社同仁，迄今仍無詩集出版，他的筆名典出姜夔（白石道人）的〈點絳唇〉／「數峰清苦，商略黃昏雨」。林間，早年在梧棲醫院當心臟科醫生，曾出版《綠屋詩抄》一冊，而後即隱遁山林，他珍視白居易的平淡，特別自〈送王十八歸山寄贈仙遊寺〉找點子／「林間暖酒燒紅葉，石上題詩掃綠苔」，這種淡泊寧靜的境界，豈是今日紛紛擾擾的紅塵望其項背。春暉是「現代派」的一員，詩齡甚高，他選擇孟郊的〈遊子吟〉／「誰言寸草心，報得三春暉」，如此看來，作者必是一個綵衣娛親的孝子。扶疏，一個不知名的作者，我曾在舊書攤上購得其處女詩集《水藍魚白》，作者也是陶潛的擁護者，〈續山海經〉一詩有了答案／「孟夏草木長，繞屋樹扶疏」。最近卸下《現代詩》編務的零雨，她的筆名或許出自《詩經》〈國風篇〉／「我來自東，零雨其濛」，或五言古詩／「終日不成章，泣涕零如雨」，她大概與水結下不解之緣。民國五十五年出生的陳跡，他的筆名係擇自王羲之的〈蘭亭集序〉／「向之所欣，俯仰之間，已為陳跡，猶不能不以之興懷」。更有一些難以找到出處的不俗的名字，如丁未、丘緩、紀小樣、戚小樓、秦輕燕、李沾衣、管情懷、賀少陽，他（她）們均屬年輕一代，願在創作上孜孜不懈，大踏步勇往直前。

．余光中等南征北討，無往不利

有些詩人自始至終概以本名面對讀者大眾。著作等身，創作、評論、翻譯三者齊頭並進口碑均佳如余光中；精研西方理論，闡揚東方詩學，傾力英譯臺灣現代詩如葉維廉；橫越中、日文的創作領域，被稱為「跨越語言的一代」，如林亨泰、陳千武、陳秀喜；文壇快筆之一、出版詩集逾二十部如張健；對臺灣當代女詩人賦以嶄新犀利的詮釋如鍾玲；從四十年前的《戀歌小唱》到晚獨資創辦《詩象》詩刊如彭邦楨；中法文學媒人，著有詩散文翻譯達五十部以上如胡品清；不眠不休為三岸詩人作家服務且創作不輟如張香華；醉心美術教育，詩畫均有造詣如蔣勳、席慕蓉；著有《臺灣本土詩人論》，且大力譯介里爾克的詩作如李魁賢；一直掏腰包、辦詩刊，提倡詩的明朗與抒情，如文曉村、涂靜怡；以一本《泰瑪手記》飲譽文壇二十年，自謙為「黑髮男子」如沈臨彬；擷取融會西方文學理論菁華，規模評介臺灣現代詩的佳作如張漢良；為兩岸兒童文學奔走，且不忘情於詩畫創作如林煥彰；致力譯介日本現代詩，促進中日詩壇交流如陳明台；曾經多年巡弋海上，以創作推廣海洋詩如汪啟疆、朱學恕；三十五歲才出版處女詩集《書房夜戲》而博得廣泛好評如沈志方；從《文學界》到《蕃薯詩刊》，倡言本土化與臺語詩如林宗源、黃勁連、鄭烱明；甫由九歌出版第四本詩集《浮生紀事》，強調創作理論並行不悖如簡政珍；連獲多次詩獎，創作各有特色如蘇紹連、陳義芝、陳克華、趙衛民、劉克襄、侯吉諒、林燿德；另如曾淑美、歐團圓、陳斐雯、初安民、田運良、張國治、羅任玲、莊裕安、林群盛、王添源、顏艾琳、劉洪順、楊維晨、須文蔚……等，他（她）們的創作世界，俱屬多彩又多姿；而李瑞鄺、李瑞騰兩兄弟，曾一同寫詩，雖哥哥早已擱筆從商，而弟弟愈到晚近卻愈戰愈勇，為推廣臺灣現代文學及史料之整理，付出極大之心血。

當然以本名寫詩，搞理論的人還多，一時難以盡錄，但據我的考察，這批作者他（她）們大多信心十足，創造力驚人，也許一時找不到適切的字彙為筆名，不如坦然以本名上陣，南征北討，「還我本來真面目」，有何不可。

·羊令野書寫七絕，千里寄方思

現代詩人的筆名成為嵌字聯者，亦復不少，筆者特試作五言一則如下：

白雨灑林野，
藍雲掩雪柔。

而後，在下還意猶未盡，繼續徜徉在諸多平仄的聲韻裡，全部以詩人筆名為素材，不加一字，草成七絕三帖：

歸人管管南方雁，
落蒂蕭蕭陌上塵。
向陽綠野謝東壁，

零雨朱門鍾鼎文。

林泉林綠林雙不，

夏宇夏菁夏萬洲。

這些名字之組合，頗費周章，也許有點牽強附會，但若深一層思考，或如古人所云：「此中有真意，欲辨已忘言。」

而年近七旬的羊令野，更常馳騁於古典與現代之間，傾聽聲律之美。民國七十二年五月，他曾書贈旅美詩人方思七絕一首，尤富玄思。

曾記當年一面緣，而今萬里夢詩仙；

離騷猶繞三湘水，不可方思天外天。

令公特在〈後記〉中說明：「方思與余僅有一面之緣，而今天各一方，果真不可方思也，戲作七絕，藉表別悃耳。」

然則，現代詩人的筆名，的確南山北水，各有丘壑，筆者再次拋磚，希望不久有更多更好更富奇想的文字出現。

——原刊中央副刊，一九九二年十一月二、三日

以酒入詩知多少

1

酒，的確是人間的佳釀。中國歷代詩人騷客，常常借酒寄情雅集者比比皆是，如大詩人李白在〈春夜宴桃李園序〉中所指：「而浮生若夢，為懽幾何，古人秉燭夜遊，良有以也」，「開瓊筵以坐花，飛羽觴而醉月。」此種觥籌交錯、即時行樂的情景，使今人讀之，仍覺陶陶然而有所感悟時光之荏苒不再。而王羲之的〈蘭亭集序〉更是意興風發，放浪形骸，記述一千六百年前諸多詩文友小聚於現今浙江紹興近郊之蘭亭，大家坐在垂柳修竹的左右，將酒杯置於曲水之上，讓它順著流水，緩緩行至某人面前，即取杯一飲而盡，然後琅琅賦詩，此情此景，何等酣暢而寓奇趣。

回想一九八八年九月中，筆者和臺灣詩友六人，首次結伴赴大陸探親，曾相偕到「蘭亭」

小聚半日，在那一片彎彎曲曲而又窄窄的水池，原來它就是聲名遠播的「曲水流觴」，想當年王右軍和眾詩友在這兒飲酒吟詩，那種逸興遄飛的情懷可曾依舊？今天我們來了，每個人站在水池的一隅，從上游流來的酒杯，裡面盛滿香醇的紹興酒，當酒杯經過那個人的面前，你就得把酒杯從水中取出，然後一口飲盡。惜乎我等當時鄉思淒淒襲上心頭，未能留下一些可資追憶的詩句，不無遺憾。不過不遠處柳倩的一副對聯，正好下了一個十分圓滿的註腳：

曲水繞華筵，蘭亭雨露添新色；
流觴成雅事，翠竹瀟疏憶古人。

我們在「曲水流觴」那座僅及數丈的水池旁流連碎步，最後竟然覺察所有文字的讚美都是多餘的。

古人借酒成詩，簡直多如過江之鯽，數不勝數，下面特隨手摘錄一些詩句片斷，以誌其盛。

蘭陵美酒鬱金香
玉碗盛來琥珀光

——李白〈客中行〉（七絕）

勸君更盡一杯酒
西出陽關無故人
——王維〈渭城曲〉（七絕）

東園載酒西園醉
摘盡枇杷一樹金
——戴復古〈初夏遊張園〉（七絕）

朝回日日典春衣
每日江頭盡醉歸
——杜甫〈曲江對酒〉（二）（七律）

日長似歲閑方覺
事大如天醉亦休
——陸游〈秋思〉（七律）

安得中山千日酒

酩然直到太平時

——王中〈干戈〉（七律）

從以上詩句中，不論是詩人純粹對酒的禮讚，或是借酒寄意，發抒個人對世事的詠懷，以及某些詩人為了一親酒的芳澤，從而不得不典當自己的春裝，換得銀兩，以便天天在江邊買醉。……每位詩人當他們凝神與酒傾談時，無不俊彩星馳，任筆墨與意象齊飛，各自在詩句中綻放高雅細緻的情懷，令人再三吟誦。即以上述六家的詩而言，雖屬筆者任意選摘，事先並未考察其藝術價值，然而它們確係名篇佳句，殆無疑問。

2

往者已矣，我輩臺灣當代詩人，對酒究竟有何新穎的詮釋、創意與燦動？不妨看看下面的分解。

今年八十二歲的老詩人紀弦，現寓居舊金山，素有酒仙之稱，早歲在臺北成功中學教書時，曾獨資創辦《現代詩》雜誌，當時集合了一批新詩人，如羊令野、方思、葉泥、李莎、鄭愁予、白萩、林泠、商禽、楚戈、辛鬱、梅新、黃荷生……等等，他們幾乎個個都是飲者，而紀老的酒量頗佳，常常喊「美酒萬歲」如家常便飯，且以酒入詩的佳作更是屢見不鮮。據說有一次在詩人向明的婚宴上，他暗示他的學生羅行、薛柏谷等在暗中偷了好幾瓶福壽酒，當晚他們一群就浩浩蕩蕩上陽明山飲酒作樂去了。譬如〈一小杯的快樂〉，可以視為紀弦飲酒詩的代表，茲引開頭的兩句如下：

一小杯的快樂，兩三滴的過瘾，
作為一個飲者，這便是一切了。

在紀弦的眼中，酒和詩絕對是兩位一體。一九九三年三月，臺北詩友五人應邀赴美國五大城市參加現代詩巡迴朗誦，途經舊金山，與紀老在某一酒館小聚，他當場從西裝口袋掏出一小瓶高粱酒，且自述，酒是時時刻刻不離身的，沒有酒的日子怎樣打發！

曾經是爬山好手，更是飲酒好手，以及調情好手的鄭愁予，他的酒名與詩名是連在一起的。其中像「我是北地忍不住的春天」（〈天窗〉）、「多想跨出去，一步即成鄉愁」（〈邊界酒店〉）、「我達達的馬蹄是美麗的錯誤」（〈錯誤〉）、「趁月色我傳下悲戚的『將軍令』，自琴弦」（〈殘堡〉）……據說，他的一些有名的詩句大多是在微醺之後完成的。而他的〈南湖大山輯〉，更是抒寫山嶽詩中的精品，例如〈秋祭〉中的一段：

而簷下，木的祭壇抖著
裸羊被茅草胡亂蓋著
如細緻的喘息樣的
是酒後的雉與飛鼠的游魂
正自竈中懵懵走出

本詩抒發登山途中某些特異的景象，確是作者獨特的創見，尤其是最後兩句，更屬神來一筆，令人久久難忘。

一九八六年二月十二日凌晨，死於車禍的沙牧，一生為酒佯狂，「在朋友心目中他是一位詩人，一般人則當他為酒徒，側目而視之，其實他貪杯無量，與其說他為一酒徒，倒不如說他只是以酒來對抗不如意的人生」（洛夫序《死不透的歌》，一九八六年九月，爾雅出版社）。沙牧以酒成篇的詩，也有若干佳構，像〈如果海水是酒〉，寫得十分狂狷而出色，特摘出其中一節：

常愛把雲
雪茄一樣啣在嘴裡
噴吐著

那種茫然
如果海水是酒
我將一口飲盡浩瀚

嘿嘿，好一個「我將一口飲盡浩瀚」，這是何等的氣魄。被譽為詩壇三公的商禽（歪公）、楚戈（溫公）、辛鬱（冷公），早年他們的酒量都是一等一的，而且都有酒詩的名篇。請看商禽〈天河的斜度〉十分詭異而令人冥想的結尾：

三月在兩肩幌動
裙裾被凝睇所焚，胴體
溶失於一巷陽光
餘下天河的斜度
在空空的杯盞裡

請問像這樣「空空的杯盞裡」，還餘下「天河的斜度」，究竟是一種什麼樣的感覺？不是半醒半醉的飲者，豈能頓悟出其中的奧秘！

楚戈則在他的一篇題為〈酒徒〉的散文詩裡，作了十分傳神的告白：「自從他任性的眼神，把地平線純淨的藍色，灼焦了一個印子以後，他就再也不敢看任何人了。他終日啜飲，為的是要在眼中製造一片稀里糊塗的混沌。」五〇年代超現實主義正在臺灣風行，楚戈借酒散播自己超現實的情愫，自是必然。

惟獨辛鬱於近作〈影子出走〉一詩中，豁然詠歎自己寂寞無奈的六十歲，發人無限之惆悵。

那天夜裡　三巡酒後
一個念頭從一盤辣子雞丁
竄起　（我吃著自己）

詩人借酒寫自己的孤獨，寫人生的無奈，寫心境的蕭索，何其愴然。

一九八七年二月上旬，一群臺灣現代詩人，包括洛夫、白萩、管管、向明、辛鬱、蕭蕭、張香華、許露麟和筆者等一行十餘人，應菲華「千島詩社」等數個詩文團體之邀，赴馬尼拉訪問一周，某晚中菲詩人在碧瑤「假日別墅」相聚一室，大家通宵達旦細品大陸名酒「香雪」和「善釀」，好不快哉。返臺後洛夫以〈碧瑤夜飲〉為題成詩一首，長達三十七行，茲摘錄片段如下：

飲海拔七千公尺以上的酒
不作興，一醉了之
淺斟慢酌才能漸悟
陶淵明壺中一點一滴的真意

有人俯仰之間便去了大半瓶
有人舉杯無言
有人哭笑不分，酒淚不分
且連連嗆咳
痰中夾雜兩三句
用酒逼出來的詩

自此以後，臺灣與菲華詩人經常互訪，友誼彌堅，甚至比酒還濃，這是以酒詩會友最好的例證之一。

3

細數臺灣當代詩人以酒成篇者，不勝枚舉。諸如「我們開始飲酒，我們是徬徨的梧桐樹」（楊牧）、「在小小的香爐瓶裡，酒們譁噪著，詩人來飲」（瘂弦）、「那時月亮正用雙手將一塊海漸漸舉起，而貼於頭頂之上的天花板」（管管）、「深夜獨酌，灑十打啤酒的酩酊在地上，丟一顆月亮到九泉」（渡也）、「飛進沉鬱的酒甕，醉中平生，無非一簑煙雨」（陳義芝）、「而黑牌之真理，乃去他媽的蛋，約翰走路，海闊天空」（周鼎）、「你舊時年少的狂狷，總凝在一條長長酒街」（張國治）、「和著酒精大麻，一支抗議歌曲被倒進舞池了」（曾淑美）……，眾詩人以美妙深澈的詩句，來包裝如夢似幻的酒情，讓人讀著讀著，這不是天地間最美的一瞬嗎？

誠然，酒，是詩人源源創作的「地糧」，李白斗酒詩百篇、曹子建七步成詩……，這些都是千古流傳的佳話。然當代詩人儘管與酒深深結緣，迄至目前並無堪為典範的軼事，畢竟新詩的歷史還很短淺，且看年輕一代詩壇的飲君子們，你們如何大力去灌溉、去挖掘、去改寫詩酒姻緣的新章吧。

——原刊《誠品閱讀》第二十三期，一九九五年八月

早期新詩史料的撞鐘人
——寫在麥穗的《詩空的雲煙》卷前

1

十六年前，蕭蕭曾在一篇史料性的文章中侃侃直陳：「中國現代詩的成長過程，實際上可以說是詩社的興亡史，詩刊的出沒記。」筆者所以把這一段話首先引出，旨在感於麥穗多年來孜孜不倦，默默經營史料，其新著《詩空的雲煙——臺灣新詩備忘錄》，即將付梓問世，從而作為最確鑿的見證之一。

而該書的開卷首篇，麥穗著墨介紹的就是光復後最早出現於《自立晚報》上的《新詩周刊》。尤其難能可貴的是一份比較完整的《新詩周刊》編目〉，亦由麥穗編成，於《創世紀》第六十二～六十四期（一九八三年十月～一九八四年六月）連載三期，當時頗得喜愛新詩史料人士的讚賞。接著向陽即根據麥穗的初編，完成《〈新詩周刊〉目錄補編》，於《創世紀》第六十五期（一九八四年十月）發表。六年後麥穗再覓得《新詩周刊》最早的一至五期及其他所缺各期，作成《〈新詩周刊〉目錄續編完結篇》，發表於《創世紀》第八十、八十一期合刊（一九九〇年十月），至此這一份為人懸念期待已久的老詩刊目錄，終於大勢已定。

其實為詩刊編目，是整理當代新詩史料絕對不可或缺的最基礎工作，麥穗以其驚人毅力與鍥而不捨的精神，從民國四十（一九五一）年十二月十日《新詩周刊》第一期開始，即逐期收藏該刊，以及同時代稍後出版的《詩誌》、《現代詩》、《藍星詩頁》和若干新詩集。甚至可以這麼說，在麥穗的視野裡，早就有史料的癖好，以致愈往後更加難以壓抑。就我記憶所及，現代詩社於一九五四年九月出版的楊喚遺著詩集《風景》，麥穗當年即曾購買若干冊，先後贈送國內外少數詩友。十多年前筆者也曾接受他致送的一冊，如獲至寶。已於四年前隨同其他絕版詩集，一併捐給中央大學中文系典藏。

筆者於一九九二年五月，由爾雅出版社刊行的《臺灣現代詩編目》，在未成書前，為求史料上盡量減少錯誤，曾於一月間，將該書一、二、三、九編（包括詩集、詩選、詩評、作者籍貫年表）加起來近二百頁校稿，寄給麥穗，請他抽空惠予補正，結果他悉心核對增補新資料數十處，並改正若干的錯誤，迄今令人記憶猶新。

一九九七年初，向陽主編的《臺灣史料研究》，向筆者邀稿，因撰寫〈關於《詩誌》和《現代詩人書簡集》〉一文，特別是《詩誌》，我手邊的一本影本，早已捐出，不得已又向麥穗電話求援，他立即把《詩誌》和《現代詩》（第一～四期）原件快遞給我，於是這一篇史料追蹤的文稿，才得以草成。

回想與麥穗結識三十多年來，每次我有求於他的都如願以償，而他在史料上，似乎很少向我索取過什麼。這一回他要出書，記得去年底在一次文友小聚的場合，他很認真地要我為他的新著寫幾句話，我自是喜出望外，欣然答應。同時感歎他最早為新詩史料服役，卻遲遲才得以刊行自己的著作，而透視一分最深切的關注與無奈。

2

信然，「史料的喪失有時就是歷史的喪失」。老友瘂弦的話一直在我的心頭迴響，臺灣新詩園地幸虧有一群老中青三代前仆後繼的傻子，不計個人得失，為新詩打拚，為史料揮霍一生的光陰。而麥穗的的確確是其中一個最顯赫的例子。

筆者悉心拜讀《詩空的雲煙》的每一篇章，特別是「詩史・逸事」部分，麥穗一點一滴的筆觸，都是以確切的事實為經，以清晰的敘述為緯，絕不摻雜個人的好惡恩怨在內。以下特抽樣列出一些，供同好參考：

- 在〈現代詩的傳薪者〉，介紹《新詩周刊》時，麥穗豁然界定，「葛賢寧、李莎、覃子豪、紀弦、鍾鼎文等五位，都是該刊的策劃人、創辦和編輯群」。又說「《新詩周刊》是自由中國新詩的傳薪者和開山者，並不為過」。
- 在〈覃子豪與《新詩周刊》〉一文中，麥穗感歎：「《新詩周刊》停刊迄今，已整整三十個年頭了，覃子豪先生逝世也已二十年。這段漫長的歲月，漸漸地把這份最先投入現代詩的心血和功績沖淡了。而甚至把今天詩壇的成就歸諸於晚他許多年的若干詩刊和詩社，這是不公平的。」
- 在〈李莎與《新詩周刊》〉一文中，麥穗則肯定「在那個充滿友愛和諧的時代，李莎是一位極為活躍的重要詩人」。
- 在〈紀弦和他的火種——《現代詩》〉一文中，麥穗在結語中道出：「民國五十三年二月一日出版的第四十五期，又恢復到創刊時前四期的十六開本，但卻成了《現代詩》的休止符，不知道是巧合還是紀弦有心的安排。」

・在〈用手刻出來的詩刊〉一文中，麥穗劈頭就說：「如果說早年有些詩刊，是詩人用手一筆一劃在鋼板上刻出來的，對現代的青年一代，一定感到不可思議。……而曾經名噪一時如吳望堯、秦松、沉冬等詩人，都曾經刻過油印詩刊，你相信嗎？」

除上述尋章摘句某些秘辛之外，麥穗也曾用心挖掘不少未曾出土的新資料。諸如臺灣光復後第一本詩刊為《青潮》，創刊於民國三十九（一九五〇）年，而非《新詩周刊》。臺灣第一位省籍女詩人是李政乃，而非比她大現已辭世的陳秀喜。臺灣第一本歌頌性愛的詩集是《好色賦》。而藍星詩社的成立，則是夏菁與鄧禹平偶然小聚，發出的聯名信而揭開的創社序幕。至於葛賢寧為何退出《新詩周刊》、楊英風與藍星獎座、一首惹禍的詩……等等，讀者請細心閱讀原書吧。

筆者之所以一再以作者的話為證，目的無他，旨在存真而已。史料一作偽，就形同廢物，甚至貽害無窮。

該書附錄的三刊《詩誌》、《新詩周刊》、《現代詩》之編目，資料十分翔實，極具參考價值，也是全書的精華之一。請愛詩人、文學史家，切勿等閒視之。

3

一九九〇年九月，筆者在《臺灣文學觀察雜誌》第二期的「話題與觀念」專欄中，曾就整理徵集新詩史料發表拙見，並列出從「創造社」到海外「第三詩壇」等十七個專題，可供今後撰寫新詩研究論文者的參考，其中《新詩周刊》也列入其中。我覺得以麥穗收藏早期新詩史料的成果，似可在這方面再加把勁。譬如一部「詩」與「史」兼具的《新詩周刊詩選集》之編輯，當以麥穗為最佳人選。假如此書能編成，對將來他人有意撰寫《臺灣當代新詩史》一定大有裨益。

新詩史料的整理徵集，並非一日之功，一人之力，而是要日積月累，匯集眾多人的心血不可。麥穗的這部新著，為他個人整理新詩史料踏出相當漂亮的第一步，咱們何妨拭目以待，且看他下一步棋怎麼走？

末了，我必得要再重複前面的話：「他是臺灣早期新詩史料的撞鐘人」。誰曰不宜？

——一九九八年二月七日於內湖無塵居

——選自《詩空的雲煙》，詩藝文出版社，一九九八年五月

繁華再現

——讀二〇〇〇年一月「臺灣日日詩」

千禧年的一月一日，臺灣副刊率先以隱地的〈心太狂〉一詩打頭陣，這首十六行的結尾是——

誰能捉得住不羈的一顆心

其實詩人寫詩，不就是以各種獨特絕技，努力曝曬自己心靈千絲萬縷的私秘嗎？

細讀元月全部三十一首詩作，不禁為臺灣現代詩暗暗擊掌，這個弱勢文類，一直在有心人前仆後繼的經營與堅持下，不時展現一片柳暗花明之美景。

如對這批詩作以題材區分，不外詠物、敘事、抒情、說理……。如以長短界定，則可分為小詩（十行以內）、短詩（二十行以內）、中型詩（三十行以上）、散文詩和組詩。

本月共發表組詩四首，李明白的〈王朝家書〉，以去年九二一大地震倒塌的東勢「王朝大廈」為對象，他寫給妻子的信，不論是否假借或虛擬，作者在這首五十餘行的詩中，娓娓道出當時心中哀傷逾恆的守候與疼痛，詩中一點一滴，每一難忘的情節，令人讀之泫然欲泣。黃維君的〈從時間的盡頭回來〉，深刻抒發人間「無悔」、「迷惑」、「淡然」的孤獨情懷，全詩滿溢某些難以解說的哲思，其間虛實之穿插，明喻暗諷之拿捏，對時間的回眸，與夫整體氣氛之經營，均可從字裡行間感知作者內在的滄桑。桓夫譯的〈日日〉，子題是「起」、「承」、「轉」、「結」，分由中、日、韓四位詩人執筆，屬小詩系列，均有不俗的表現，綻放日常生活小小的禪趣。其中如日本詩人丸地守的佳句：

沒有明天的日日，確實很虛無，可是
舞成空心的他們的腦髓甕裡
要為果樹灑下的雨滴，看，快裝滿了

李癸雲的〈編織的女人〉，作者以「織不完的長圍巾」、「強韌的絲網」和「美麗的衣裳」，指涉女性精神生活的偏執與無奈，以下的詩句可能是最確鑿的見證。

掛在閣樓窗口，屬於少女的星空
狠狠鎖住
標本才是永遠飛不走的蝴蝶

短詩的發表總數約十二首，其中可圈可點者，如渡也的〈鳥〉、丁威仁的〈紀念日〉、鯨向海的〈悟〉、陳顏的〈從黃昏的背脊醒來〉、連暉慈的〈舊書攤〉、江文瑜的〈四色豆〉、沈奇的〈時間·生命·詩〉，以上各詩均能把握表現的焦點，使語言與意象二者之間的縫隙，降至最低的程度，呈現詩的密度、質感、與某些巧思、感覺之契合。特別是資深詩人李魁賢的〈雞蛋花〉，短短十二行，從看似十分平淡的語句中，確確爆發令人不得不再三嚼咀的餘興。特錄全詩如下，供愛詩人品賞：

花落盡了
葉也掉光了
剩下一身嶙峋的
硬骨

春過了
秋也暮了
畢竟孤零零死去
是最好的歸宿

山看不厭
海也不能想忘
留下的一片天空
有鵝黃加桃紅的幽香

詩能寫得如此「清明有味，雅俗共賞」，絕非易事。畢竟薑是老的辣，作者在本詩結尾，以「山、海、天空」的廣闊，對比「雞蛋花」的微不足道，看似矛盾，實則另有丘壑，而最後一聲「鵝黃加桃紅的幽香」，更是令人叫絕，「平中見奇」的效果，立即從詩中逸出。

而王麗華的〈穿山裂石的奔流〉，則是引用前輩作家王昶雄的作品篇名掇拾而成，頗有創意。李長青的〈言語死亡事件〉，以反語、逆向思考，企圖創新現代詩的另類理趣，值得觀察與期待。李進文的〈天使〉，想像玄奇，對死亡作更動人的新解；洪正壹的〈所有的日子〉，展示一種出奇的自然與寧靜；郭鏡的〈流過的琴音〉，捕捉異國繽紛不凡的景象，這些詩作均值得一讀，再讀。

總之，現代詩的道路是條條小徑通羅馬，就看一個作者怎樣精心的規模與演出。「臺灣日日詩」專欄，自一九九七年九月開闢至今，已有兩年三個多月，發表詩作總量約八百三十餘首，把它們投入臺灣現代文學的長河，或許只是一片小小的波影，但如此周而復始、日積月累，誰敢斷言若干年後它不能化為連天的巨浪。

儘管每月在已刊出的詩作中，還有不少青澀的菓子，但深信在該刊編輯人今後嚴密的規劃下，一定會讓優異的詩作繼續以獨步之姿，昂首人間。

現代詩絕不是溫室裡的花朵，更不是沒有根的浮萍，它必須吸納四面八方的風雨，深深植根於生活的土壤，開真摯的現實之花，結燦爛的生命之果。我希望「臺灣日日詩」今後致力開發提升小詩、短詩的品質，同時也呼籲全國詩人不要滔滔不絕，動輒百行，把每一首詩善加經營，使它成為一座永恆的紀念碑。

今年是二十世紀最後一年，筆者特別建議「臺灣日日詩」邁向三周年之際，何妨精密策劃幾項特展，如「當代老中青三代詩展」、「新世代女詩人特展」……，把臺灣現代詩朗朗推向歷史的高峰，這應該是千禧年所有愛詩人共同的願景。

——原刊臺灣副刊，二○○○年二月十日

新詩史料追蹤

——關於《詩誌》和《現代詩人書簡集》

‧小引

根據拙編《臺灣現代詩編目》（一九四九～一九九五），有關新詩期刊部分，自一九五一年十一月五日借《自立晚報》版面發行的《新詩周刊》，到一九九五年六月創刊的《雙子星人文詩刊》，共計一六〇種❶。

細數這些詩刊的足跡，有的長達三、四十載，迄今仍在詩國裡揚帆遠征，如《現代詩》、《創

❶《臺灣現代詩編目》（一九四九～一九九五），爾雅出版社印行，一九九五年一月修訂本。〈詩刊編目〉，第一三九～一五四頁。〈增補詩刊編目〉，第三六一～三六五頁。

世紀》、《葡萄園》、《笠》……。有的曇花一閃，如《長城詩刊》、《中國詩刊》、《谷風詩報》、《晨風四季》……。不論它們發刊時間的久暫，都或多或少為臺灣現代詩運推波助瀾而奉獻一己之心力，則是毋庸爭論的事實。

換言之，臺灣現代詩今天這樣百花齊放的局面，報紙副刊、文藝期刊固然扮演了相當吃重的角色，而同仁詩刊則一直是前仆後繼、不計虧損、餐風露宿、默默的耕耘者。

為此，筆者在這篇定名為〈新詩史料追蹤〉的文章中，就以臺灣最早出現的新詩刊物《詩誌》，和現已絕版的《現代詩人書簡集》為藍本，展開一趟行行復行行「柳暗花明又一村」的探秘之旅。

‧從《詩誌》萌芽到《現代詩》發刊

《詩誌》創刊於一九五二年八月一日，紀弦主編，由暴風雨出版社出版，是臺灣自一九四九年以來最早以單行本問世的新詩期刊。創刊號無目錄、無發刊詞，只有主編人短短的「編校後記」一則如下：

(一)本誌是一個不定期刊：條件具備了就出一號；力量不夠的時候不出。

(二)《詩誌》這名稱的雙重意義：一是「詩雜誌」；二是「詩言志」。

(三)本號只有譯詩一首，不能不說是相當遺憾的。以後我們當在介紹域外詩人及其作品方面多多努力。因為我們這個營養不良的詩壇，實在是太需要各種的維他命了，尤其是在技術方面。

(四)單就創作詩而言，本號所刊載的，大多數是值得一讀的東西；不過毋庸諱言的是，有些詩，還嫌幼稚一點，陳舊一點，這是事實。以後當提高水準，寧缺毋濫。

(五)園地公開，歡迎投稿。但，發表費暫時是沒有的。

為便於大家參閱，特將《詩誌》創刊號篇目列後：

(一)詩創作

- 楊　喚／詩五首（船、詩、詩人、失眠夜、雨中吟）
- 楊念慈／木板屋詩輯（潑婦、蓮座、發光體、兩塊石頭、一首詩）
- 潘　壘／四行詩（伊落瓦底江、思鄉、臺灣之行、慾望與滿足）
- 李　莎／大陸，封凍的冬天
- 諦　諦／淺藍的夢境
- 彭邦楨／黑玫瑰之夜

・古之紅／煙斗和手杖
・蓉　子／繆斯
・倪慧中／悼
・陳保郁／懷念
・童鍾晉／筆
・茜　妮／偽飾者
・墨　人／成人的悲歌
・鄧禹平／公平的分配
・藍婉秋／日記
・林　郊／療養院
・李春生／沉默
・覃子豪／海洋詩抄（暴風、晚潮、殞星）
・鍾　雷／夢
・上官予／家、勇士之歌、圖案
・宋　膺／媽：我們就要回來了！

- 季　薇／影
- 梁雲坡／雨後
- 亞　汀／徘徊、沉默
- 楚　卿／酒德頌
- 辛　立／無題
- 張自英／鄉思
- 林曉峰／落英
- 郭德楷／螢、琴聲
- 浪　雲／跟我們來
- 薛　曼／詩人
- 羅　行／石像
- 楊允達／眼睛

㈡翻譯

- 法國 Apollinaire 作品／失去的韻致・紀弦譯

㈢詩論評

・李　莎／關於楊喚

・青空律／詩論三題（論我、論詩的功用、我之詩律）

・紀　弦／評《自由的火焰》（墨人詩集）

《詩誌》採十六開本，薄薄的十六頁，據說是由小說家潘壘出資印行，只出一期。

創刊號計刊出三十三人的五十首詩作。除楊喚等二十六人有資料可供參考外，其他如諦諦、倪慧中、陳保郁、茜妮、辛立、浪雲、薜曼等七人，則無具體的個人簡介，陳保郁女士因為曾經把林亨泰的日文詩集《靈魂の產聲》譯成中文❷，比較為關心新詩史料的少數人士所知悉，但

❷林亨泰的日文詩集《靈魂の產聲》，於一九四九年四月十五日，由銀鈴會編輯部發行（地址是臺中縣北斗鎮北勢寮二九三號）。陳保郁小姐據以譯成中文，於《新詩周刊》第二十三期（一九五二年四月十五日）到四十三期（一九五二年九月一日），共譯介詩作包括〈山的那邊〉到〈影子〉約近二十首。其中葉泥也曾譯出〈百合〉一首，刊於第七十四期（一九五三年四月二十日）。參閱麥穗編的〈《新詩周刊》編目〉，於《創世紀》第六十二～六十四期刊出，一九八三年十月到一九八四年六月。又向陽編的〈《新詩周刊》目錄補編〉，則是針對麥穗編目的補充，刊於《創世紀》第六十五期創刊三十周年紀念特大號中，一九八四年十月。至此這一份完整的詩刊編目乃告完成，真是善莫大焉。

她的個人小傳則付闕如。

悉心檢視《詩誌》創刊號所發表的詩作，早期詩人表現的範疇，大概不外對「故土的縈念」：如李莎的〈大陸，封凍的冬天〉、潘壘的〈伊落瓦底江〉、上官予的〈家〉、鍾雷的〈夢〉、宋膺的〈媽：我們就要回來了！〉。

冬天已經來了
春天還會遠嗎
這不是詩人的預言
而是真理的聲音
當海峽這邊的常綠島上
翻湧過去解凍的沸騰的流
將會帶給他們以轟響的
歌和信號

——李莎〈大陸，封凍的冬天〉第五節

其次是對「理想的探索」：如童鍾晉的〈筆〉、楊喚的〈詩人〉。特錄後者的原詩如下：

最重要的，不僅是
去學習怎樣「發音」與「和聲」，
今天，詩人的第一課
是要做一個愛者和戰士，
然後，才能是詩的童貞的母親。
摔掉那低聲獨語的豎琴吧！
向著呼喚你的暴風雨，
把腳步跨出窄門。

歷經四十三年後，蕭蕭在《新詩三百首》的楊喚鑑評中，即曾盛讚他在〈詩人〉一詩中的豁達表現：「這是他所信奉的詩觀，值得我們大家細細咀嚼」❸。

而楊念慈的〈木板屋詩輯〉，從〈潑婦〉到〈一首詩〉，整整排了二頁，令人矚目。請看他在〈一首詩〉的開頭，即有如下不俗的表現❹：

---

❸《新詩三百首》（上冊），第四三八～四三九頁，蕭蕭對楊喚的鑑評。九歌出版社，一九九五年九月。

❹張默，〈現代詩壇鈎沉錄〉（上篇），曾引介楊念慈的「木板屋詩輯」中的〈一首詩〉。原刊《文訊》月刊

我捲起了我的簾子……

坐下來，沉思。

對著這貞節的，寂寞的，

修道女之無表情的臉色一般的

一百張空白的稿紙上，

三萬六千個空格兒。

（這就是我的人生，天，我真是要如此的度過這一世麼？）

可惜，楊念慈自從在《詩誌》上發表這一組詩，以及稍後在《現代詩》創刊號發表的〈在陸地上的〉（三首）之後❺，從此不再寫詩，也絕對不再提他曾經寫過詩的這檔子事，同時更不鼓勵他的子女寫詩，究竟是什麼理由使他對新詩如此「前恭後倨」，實在難以妄下斷語，就讓它永遠是一個謎吧！

檢視《詩誌》自發刊迄今，已逾四十四載，除麥穗及少數文學史家曾撰文略略提及外，並

❺《現代詩》創刊號，第四頁，除刊出楊念慈的〈在陸地上的〉，另二首是〈獨木橋〉、〈悼黑貓之死〉。第二十五期，第一九三～一九五頁，一九八六年八月。

未表現有任何詩刊曾為該詩誌「編目」備查，這是必須特別加以說明的。以下特錄紀弦曾在〈現代詩在臺灣〉一文中的一段話，以為佐證：

> 一九五三年，我為潘壘主持的「暴風雨出版社」主編詩刊《詩誌》，八月一日出第一號，被稱為臺灣第一本新詩雜誌。可惜只出一期就停刊了❻。

由於主編《詩誌》的經驗，紀弦於是縮衣節食，積極籌劃，由他獨資創辦的《現代詩》季刊第一期春季號乃於一九五三年二月一日正式問世。據紀弦的回憶：「我一個人身兼六職：發行人、社長、編輯、校對、經理和工友。買紙、車紙、跑印刷廠、跑郵局、寄書、收賬、拉稿子、拉廣告，都是我一個人包辦。辛苦是很辛苦，但我幹得滿起勁的。……」❼《現代詩》創刊號，依然採取十六開大本，厚十六頁，與《詩誌》篇幅相等。並刊出蓉子、林曉峰、涂大成、文奎、方思、彭邦楨、楊念慈、李莎、上官予、墨人、紀弦、亞汀、梁雲坡、張自英、鄭愁予、楊允達、羅行、張秀亞、楊喚、明秋水、柳陣、沙牧、浪雲、古之紅、宋膺、

---

❻ 紀弦的〈現代詩在臺灣〉一文成於一九八六年，收入其近著《千金之旅》（紀弦半島文存），第一九九頁，文史哲出版社，一九九六年十二月。

❼ 同❻。

郭德楷、李春生、青木等二十八家的詩作七十六首❽。另有方思譯〈喬依思 James Joyce 詩選〉，青空律（紀弦）譯〈法國阿保里奈爾的詩作「昨日」、「變化」〉。

而在該期封面十分醒目的創刊「宣言」中，紀弦則十分明確的忠告詩壇和作者：

> 要的是現代的。我們認為，在詩的技術方面，我們還停留在相當落後十分幼稚的階段，這是不可不注意的。惟有向世界詩壇看齊，學習新的表現手法，急起直追，迎頭趕上，才能使我們的所謂新詩達到現代化。

的確，在《現代詩》創刊號上有不少詩作仍然延續「五四」的遺風，距離真正「現代詩」的理想還差一大截，但是紀弦已經把球拋出，接下來就看喜愛詩的朋友們怎樣去玩這場歷史性的遊戲了。細心閱讀創刊號上的作品，諸如蓉子、方思、楊喚、亞汀、鄭愁予、羅行、楊允達、青木等人的表現，可說相當耀眼。下面仍以摘錄詩句為證：

於是每一片浪花

❽《現代詩》季刊第一~四十五期編目，分刊於《創世紀》詩刊第三十七期（一九七四年七月）、第三十八期（一九七四年十月）、第三十九期（一九七五年一月）。

都倏然地站起
異口同聲地唱出
最豪邁嘹亮的歌音

——蓉子〈午寐的海〉

當我仰觀
多麼遼廣的，啊，無際的青空
秋的靜從這裡悄悄飄落

——方思〈樹〉

我要歸去了
天隅有幽藍的空席
有星座們洗塵的酒宴
在隱去雲朵和帆的地方
我的燈將在那兒昇起

——鄭愁予〈歸航曲〉

如果讓我踩著你的階梯散散步，
我就向這大地說再會吧！

——楊允達〈虹〉

當花朵成熟為果實，落在地上，
於是，我珍貴地拾起來；
而那時，我已老態龍鍾了。

——青木〈生命的花朵〉

在穿越一萬五千多個日子之後，吾人再來細嚼上述這批詩句，當然每個人的內心感受自是不同。筆者不欲十分主觀地去詮釋它們，深信每位作者當年所展示的各個不同的創作手法，即使以今天讀詩的標準來衡量，依然是十分可觀的。

《現代詩》自一九五三年二月發刊，到一九六四年二月休刊，共出版四十五期。其中如「現代派」的成立，以及紀弦與覃子豪、余光中等人展開的論戰等等，熟悉臺灣現代詩發展史實的人均耳熟能詳，恕筆者就不再重複記述了。

然則，我們今天回顧從《詩誌》到《現代詩》的休刊，其間先後歷經十餘載的風風雨雨，假如不是紀弦當年大力強調中國（臺灣）新詩的現代化，草擬「現代派」六大信條，請問臺灣的現代詩會有今天這等嶄新的面貌嗎❾？

「前人種樹，後人納涼」，奉勸當前喜歡顛覆解構的詩壇後生晚輩，大家何妨靜下心來一起省思。

■《現代詩人書簡集》所綻放的秘辛

這是一部早已被人忘得一乾二淨的冷門書。

回首一九六九年夏天，我在澎湖測天島海軍某軍區任職，同時策劃編輯這部《現代詩人書簡集》的諸多瑣事。在本書的前言中，筆者劈頭就如是說：

古希臘散文家西賽羅在他的〈論友誼〉一文中表示：「友誼是由於心靈的趨向摻上情感而生的。」基於此，把一向遭受誤解最大攻擊最多的現代詩人間往還的書信，經過選擇性的整理，

❾ 林亨泰，〈立體的存在——論臺灣現代派運動的實質及其影響〉，原刊《中時晚報》「時代文學」周刊，一九九二年五月三十一日，其中也有類似的看法：「我常常想，假若沒有這一段現代派運動，目前的臺灣詩壇不知會是何等局面。」

破天荒的首次彙集在一起，毅然予以出版，該不是一件沒有意義的事吧❿。

在該書徵求詩人書札的邀約函中，筆者確認了以下幾個原則：

㈠對文學、藝術有特殊識見者。

㈡闡述詩的創作經驗、詩的欣賞批評深具研究心得者。

㈢有關文學性的傳記掌故，詩壇史料之片斷記載可供發掘參考者。

㈣對某些特定專題之探討與研究。

㈤雋永、風趣、小品式的生活談話，或詩人某一時刻所呈現的「孤冷之需求」。

㈥其他。

該書共收入三十五位詩人（藝術家）書簡約一百五十封，作者及篇數如下：

・季　紅／書簡四封（致葉泥、瘂弦等）

・羅　門／書簡一封（致人）

・大　荒／書簡二封（致唐靜予等）

---

❿見張默《現代詩人書簡集》的前言〈不要把光蓋在斗裡〉，全書共三八二頁，普天出版社，一九六九年十二月。

- 葉　泥／書簡十封（致季紅、楓堤等）
- 楓堤（李魁賢）／書簡三封（致葉泥等）
- 葉維廉／書簡十封（致瘂弦、洛夫、商禽等）
- 桓　夫／書簡二封（致杜國清、拾虹）
- 趙天儀／書簡一封（致天祿小弟）
- 管　管／書簡六封（致田季訓等）
- 蓉　子／書簡四封（致羅門、諸姊等）
- 辛　鬱／書簡四封（致商禽）
- 商　禽／書簡五封（致辛鬱、施善繼等）
- 紀　弦／書簡八封（致季紅、趙天儀等）
- 黃　用／書簡四封（致洛夫等）
- 洛　夫／書簡四封（致李英豪、張默）
- 羊令野／書簡五封（致季紅）
- 瘂　弦／書簡八封（致鍾鼎文、羅行等）
- 鍾鼎文／書簡三封（致施穎洲）

- 楚　戈／書簡一封（致莊喆）
- 余光中／書簡七封（致瘂弦、朱西寧等）
- 菩　提／書簡二封（致洛夫、朱西寧）
- 葉　笛／書簡三封（致張默）
- 陳慧樺／書簡五封（致蘇凌、余光中等）
- 蘇　凌／書簡五封（致陳慧樺等）
- 施善繼／書簡五封（致景翔）
- 喬　林／書簡四封（致羅明河等）
- 林煥彰／書簡四封（致夏暉、施善繼等）
- 戰　塵／書簡一封（致洛夫）
- 杜國清／書簡二封（致趙天儀、桓夫）
- 沈臨彬／書簡九封（致王愷、白驊等）
- 張　默／書簡四封（致李英豪、碧果等）
- 李英豪／書簡四封（致洛夫、葉泥等）
- 莊　喆／書簡五封（致楚戈、洛夫）

・秦　松／書簡三封（致友人）
・劉　菲／書簡一封（致洛夫）

這批書簡，最早的一封是紀弦於一九五六年一月三日寫給季紅的信，內容是說明參加臺北「現代派」集會的有關事項。最晚的一封是張默於一九六九年二月二十六日寫給沈臨彬的信，大意是談沈的〈浮蘭德〉一詩和《創世紀》的種種。它們前後橫跨十三個年頭，儘管每位詩人寫信的對象不同，時空場景有別，見解情趣互異，且每每各有所指，但無疑俱是第一手資料，十分難得。當初能徵集到這些珍貴的信件，獲得詩人同意發表，的確不是一件容易的事。

筆者以為最能洩示詩人內心的奧秘，莫過於讀他們的書簡，特別是詩人與好友間平時魚雁互通，無拘無束，既真誠而又能暢其所言，或許由於詩人的坦率對某些作品提出個人的批評，而令被批評者的不悅，但反過來想一想，虛心接納他人的指點，銳意革新自己創作的觀念，說不定他日會有某些意想不到的收獲。掌聲固然可以高舉一個作家，但是聽多了是否會覺得索然無味，從第三者信中間接獲得的批評可能是最真實的，《現代詩人書簡集》某些書簡揭開了這一可能永久被埋藏的秘密，無疑是所有作者的一大福音吧。

細讀這批信件，即使是在世紀末的今日，還是如品香茗，如濯清泉，每每獲得意料不到的喜悅與滿足。

　　如季紅致瘂弦的信，理路清晰、滿溢詩性的智慧；如大荒致唐靜予的信，披肝瀝膽，訴說歷歷在目的往事，令人動容；如葉泥致楓堤的信，暢談研讀里爾克之種種驚人發現，不亦快哉；如楓堤的家書，點點滴滴，道盡海外遊子的旅情；如葉維廉致洛夫的信，勾勒臺灣現代詩在國外的聲浪，深摯而令人興奮；如桓夫致杜國清的信，以詩作為實例，娓娓道來，使人受用不盡；如趙天儀致小弟天祿的信，告訴他怎樣欣賞新詩，詩情與親情並舉；如管管致田季訓的信，要他豁達的走向大自然和原始；如蓉子給姐姐的信，報導旅途的瑣事，言辭懇摯親切；如辛鬱致商禽的信，以十分關注的眼神，聊慰老友在東部荒涼海岸戍守之落寞；如商禽致辛鬱的信，自剖個人的心境，永遠是那樣令人心悅誠服；如紀弦致趙天儀的信，為新詩之正名，不厭其詳再三地解說，務使對方信服；如黃用致洛夫的信，大談《創世紀》和「藍星詩獎」之秘辛，十分難得。如楚戈致莊喆的信，強調藝術成於約束而死於自由；如洛夫致李英豪的信，點出個人創作的契機是「抓住動力，創造震撼」；如瘂弦致鍾鼎文的信，充分展現對長者的敬謹，言談間把握極有分寸；如鍾鼎文致施穎洲的信，記敘老友覃子豪過世的哀榮，並登錄菲華文友的賻儀，交代得一清二楚；如余光中致瘂弦的信，對其詩作〈馬戲的小丑〉之讚賞，見解犀利而令人開懷；如菩提的信，細說對洛夫〈石室之死亡〉之肯定與心儀；如葉笛致張默的信，詩情洋溢，傾吐個人對文學的執著，頗有可觀；如陳慧樺致余光中的信，透露不少讀詩心得及翻譯的秘訣；如蘇凌致陳慧樺的信，充滿玄思，指出要把自己像透明的紙一樣張貼；如施善繼致景翔的信，談詩與影劇的差異，頗有心得；如喬林的家書，談初晤高橋喜久晴之情景，感觸良多；如林煥彰致夏暉的信，「把李白、歌德丟開吧，我要的是我自己」，令人酣暢；如杜國清致趙天儀的信，傾談對日本文學之見地，細密而深刻；如劉菲的信，泛談詩與哲學的滙流，似乎頭頭是道。……

本書自一九六九年十二月，由詩人常青樹主持的普天出版社印行迄今，二十六載過去了，尚未見到有關介紹它的文字，頗為納悶。筆者此次有意讓它重新出土，純係站在整理臺灣當代新詩史料的立場，大概還不致落到「老王賣瓜，自賣自誇」的地步吧！

．結　語

「收集、保存、活用」，大概是維護臺灣當代新詩史料三者並行不悖的程式，願文學史家、詩人、詩評家、讀者，大家同心協力去促成。

《詩誌》早已絕版，《現代詩人書簡集》也不見芳蹤，但有心人如欲探幽尋秘，或許可在「國家圖書館」井然有序的書庫裡，找到它老神在在的真跡。

——原刊《臺灣史料研究》第九期，一九九七年五月

誰來綜理新詩史料

・蒐羅匪易

最近翻閱去年十月底，由北京《詩探索》編輯部主辦的「中國新詩集版本回顧・首屆九十年代中國新詩集展覽」目錄（一九二〇～一九九四），淒然發現早期新詩史料的不可多得。即以本次展覽來看，從一九二〇～一九二七年，僅展出胡適的《嘗試集》到徐志摩的《翡冷翠的一夜》，計十四種；從一九二八～一九三七年，計有聞一多的《死水》到戴望舒的《望舒詩稿》等十八種；從一九三七～一九四九年，計有臧克家的《從軍行》到杭約赫的《復活的土地》等二十八種。臺灣部分，從一九五〇～一九九四年，計有明秋水的《駱駝詩集》到鴻鴻的《黑暗中的音樂》等計四十種。總共加起來不過五百種。據主辦人之一劉福春來信告知，本次展覽開幕酒會，到了詩文友二百餘人，堪稱盛況空前，可見大家對詩集的珍愛。

回頭過來再看看臺灣，即以藏書最豐富的中央圖書館來論，我曾多次查閱該館藏書目錄卡，絕少找到三、四〇年代的新詩集。《文訊》雜誌數年前舉辦的絕版文藝書展，提供早期新詩集展出者不過十多本。

近年來國內大專院校研究現代詩的風氣日盛，碩、博士班同學常以詩人為對象撰寫論文，可惜經常遭遇到資料難覓的困境。月前在「臺灣現代詩史研討會」上，即有一位師範大學研究所的同學，以周夢蝶為研究對象，即慨歎四處搜索，難以把周氏的詩作和評論資料找齊。筆者這些年來，也曾先後提供若干資料給需要協助的同學，但真正徹底解決問題，端賴各大學本身應及早收集充實現代文學的圖書資料，譬如早期的絕版詩集，採取影印的方式，供同學們參用，當不致涉及侵犯個人的著作權益。

·文學史料三書

筆者之所以涉獵新詩史料，可說與長期主編詩刊、詩選有極大關聯。近年相繼完成的史料三書《臺灣現代詩編目》（一九九二年五月出版）、《當代臺灣作家編目》（與隱地合編，一九九四年一月出版）、《創世紀四十年總目》（與張漢良合編，一九九四年九月出版）。這幾本純史料書目，的確花費筆者不少的心血。當初在規劃它們的內容時，除力求史料的真實，同時更兼顧其實用性，各書絕非純粹書目。先從《臺灣現代詩編目》說起，其中第五編「詩論評參考篇目」，概分「詩史的發展」、「詩論的建立」、「詩作的批評」三部分，共收二三三篇論文，旨在讓真正欲進入臺灣現代詩堂奧的人士，追蹤參閱這些資料，自可獲得某些程度的瞭解。而第九編「臺灣現代詩作者籍貫、出生年表」，計列出從胡適（一八九一）到林志鵬（一九七二）共七六七人，雖有遺漏，但絕大部分新詩作者多已列入，應具有相當的參考價值。再以《當代臺灣作家編目》為例，此書雖屬爾雅出版社一三三位作家的書目，但第四編的「當代臺灣作家出生年表」，共列從賴和（一八九四）到謝運昌（一九七四）計一、七八八人，除出生年（或含辭世年別）並概分各家的寫作文類。三以《創世紀四十年總目》為例，本書概分三編，包括四十年詩刊總目、詩叢書目、重要文獻選刊、四十年大事記、創世紀歷屆詩獎得獎人等等，是研究一個元老詩刊與臺灣現代詩同步成長的最基礎資料。

筆者以為從事文學史料的收集整理與撰寫，必須反覆檢查，多方求證，全神貫注，劍及履及，特別是在輯印成書之際，勘校工作更是一門無與倫比的重頭戲，絲毫馬虎不得。除了一而再再而三三而四的仔細校正錯誤之外，別無捷徑可循。

・現代文學館在哪裡？

歷來從事臺灣新詩史料之挖掘、整理與編纂，固不乏人，且也顯示若干不容忽視的成績，但這是一種長期性日積月累十分枯燥繁瑣的工作，沒有耐心的人當然無法恆久的堅持。尤其近年來，先後有不少詩人作家學者撰文，呼籲成立「臺灣現代文學館」，為文學史料建立一個永久的家，但迄至目前，還未見政府主管文化部門，付諸實際行動。與其期待一個可能十分完備的空中樓閣式的遙遙無期的現代文學館的誕生，還不如在現在既有的基礎上，建議國立中央圖書館，將臺灣當代文學書籍史料，改變現有的編目、陳列方式，把新詩、散文、小說、戲劇創作、文學論評……等等，重新規劃，分門別類闢室陳列，能如此，一個從事當代文學研究者如果喜歡新詩，只要走進「新詩資料陳列室」，馬上就可覓得他所需要的資料，其餘類推。其次，《文訊》雜誌社近十年來不遺餘力，殷勤搜集當代臺灣文學史料，據悉可能是目前國內收藏最豐富者，如能獲得有關單位的資助，寬列專案經費，先期成立一個小型文學資料室，設置專人管理，每天定時對外開放，將不知嘉惠多少人。

·別讓歷史喪失

末尾，現階段究竟誰來綜理新詩史料最為恰當，筆者謹就個人多年觀察感受所得，條陳若干拙見如下：

㈠國內各大學相關系所某些有心人士，業已驚覺當代文學史料搜集之不易，先後有彰化師範大學國文系成立「現代詩研究中心」，據稱現已收藏新詩集、詩刊近三千種。臺灣大學中文系成立「現代文學研究資料室」，中央大學中文系新近成立「現代文學教研資料室」，除向詩人作家徵集著作外，也到坊間書局選購文學書籍。不過各大學所設的文學資料室，只能為某一學校的師生所用，無法嘉惠社會人士。是以筆者以為徵集綜理當代文學史料，似宜由文建會統籌組成一個「當代臺灣文學史料徵集委員會」，下設新詩組、散文組、小說組、理論組……，分別延攬各項人才，從事規劃、收集與綜理。等他日「臺灣現代文學館」正式成立，順理成章把業已收集到的書籍史料移送給該館典藏，同時繼續徵集工作，即由該館接手，本著「完善的規劃，細密的分工，科學的管理」之原則，這一令人引頸期盼的「臺灣現代文學館」，一定成果可期。新詩史料是該館的一環，凡是海內外自臺灣出發的詩人，他們絕對百分之百樂意把個人出版、收集的新詩資料送給該館。

㈡臺灣當代新詩史料，多年來在若干熱心人士的推動下，目前已做出一些令人印象深刻的成績，但這是長期持續的工作，絕對不能停頓與偏廢。何謂新詩史料，理應包括的範圍大致如下：

⑴詩的出版物：包括個人詩集、全集、合集、詩選集、詩大系、詩論評集、詩論選集、

詩評論大系、詩人札記、詩人隨筆、詩人傳記、新詩史、大事年表、新詩辭典、新詩編目、新詩展覽目錄、海報、簽名紙、詩的卡片、各種新詩期刊（含報紙副刊、文學期刊策劃出刊的各類詩的專刊、特輯）。

(2)詩人檔案：包括詩人小傳、個人創作書目、他人評論篇目、訪問篇目、評論專集、詩人手稿、手抄本、書簡（一是寫給他人的信，二是他人寫給詩人的信）、生活照片、墨寶等等。

(3)錄音（影）及其他：包括詩人朗誦錄音（影）帶、詩人活動紀錄片（如參加各種詩學會議、詩朗誦會、個人生活紀錄片、詩人傳記，或參加電影、電視之演出等）、詩人CD片。

總之，徵集、綜理臺灣當代新詩史料，這是一項大工程，非政府主管文化部門來領頭主導不可，匯集專業人士的共同智慧，大家夙夜匪懈，全心全力去做，或許可望他日有成。行文至此，筆者願意再度重複詩人瘂弦意味深長的兩句話：「史料的喪失，有時就是歷史的喪失。」如果忠言一再逆耳，得不到善意具體的回應，吾人今後只有裝作一隻噤聲的蟬吧。

——一九九五年六月《文訊》月刊，第一一六期

補充說明：在眾多愛好文學人士的呼籲下，「國立臺灣文學館」終於於數年前拍板定案，設在臺南，並於二〇〇三年十月正式開館，這實在是對研究當代臺灣文學的海內外人士一項莫大的福音。

悠然坦直話「年度詩選」

自一九八二年爾雅版《七十一年詩選》始，到二〇〇〇年二十世紀末《八十八年詩選》為止，一共出版了十八集，如果把它一字排開，放在當代臺灣新詩的地圖上，究竟它會呈現怎樣清晰的樣相，我想，還是讓海內外愛詩人、文學史家各自去定位吧。

「年度詩選」從一開始策劃，即本著為新詩讀者提供良好的精神糧食，為爾後的斷代選本提供可以選錄的佳作，以及為當代臺灣新詩史提供可以引述的真材實料。而在實際編輯運作上，則強調包容與多元並重，精鍊與風格並立，以及詩壇新銳詩作的發掘等等。

儘管每年主編的人選不同，但以上所標舉的準則，十八年來，大體上是八九不離十。以下特以抽樣具體的實例為證。

首先以九歌版《中華現代文學大系・詩卷》（一九七〇～一九八九）為據，僅以向陽主編的《七十五年詩選》為例，即有以下十九首詩作被選入：包括余光中／〈控拆一隻煙囪〉、王潤華

／〈牧牛記〉（組詩）、林彧／〈涼風四起〉（組詩）、羅青／〈一封關於訣別的訣別書〉、商禽／〈用腳思想〉、渡也／〈旅客留言〉、席慕蓉／〈在黑暗的河流上〉，朵思／〈影子〉、羅任玲／〈寶寶，這不是你的錯〉、許悔之／〈母親，我的鑰匙丟了〉、周夢蝶／〈藍蝴蝶〉、王添源／〈我不會悖動的心〉、陳克華／〈室內設計〉（組詩）、羅門／〈周末旅途事件〉、吳明興／〈地球劇場〉、張香華／〈過黎剎英雄館〉、林宗源／〈早餐〉、陳黎／〈罰站〉、羅智成／〈說書人柳敬亭〉（長詩）。

其次，大陸沈奇主編的《九十年代臺灣詩選》（一九九八年五月瀋陽春風文藝社），共選詩人八十四家，詩作近二百首，含每家詩後小評，也十之七八取材於《七十九年詩選》到《八十五年詩選》，如果沒有這七本年度詩選作參考，可能沈奇的選本就難產了。

其三，坊間近年出版的大型詩選本，諸如九歌版《新詩三百首》、《新詩二十家》、《天下詩選》……等等，取材於年度詩選的材料，也相當可觀，筆者就不一一詳列了。

我輩余光中、瘂弦、向明、商禽、辛鬱等草創「年度詩選」的編輯人，均已年逾七十，二○○○年四月《八十八年詩選》出版之日，即公開宣佈集體退出編委行列，由中生代詩人白靈、蕭蕭、陳義芝、焦桐等接棒，主持新世紀「年度詩選」的編輯。特提幾點拙見如下：

㈠新世紀二○○一年出版的《八十九年詩選》，在卷前的導言中，應開宗明義指出今後的編輯準則，特別是入選詩作的小評，應更精鍊，犀利，獨具觀察的新觀點。
㈡選詩不必拘泥於每家一首，真正優異的詩作，如組詩、長詩、詩劇，不宜漏選。
㈢發掘優異新銳詩作，不分平面媒體與網路，鼓勵新銳出頭，但非標新立異虛幻的形式主義者。
㈣除序言外，增加一篇對入選詩作的導讀，可能更利愛詩人的閱讀與思考。

筆者深信，以中生代詩人的堅強實力與對臺灣新詩的不懈耕耘。新世紀出版的「年度詩選」之「風雲再起」，似乎是意料中的事。

——原刊《臺灣詩學》第三十四期，二〇〇一年三月

卷二

詩人專論

感覺為經，史實為緯

——李政乃詩作初探

・前　言

被前輩已故詩人覃子豪稱為「臺灣光復後第一位省籍女詩人」的李政乃，她的詩齡迄今將近半世紀。十二年前鍾玲在《現代中國繆司——臺灣女詩人作品析論》一書中，曾讚許李政乃為「五〇年代清越的女高音之一」，確是當之無愧。

以下特節錄頗為準確掌握臺灣早期新詩史料的麥穗，為李政乃所作的「小傳」及「寫作簡歷」：

一九三四年出生於新竹竹東鎮的李政乃，臺灣光復那年才十一歲，是日治時代的小學四年級生。臺灣光復迫使她放棄學習多年、已打好基礎的日文，重新開始學習中文。戰爭後負笈臺北女師，並接觸新詩，高中二年時不但讀詩且嘗試寫詩，一九五二年五月，《自由青年》雜誌第五卷九期，發表了她第一首詩〈偽君子〉，同年十二月，又在《自立晚報》的《新詩周刊》第二十七期，發表她的另一首〈夏夜〉。時十九歲的李政乃開始在詩壇嶄露頭角。嗣後陸續自四十一期直至一九五三年九月十四日《新詩周刊》出完第九十四期停刊為止，她一直是該刊的重要作者。《新詩周刊》停刊後，李政乃將舞臺移向紀弦創辦的《現代詩》，一九五三年五月《現代詩》第二期，有一首她的〈除夕〉，到一九五五年九月《現代詩》第十一期發表的〈村戀〉和〈幽靈〉後，即未見她再有作品在《現代詩》發表。

李政乃自一九五二年發表第一首詩起至一九五五年與當時的名詩人，曾在臺大中文系就讀，主持過臺大詩歌研究社，創辦並主編《青潮》詩刊的林曉峰（本名林金鈔）結婚後，詩的產量銳減，二年後因家庭負擔及任教職工作繁忙而擱筆，從此李政乃三個字和她那充滿少女清純、幻思的秀麗詩篇，在詩壇逐漸淡出。（見《詩空的雲煙》第七十六、七十七頁）

李政乃歷經二十多年漫長的沈默，終於在一九八一年起，又重新開始執筆寫詩，並先後在《創世紀》、《秋水》、《葡萄園》、《笠》、《乾坤》、中央副刊、中華副刊上發表詩作。一九八四年處女詩集《千羽是詩》出版，她悠遠的詩之名聲又漸漸恢復。近年曾參加「中國詩歌藝術學會」及《乾坤》詩刊的社務，並到海內外各地旅行，個人詩作更綻放一股芬芳清新的草根味，而令人鼓舞。（這一段為筆者添加）

筆者這些年來，雖然對臺灣現代詩資料一點一滴的收集整理下過一番功夫，但是對詩人個人資料建檔並不積極。這次應青年評論家楊宗翰之邀，撰寫有關李政乃詩作的論述，深感意義重大，可能無法全面周延覓得所有有關對她個人評論觀察專文的審視和鑑別。筆者僅能就手邊現存資料，揀取某幾項作初步重點的切入。

以下概分三個子題，粗略進行對她某些重要詩作極為印象式、感覺式、甚至也是閑話式的探險之旅。

・從〈夏末〉、〈沈沈的酣睡〉到〈新竹光復路上〉

本節試圖以當代五部性質不同的新詩選本，選入李政乃的詩作為依據，分別從各種角度抽樣來檢視詮釋她個人創作的理念與特色，企圖抓住她或許某些被遺落、猶在暗中兀自發光的詩聲。

其一，一九八一年六月爾雅版，張默編的《剪成碧玉葉層層》三十年來第一部「現代女詩人選集」，計選詩人二十六家，李政乃被排在張秀亞（一九一九）、蓉子（一九二八）、林泠（一九三八）之後的第四位。本書共選她的〈誕辰有感〉、〈女教師〉、〈孔雀〉、〈寶藏〉、〈白鴿〉、〈乍晴〉及〈夏末〉等七首詩作。除〈白鴿〉、〈夏末〉各為十一行，其他五首均為四～七行的小詩。在作者小評中，筆者表達了以下的拙見。

> 早期「現代派」的健者，她那鷺鷥體的小詩，晶瑩潔白，十分可愛。李政乃一直默默地在編織她自己玲瓏精緻的小宇宙，且獨來獨往，不食詩壇的煙火久矣。（見該書第四十一頁）

關於該書所選入的小詩，以後再論，這裡不妨先對她的〈白鴿〉，提出一些粗略的看法。全詩如下：

我飛自詩人之古森林
而我，原是長著一對小翅膀
愛笑的嬰孩。

在相見之前，

希望我是姿態豐美的女神嗎？
漂亮女孩子的成熟
自然是幸福的

然而，我是一隻
永遠向上飛的小鳥
我要輕盈地掠過我的願望
為我，不必留下任何信仰。

一開頭，作者把「白鴿」化身為長著一對翅膀的嬰孩，往未知的「古森林」飛出，實則是希冀走出自己被禁錮的小天地，其意旨在偶然創發一種出其不意的詩趣；第二節明喻白鴿是體態優美的女神，同時也把自我融入其中，靜靜享受無拘無束的幸福；末節的象徵意味似乎更濃，最後兩句躍躍欲飛進退維谷的少女情懷更是飽滿，不禁使筆者豁然想起敻虹早年的名詩〈白鳥是初〉（見《六十年代詩選》，一九六一年大業版，第一八九頁），同樣洋溢著對愛的矜持與窺探。

在極地的白裡

用你堅定的立姿
紀念那藏放我的柔弱的心

——敻虹〈白鳥是初〉末節

儘管兩詩表現手法不同，時空背景互異，但同是少女時期致力追尋那不可知的幸福，瞬間之夢想，似乎如出一轍。

另一首〈夏末〉，則十足展示作者對季節的敏感，語言尤其雅致，描繪更見深澈，對當下某些現象有欲語還休的繾綣，令人徒興一種難以宣洩的浩歎。相信大家讀了最末五行，一定各有所得與說不出的戚戚。

我愛那靚山，愛那
雲擁、鳥鳴、雨滴、風捲
愛那萋萋草叢，一片茫茫的高原
是誰
是誰，揉綴滿庭落葉

其二，一九八九年七月，涂靜怡主編的《秋水詩選》（紀念創刊十五周年）選入李政乃的〈奢侈的抒情〉、〈少婦心〉、〈月之路〉三首。作者在「詩觀」中有如下的表白：「一首詩在意象上的經營，要有含蓄性、聯想性或禪悟性，而具有神韻的美。非晦澀難懂的，是明朗可悟的。」下面請參閱她的〈月之路〉一詩首、尾兩節：

聞遍蕙蘭百畝
我的晚境
竟然如此清香盈袖

無所謂
是否理解我對詩的衷誠
縱使是追趕不上
古聖賢的腳印

李政乃對詩的意象之經營，確確無時無刻不朝向「清明有味，雅俗共賞」的境地出發。別看她輕輕的一擊，自有她個人的執著之處。第一節她連連用了「蕙蘭百畝」、「清香盈袖」兩個成語，很多詩人諸如洛夫、商禽、白靈……等，常常規勸詩人要盡量減少引用成語。可是她在此詩中如此靈活的妙用，一點也不讓人覺得有絲毫生硬，反而平添極其舒愉的水到渠成之勢。這首〈月之路〉寫的就是詩人自我，她以「月」的皎潔見證個人詩心的明澈。特別是結尾縱然永遠追不上聖賢的腳步，但個人對詩藝不懈的推敲，則是絕對的無怨無悔。

其三，一九九六年三月文史哲版，一信等編的《中華新詩選》，選入李政乃的〈花之芒〉、〈暮春〉、〈時餘〉、〈月之路〉、〈沈沈的酣睡〉等五首。

在〈沈沈的酣睡〉一詩中，作者對人生的鑑照，似已悟出了某些一言難盡的倦怠，這首二十一行詩作，是詩人以自我絕對的赤忱，獨到的觀察，理直氣狀的宣告，別有所指的嘲諷，而完成的獨一無二的篇章。這首詩寫於一九八三年十一月，詩人剛好要跨過五十歲的門檻，她的慨嘆或許在心中盤桓已久，是故一開頭，她就如此坦言：

別想從我這裡獲得什麼
別枉費心機
當我抱著終身的疲睏

這「終身的疲睏」到底是什麼？是現實不順遂的苦雨，還是散落在心靈深處的塵垢，就讓讀詩的人去猜吧！接著她又昂揚的呼喊：

心的管轄已不再屬我
早已跨出仲秋的領域
我已用盡人生最後的一刻
再也找不出閒暇
可以任意的揮霍

她於言詞隙縫的轉折之間，人生似乎更應疼惜當下的一切，蓋時光一去不復返，我怎能徒徒再讓它無緣由的浪擲與虛度。最後她不得不更加甜蜜的剖白：

沈甸甸的大地
吸盡我的心血
我已無視於
雪的細語
風的溫柔

除了沈沈的酣睡

這首詩在節奏上有十分抑揚頓挫之美，也讓讀者讀得倍感痛快淋漓。人生的道路，詩人致力尋求的最最壯闊的風景，並非只是一聲「沈沈的酣睡」，詩人借此運用的反諷意識，更加驚動喚醒了所有愛詩人的心扉。

其四，一九九九年七月詩藝文版，王祿松、文曉村編的《兩岸女性詩歌三十家》，共選李政乃的〈孔雀〉、〈飽滿的夏季〉、〈書簡〉、〈雲的心語〉、〈若夢是真〉、〈時餘〉、〈暮春〉、〈禪〉、〈曇花開的時候〉、〈沈沈的酣睡〉、〈月之路〉等十一首。王祿松在作者小評中精警的說：

孤獨是另種繁華，清寂是另類美籟，李政乃不僅是一位卓識而善於自處的詩人，抑且能將世紀人文的夢中歌、心頭血、眼中淚，化為欺風雷、倒日月、驚天地、懾海嶽的奮邁大筆，寫成可歌可泣的永恆旨意，誰云不是淡泊情懷真宇宙，尋常思慮得天心呢？（見《兩岸女性詩歌三十家》，第一三六頁）

以下請仔細品賞她〈雲的心語〉之首節：

不是絕句

不是俳律
我是一曲無歌之歌
一首無詩的詩韻體
手握一林的綠意
聚寶盆內的童話便是我的誕生地
刁鑽與頑強的天雷
偶而也會發出疑如山破的陣吼
驚動秋之饗宴
驚動我的一畦雛菊
在動亂聲中
我忙著觀賞我的一群丹頂白鶴
悠悠起舞在浩淼的煙波裡

第二節前四句與首節同，後七句另有所指，茲不錄。其實很多時候，作者極喜歡引借外物來抒寫自己，這首〈雲的心語〉亦不例外，但她能如此蒼蒼朗朗的表白，手舞足蹈，著實令人開懷，前引王祿松的評語，似已為本詩立下一個很好的註腳。筆者就不再畫蛇添足了。

其五，二〇〇〇年九月文學街版，秦嶽編的《九州行》詩選，是十位詩人壯遊大陸送給彼岸詩人的禮物。李政乃也恭逢其盛，她的〈新竹光復路上〉、〈醉緣〉、〈牽情〉、〈心餘〉、〈曇花開的時候〉、〈暮春〉、〈書簡〉、〈寶藏〉、〈孔雀〉、〈夜遊〉等十詩被選入。其中特別是〈新竹光復路上〉一詩是她二〇〇〇年八月的新作，全詩十八行，每節三行，特錄末三節如下：

行在光復路上
舉足欲前啊　對面是我的家
無血無淚的鐵殼車啊　遲遲不肯放行

行在光復路上
兩旁的風景不再入詩
風打裙纙下逃逸，挖了又補的馬路總是在生病

行在光復路上
從童年走到年老

它是我故鄉的長廊啊　盡頭有慈顏的迎盼

李政乃一生六十七載的歲月，大部分在新竹待過，她對新竹的情感比任何人都深，這首清明的短詩，怨懟、調侃之情躍然紙上，充分流露她對故土深深的眷戀。她的詩人丈夫林曉峰在《千羽是詩》代序中說：「她的詩在本質上，是縱的繼承，而且含有泥土芬芳的草根性。」那麼我就此引借：〈新竹光復路上〉真正是一首再三回味滿載草根香的好詩，似無不當。

除上述詩例外，另被選入《葡萄園詩選》（第一一〇～一一二頁）的〈悟信〉，長達四十四行，全詩側重從生活外在的現象出發，逐漸到生命內裡的透視與完成，也有精彩的詮釋。倒數第二節是最明確的信物：

你不是誰　誰也不是你
誰也不投影在誰心底
你心冰潔　冰潔如透明的晶簾
你心開豁　開豁如雨後的青天

全詩表現的焦點，在思緒如此冰晶，天地一片和諧的氛圍中獲得無限的開悟與新生。

整體而言，這五本詩選，雖選詩的策略不同，其中也有若干首一再的重複被選，但並不影響各書的品質。李政乃的詩作，連連列在這些選本中，頗有主導或催化的效用，在在證明詩人只有以質量精純的詩作發表，才能博得繆斯不同程度的青睞。

・素靜、美的構成、雲的飄逸的小詩

《千羽是詩》，於一九八四年五月由竹一書局出版，收李政乃各時期的詩作七十五首。其中十行以內的小詩共二十八首，約占全書的三分之一。

如以行數多寡區分：四行詩有〈自畫像〉、〈自抑〉、〈誕生地〉、〈寶藏〉、〈初雪〉等五首。六行詩有〈孔雀〉、〈月下寄倦旅〉、〈書簡〉、〈暮春〉、〈十六歲〉、〈可愛的憂鬱〉等六首。七行詩有〈降〉、〈禪〉二首。八行詩有〈夜遊〉、〈除夕〉、〈散步〉、〈殘夢〉、〈初戀〉、〈生命的喜悅〉、〈我已慢慢的死去〉等七首。九行詩有〈雨非雨〉、〈多心事的郵輪〉、〈情緣萬縷〉、〈反芻〉等四首。十行詩有〈時餘〉、〈北國短影〉、〈仙樂為誰飄〉、〈花之芒〉等八首。

其中〈寶藏〉一詩，曾選入《中國新詩選輯》第十五頁。另一首〈女教師〉雖也同時選入，卻未見編入《千羽是詩》中，可能是作者一時小小的失察。〈女教師〉原詩如下：

在百合園裡午睡的孩兒突然醒來
輕揉小眼，又嬌嗔了一下
於是她走近去驕傲地撫愛著他，
雖然她不是他的媽媽。

本詩所創發的純真的童趣，令人莞爾。不論語調、感覺、抒情氣氛的營建，都極自然鮮活。又〈書簡〉一詩，則被選入《葡萄園小詩》，編者無任何評介文字，但卷末列出作者籍貫與生年。

讀李政乃這批小詩，我的第一個感覺是她獨自擁有的無比率真與無為，往往使讀者在心靈的一隅，十分歡愉地欣賞一幅素描或山水小品，從而自內裡發出淡淡的禮讚。

筆者七、八年前，曾在一篇題為〈語近情遙話小詩〉的短文裡，對小詩作如下的歸納：

一首小詩，是一個玲瓏剔透的宇宙，
一首小詩，是一片茂林修竹的風景；
一首小詩，是一幅氣韻生動的素描，

一首小詩，是一抹隱隱約約的水聲。

大約而言，李政乃的小詩，也是蘊含上述四者的某些特質，且閃爍著作者獨自生發的一種稀有的樸實美，一種亦真亦幻的喜悅，自然構成一種收放自如類似雲的飄逸的華采。以下特以詩句為證：

她比孤鶯來得悲哀和多愁
卻在繁星的天國裡天真又活潑
——〈自畫像〉

層層的雲霧已在我的腳下
寒木的心　不因秋涼而觳觫
——〈書簡〉

一艘郵輪靠在碼頭邊
活像一個叼著煙的高一男生
悠閒自在的滿足於剛學會的吞吞吐吐

——〈多心事的郵輪〉

故事在你的煙霧裡結了翳
睏眼　澀澀　細細
如　簾外天月
閒雲薄蓋成絮

——〈時餘〉

隔著窗　賞雪　織一窗綿綿的喜悅
如三歲嬰孩
把玩著愛不釋手的萬花筒

——〈北國短影〉

沒有呻吟
沒有感傷
破夜的曇花

裸看自己
——〈禪〉

依然是一身未見豐滿的羽毛
靜靜的等待　豈只是一種無奈
——〈十六歲〉

瀑瀉而下的富麗
是你昨夜窗前
飛逝的千羽
——〈花之芒〉

從封筆再寫時
就只那麼一轉頸
我就從初春破入深冬
——〈反芻〉

從上述九首小詩的斷句來看，李政乃寫詩的心情是十分婉曲的。她悠遊於各種感官之旅中，而仍能氣定神閒，來捕捉她於某一剎那所感受到或將要形成的某些尚未完成的對於美的憧憬的期盼。不論是她的〈自畫像〉的夢寐，〈書簡〉的秘而不宣，〈禪〉的虛空，〈十六歲〉的無用武之地，〈花之芒〉的驀然回首，〈多心事的郵輪〉的巧喻，〈時餘〉的弦外之音，〈北國短影〉的童年再現與〈反芻〉不經意的時空之變奏，作者都從詩作中獲得一份自身俱足的喜感，她努力在那些川流不息、繽紛或者悲悽的情境中復活一切。

我大膽推測，李政乃一直耽於「美的旋律」而燦然完成她一系列別有風情的小詩。這使我想起朱自清於一九四三年在〈詩與感覺〉一文裡所陳述的不凡見解。他說：「山水田野裡有詩，燈紅酒釅裡有詩，任一些顏色，一些聲音，一些香氣，一些味覺，也都可以有詩。發現這些未發現的詩，第一步得靠敏銳的感覺，詩人的觸覺得穿透熟悉的表面未經人到的底裡去，那兒有的是新鮮的東西。」（見《新詩雜話》，第三十七頁）

或許李政乃並未讀過朱自清這一段談詩文字，但是詩人對於美的感覺的領受與捕捉，可能是不期而遇，殊途同歸的。

而她的名詩〈孔雀〉，曾被收錄於筆者編著的《小詩選讀》一書。先錄全詩如下：

小立於絢麗的歲月中，
拘束如博物館金櫃中的美孔雀。

看到落日的光輝，
我終於失聲痛哭了。
擁著薔薇夢的大地啊，
怎地渴望長對翅膀呢？

〈孔雀〉最早發表於《現代詩》第七期（一九五四年九月），充分展現作者對動物標本的讚歎與同情。第一節兩行，指明是在博物館的金櫃中，看到這隻小立於絢麗歲月中的孔雀，「絢麗」二字用得十分傳神，而寓有反諷的效果。第二節四行，寫孔雀的失落，「落日」是一個相當淒楚的象徵。最後作者在渴望長對翅膀的企盼中結束，尤能引發讀者的省思。詩人彩羽也對這首詩愛不釋手，曾於《中華文藝》月刊第一二八期（一九八一年十月）撰文指出：「詩人在諸般美的視矚中，乃陷身於一種極端的矛盾，雖然想要長對翅膀，乘風而去，但又難捨這『擁著薔薇夢的大地』，她於是不得不在美夢與美情之間求索。」

她的另一首八行體〈散步〉，也獲得若干詩評家的箋註。原詩如下：

顯得多麼輕閒呀
我學著舊式日本婦女彬彬有禮的小腳步
哼著沒詞的歌曲
垂首　悠閒地　悠閒地踱著
我悠閒地踱來　又悠閒地踱去
似抱著滿懷的心事
默默地走著　靜靜地想著
偶而　卻也能聽到沈默與沈默的低語

〈散步〉發表於《現代詩》第三期（一九五三年八月），鍾玲對本詩有很清晰的解說：

此詩在格律上，用了「曲」與「語」、「步」與「踱」這些韻腳。文法上還靈活運用了排比、對仗和重複手法。如「學著」「哼著」兩行的對仗，「默默地」一行所使用的排比手法，以及四次重複「悠閒地」所用的變化句法，因此全詩節奏感特別強。而最後一行「沈默與沈默的低語」，不但是巧妙的矛盾語，而且表現敘述者幽默地調侃自己。此時自覺式的調侃語調，五十年代其

他女詩人沒有用過。（見《現代中國繆司》，第一九一～一九二頁）

李元貞對〈散步〉一詩也有自己的觀察心得。她說：「此詩第一節，先將女子散步的悠閒，頗為女性化的美感勾勒出來，第二節繞來繞去的形容，都沒說出女子在想什麼。而『似抱著滿懷的心事』這句的『似』字，用得巧妙，暗示女子可能沒什麼心事，不過就是輕閒嘛！女子的心事，就像『沈默與沈默的低語』，這樣婉約簡明的語言別有風味。」（見《女性詩學》，第二八六頁）

儘管鍾、李二氏對〈散步〉各有不同方式的解讀，但它本身所揮灑的獨有的從容不迫的風姿，使這首詩常為讀者所津津樂道，自是意料中的事。

總之，小詩由於體積短小，在語言上，力求精省，重視密度與純度；在意象上力求突兀，轉折而富變化；在感覺上力求舒愉暢達，縱橫跳躍，讓讀者於不知不覺中深入詩的美麗的核心；在節奏上，力求抑揚和諧，從而譜出天籟之音，綻放一首小詩特別精緻的光環。以上不僅是筆者對當代小詩的期望，相信也是李政乃和所有熱愛小詩寫作的女詩人們共同的期望。

・兩岸詩評家引述「詩例」錯誤之訂正

其一：鍾玲在《現代中國繆司》第五章「五十年代清越的女高音」。第四節分別介紹張秀亞、李政乃、彭捷、陳秀喜和沈思五家。鍾玲對李政乃的賞析大體是精當的，還特別提出她的〈採茶女〉一詩，大膽地觸及了在性方面女子的生理反應，處理得十分含蓄。不過她在該書第一八九～一九〇頁並指明是引述自〈初產〉一詩，見《千羽是詩》，第五十～五十一頁。以下是其中的一部分：

如爆發前的火山
子宮硬要擠出溶岩石
痛苦的極度她必須和子宮合作
火山終於爆發
到疲困已極她才體會
結婚就是忍耐的代名詞

鍾玲堅稱這首詩最後一行對社會派給女性的角色，間接提出抗議，可說是女性主義的先聲。（見《現代中國繆司》，第一八九～一九〇頁）

上述引詩〈初產〉，經筆者翻遍整本《千羽是詩》詩集，並沒有發現這首詩的蹤影，大概是鍾玲忙亂中把「出處」弄錯了，特此善意的提出，供愛詩人參考（經筆者月前向李政乃電話查詢，她說從未寫過〈初產〉這首詩，可能是「張冠李戴」了，特此註明）。

其二，大陸高巍主編的《中外現當代女詩人詩歌鑑賞辭典》，全書厚達一三〇九頁。其中「臺灣卷」計選彭捷到陳斐雯等四十五家，每家選一～三首不等，本卷也選了李政乃的詩〈周末〉一首，詩後並附劉焱的千字短評。經筆者閱讀後發現，本詩即是曾經被收入《剪成碧玉葉層層》中的〈夏末〉一詩，由於該書編者誤把「夏」字誤植為「周」字，一字之差，致使詩後的評語，完全繞著「周末」打圈子，讀起來特別顯得有點怪怪的。故借此一併提出訂正，讓事實還原真貌。

．結　語

李政乃一生創作完成的詩，已經發表的大概在一百多首以上，對一個詩齡近半世紀的女詩人來說，可說產量相當稀少。但扣除她中期二十多年的沈默，實際從事創作時間也不過二十年。這裡特引用陳義芝在〈繆思（Muses）歌唱——臺灣戰前世代女詩人簡介〉第二節「重要女詩人代表」，作為見證。他特別指認：「欲概覽臺灣當代女詩人全貌的選集，仍以張默主編，出版於一九八一年的《剪成碧玉葉層層》最具代表。該書選輯了張秀亞、蓉子、林泠、李政乃……到梁

翠梅等二十六家的詩。」（見《從半裸到全開》，第一四五頁）

實則，李政乃的詩，不外抒情遣懷，感物吟志，歷史詠歎，以及對當下現實的剖白。她有名的篇章，諸如〈孔雀〉、〈自畫像〉、〈雲的心語〉、〈月之路〉、〈散步〉、〈時餘〉、〈沈沈的酣睡〉、〈新竹光復路上〉等，俱已十足披瀝她風清月白的詩心，一個詩人最難得的是開放自己的胸襟，不高抬自己更不貶抑他人，確認個人應得的位置，活得心安理得。多年來她一直與世無爭，不計較他人的毀譽，一直泰然視之。

儘管早年她被尊為「臺灣第一位女詩人」，可是她比起蓉子和她的新竹同鄉、已故女詩人陳秀喜，似乎顯得落寞得多了。海內外詩評家，對蓉子的評文，可謂前仆後繼，汗牛充棟。而新竹市立文化中心也由李魁賢於一九九七年編定《陳秀喜全集》十大冊出版。可是李政乃仍是李政乃，她依然是生根新竹甘於寂寞的在地女詩人。筆者此次撰文，本著「雪中送炭」的初衷，更是拋磚引玉，希望真正研究臺灣女性詩學的專家，不必拘泥於詩中抗議性的強弱，取決某些選本的進出，何妨以獨具的藝術眼光，對李政乃的詩作多加珍視，從而展開一系列深入淺出的探討，或許會有意料不到的發現。

最後筆者特別誠摯地向李政乃建議：把一切俗務拋開吧！再拚個六、七年，把當年某些精緻典雅的抒情之美找回來，再創作出一系列「平中見奇、淡中有味」直達天籟的詩篇。我，深深期待著。

——二〇〇一年七月三十一日於內湖

——原刊《竹塹文獻雜誌》第二十二期，二〇〇二年一月

引用書目：

鍾　玲，《現代中國繆司——臺灣女詩人作品析論》。臺北：聯經，一九八九。

麥　穗，《詩空的雲煙——臺灣新詩備忘錄》。臺北：詩藝文，一九九八。

張　默，《剪成碧玉葉層層》。臺北：爾雅，一九八一。

涂靜怡，《秋水詩選》。臺北：秋水，一九八九。

一　信，《中華新詩選》。臺北：文史哲，一九九六。

王祿松、文曉村，《兩岸女性詩歌三十家》。臺北：詩藝文，一九九九。

秦　嶽，《九歌行》（詩選）。臺中：文學街，二〇〇〇。

李政乃，《千羽是詩》。新竹：竹一，一九八四。

張　默，《小詩選讀》。臺北：爾雅，一九八七。

文曉村，《葡萄園詩選》。臺北：自強，一九八二。

張默、瘂弦，《六十年代詩選》。高雄：大業，一九六一。
金　筑，《葡萄園小詩》。臺北：詩藝文，一九九七。
張默、洛夫，《中國新詩選輯》。左營：創世紀，一九五六。
李元貞，《女性詩學——臺灣現代女詩人集體研究》。臺北：女書，二〇〇〇。
朱喬森編，朱自清《新詩雜話》。臺北：開今，一九九四。
高　巍，《中外現當代女詩人詩歌鑑賞辭典》。北京：民族，一九九二。
陳義芝，《從半裸到全開——臺灣戰後世代女詩人的性別意識》。臺北：學生，一九九九。
張默、張漢良，《創世紀四十年總目》。臺北：創世紀，一九九四。

從〈破象〉到〈鄂爾多斯〉

——試論彩羽的詩

1

彩羽於《創世紀》創刊號（一九五四年十月）發表一首題為〈草原上〉的小詩❶，即已十足流露他早熟的才情。譬如第二段——

齧草的小白羊

❶ 彩羽首次在《創世紀》第一期（一九五四年十月）發表詩作三首，即〈草原上〉和〈小溪活潑潑的流著〉、〈對於星星應該感謝〉，均屬十行以內的小詩。

是草原的花朵
牧羊女的鞭，像一陣風
吹開草原上的雲

接著《創世紀》第二期，彩羽又發表〈這地方容許我們這樣〉，態度從容而語氣堅定。誠如他在結尾中所示：「乾杯吧！跳舞吧！而且歌唱吧！／因為這地方容許我們這樣／我們就這樣，我們自己樂於這樣」❷，詩人年輕的豪情，力穿紙背，令人難以抵擋。

而第三期，他的〈窗〉❸，則有更優異的藝術的轉化。例如——

我默立於窗前
如置身於藍天與陽光之間的鏡框

「鏡框」二字可圈可點，深獲語言洞穿意象思維之真髓。

第四期再下一城，〈我們的種族〉❹，則是他對神州大地的歌讚與眷戀，請看——

❷〈這地方容許我們這樣〉，發表於《創世紀》第二期（一九五五年三月）。
❸〈窗〉（六行）、〈小池〉（四行），發表於《創世紀》第三期（一九五五年六月）。

他的乳房
滲出的愛的乳汁
如一股膨脹著的噴湧的泉

彩羽在《創世紀》前四期（一九五四年十月～一九五五年十月），這一年共發表詩作七首。然後他保持沈默了七年，直到第十七期（一九六二年八月），他才發表三首詩作〈而我殘破〉、〈冷〉、〈回歸路上〉❺。這段期間，彩羽歷經很大的轉變，而一九五六年春天，紀弦在臺北招兵買馬，創組「現代派」，他也欣然應邀參加。尤其該派六大信條第四條「知性之強調」，以及詩不是個性的表現，情緒的放逐，「把熱情放到冰箱裡去吧……」❻，這些論點對彩羽的創作心態與詩的技法，都有難以言述的影響，是以他的〈冷〉❼就有以下極其超現實的句子：

---

❹〈我們的種族〉，發表於《創世紀》第四期（一九五五年十月）「戰鬥詩特輯」中。該特輯計收入紀弦、鍾雷、何方、瘂弦、彩羽、辛鬱、王岩、金劍、依穗、溪邊草等多人的詩作。

❺〈而我殘破〉等三詩，發表於改版後《創世紀》第十七期（一九六二年八月）。

❻〈把熱情放到冰箱裡去吧……〉本文由紀弦執筆，為《現代詩》第六期之社論（一九五四年五月出版），旨在提醒詩人寫詩時應排除過度的熱情，而重理性之思考。資料參見麥穗著《詩空的雲煙——臺灣新詩備忘錄》《《現代詩》季刊作品目錄〉，第二五二頁，詩藝文出版社，一九九八年五月。

冷冷地，在刺刀尖上
好些黑袈裟們，遂變為蝴蝶

以及〈回歸路上〉❽的末節——

某些力量一推，我們
進入這世界，而再一推
我們又很迅捷地離開
死無常，寂寂地，在永恆之外

這些詩句與早期相較，他的詩觀、技法，由平面而漸顯丘壑，自是不可同日而語了。真正掀起這一階段現代主義時期彩羽創作的高峰，應推他的長篇詩作〈破象〉❾。本詩採散文體的方式呈現。區分「序曲、關於復活、雷火之間、光之變故、秋降、空虛擁

❼〈冷〉（八行）屬小詩系列，刊於《創世紀》第十七期，同❺。
❽〈回歸路上〉，刊於《創世紀》第十七期，同❺。
❾〈破象〉（長詩），刊於《創世紀》第十八期（一九六三年六月）。

抱、時間的尾聲」等七個章節，踽踽緩緩甚至也是非常剛健地向前運行。

整體而言，〈破象〉並非全然指涉詮釋當代某些特定的現象，而是作者企圖穿越思想初動的時空，著墨詩人精神境界意念的吐納、飛躍與提升。

他要打破一切的「象」；
他要重組一切的「象」；
他要再造一切的「象」；
他要疊彩一切的「象」。

然則，作者是不是真的純然抵達他自己設想的極豐沛澄明的精神境界呢？或許瘂弦的話可點出本詩某些創作的源頭：「彩羽的〈破象〉可能援用了艾略特〈荒原〉裡某些乾枯殘破無聊的感覺，經過作者的吸納與揉合，它也能反射出一種完全屬於自己的彎曲的光環。」⑩

回想六〇年代初期，臺灣現代詩正值吸收西方各流派的收穫季，里爾克、梵樂希、藍波、波特萊爾、艾略特……E. E. 康敏士……諸大家的名作，在臺灣的詩圃裡大行其道，凡是寫詩的

⑩ 瘂弦的評語，見《七十年代詩選》（洛夫、張默、瘂弦編），第三〇一頁，「彩羽小評」，大業書店，一九六七年九月。

人，誰不會唸上幾段歐美大詩人的名句。而方思精心迻譯的里爾克的《時間之書》，其中有名的佳句。如——

怎樣時間俯身向我啊
將我觸及
以清澈的金屬性的拍擊

更是不時在追求精緻的小眾詩人的心弦上悸動與鳴響。

彩羽在寫作〈破象〉之前，洛夫的〈石室之死亡〉[11]、瘂弦的〈從感覺出發〉、〈深淵〉[12]、商禽的〈遙遠的催眠〉[13]、葉維廉的〈降臨〉[14]、大荒的〈兒子的呼喚〉[15]、碧果的〈鈕扣〉、〈兵士的．玫瑰〉[16]，均已先後在《創世紀》上發表，彩羽讀過這批詩作後無形中受到撞擊，應是極

---

[11] 洛夫詩作〈石室之死亡〉於《創世紀》第十二期（一九五八年七月）開始連載。

[12] 瘂弦詩作〈從感覺出發〉，刊於《創世紀》第十一期（一九五八年四月）。〈深淵〉，刊於第十二期。

[13] 商禽詩作〈遙遠的催眠〉，刊於《創世紀》第十七期。

[14] 葉維廉詩作〈降臨〉，刊於《創世紀》第十七期。

[15] 大荒詩作〈兒子的呼喚〉，刊於《創世紀》第十七期。

自然的事。當時，詩人創作的普遍共同原則是盡量向個人內心世界深深挖掘罕見的特別經驗，然後假借自己的表現技巧，易言之，「重知性之思考」，「輕感性之直陳」，是大家不約而同的守則。而彩羽的〈破象〉應運而生，當然無法例外。

為便於簡易解析之方便，特自〈破象〉一詩中選錄部分詩句如下：

我是一根被扭斷的線，張馳著。曲折著。我在她
的瞳孔中，而她的瞳孔在時間的激流中。

——節自「序曲」

沒有雲朵的枕褥。我們是
被幽囚的新月。沒有露滴，沒有水
我們是枯朽的樹根，走不出這重重的方格
我們是被握執於指隙間的棋子，惟在失意與悲痛
我們才是糾結火焰的人。

⑯ 碧果詩作〈鈕扣〉、〈兵士的．玫瑰〉二詩，載於《六十年代詩選》（張默、瘂弦主編），第一九五、一九七～一九八頁，大業書店，一九六一年一月。

——節自「關於復活」

像一隻飛射的紅鳥，這是一片茫然的空間，這是一種
死沉的大氣。在這裡，在這暗沉的洞穴，祇有蚊目刺
射的冷。祇有鷹鷲啄食的寒。

——節自「雷火之間」

像荷葉依於水面。像橋樑伸向路的邊緣。而時間
漸漸使我們認識光。
紙鳶啊！我的奮飛的盲鳥。
啊啊！回憶總是些死去的聲音。

——節自「光之變故」

當我們毛孔中驚呼著黃葉的感應
七孔笛悠悠地在我們氣管中化為一支歌
憐憫我吧！神啊

而我們的人格漸漸滑落到腳掌

——節自「秋降」

快快停止你的爬行。
你的背上織滿了鞭痕。
烙印。烙印。烙印。星星。星星。冷麗的星星。

——節自「空虛擁抱」

把門打開，讓智慧進去。把門打開，讓才華進去。
側耳而聽，祇聽見一種夢一般的語聲，低低的
那群人說：「我們開墾土地
我們栽種生命……」

——節自「時間的尾聲」

以上選摘，只占〈破象〉全詩極少的一部分。由此或可讓讀者約略感知彩羽所破所立的「象」究竟為何。

筆者以為，要詮釋或推理〈破象〉，以下幾點似可參考。

- 全詩七段，閱讀時讓自己的感覺、觸覺、聽覺、視覺儘量伸延，而非僅僅逐句逐字尋求它表層的意義。
- 貫穿〈破象〉全詩真正的意圖為何，請讀者從語言意象的暗處覓出焦點。
- 虛與實、密與疏、濃與淡、隱與顯……等等的調配，是否有過之或不及之處。
- 內在的「象」與外在的「象」，如何求得和諧與平衡。
- 對某些抽象意念的攝取，或許還不夠精確，你能找出其中最不易覺察的疏失嗎？

廚川白村曾經說過：「文學是苦悶的象徵。」從五、六〇年代走過來的臺灣前行代的一群，他們深體這句話的弦外之意。如直指〈破象〉是彩羽個人苦悶的渲洩，亦無不可。以下我必須指出：〈破象〉與瘂弦的〈深淵〉在創作的理念上確有某些相近之處，如果彩羽當初壓根兒未讀過〈荒原〉（艾略特）和〈深淵〉，說不定〈破象〉這首詩就不會問世。

就臺灣現代詩的發展史實而言，時下極少數詩評家非議五、六〇年代《創世紀》詩人製造晦澀及意象過於膨脹的弊端，也有過於武斷之嫌，假如當年沒有「現代派」的點火，《創世紀》持續推動現代主義的毅力，大家還是一窩蜂寫五四時期那種淡而無味、平鋪直述的詩，試問臺灣現代詩有今天這等「橫看成嶺側成峰」的氣象嗎？

就詩的創造實驗性而言，〈破象〉自有其不得不提出來討論的歷史意義。他所破的「象」，或許是永存在讀者某些牢不可破，浩瀚深邃的「感官之旅」中。

2

根據筆者最近為彩羽詩作編目統計，從《創世紀》第一期到晚近的第一一五期[17]，作者共發表長短詩作一一一首，如以期別計算，則為五十五期，平均每隔一期就有二首，可見彩羽在《創世紀》上的涉獵之深、耕耘之勤了。

如以素材區分：

- 抒寫自然風物的詩作：如〈對於星星應該感謝〉、〈小池〉、〈草原上〉、〈霧谷〉、〈秋水〉、〈林中印象〉等。
- 對人物描繪的詩作：如〈變異的光輝〉、〈美酒萬歲〉等。
- 呈現個人孤獨心境的詩作：如〈鋼盔底下的人〉、〈下午逢單〉、〈市井邊緣的夜歌〉、〈冷

[17] 參見一一六期筆者編〈《創世紀》歷年發表彩羽詩作篇目彙編〉。

的方程式〉、〈我來到它們〉、〈端居在芒果樹下〉等。

- 有關動植物的詩作：如〈海鷗〉、〈螢〉、〈蛇〉、〈蝸牛〉、〈羊〉、〈蜘蛛〉、〈犀牛〉、〈葡萄架下〉、〈楊〉、〈杜鵑花〉、〈玫瑰〉、〈紅葉〉等。
- 特定景觀的詩作：如〈臺中公園〉、〈初入龍山寺〉等。
- 造訪大陸名勝山川的詩作：如〈五月，偕詩友同登黃鶴樓〉、〈君山〉、〈鄂爾多斯〉、〈雁塔〉、〈秦俑〉、〈懸空寺〉、〈無字碑〉、〈造訪玉門關〉、〈洛陽城南祭關林〉、〈昆明池〉等。
- 詠嘆季節的詩作：如〈秋燼〉、〈大地春回〉、〈黃之舞踊〉、〈夏〉、〈雪花〉、〈秋〉、〈雪野中山巔之群樹〉等。
- 長詩則有〈破象〉、〈零度〉。組詩則有〈獨釣寒江雪〉。詩劇則有〈黑太陽的夜〉。
- 其他不歸屬上述類別者，則有〈角形之夢〉、〈焚燃草〉、〈墓地〉、〈夜渡到彼岸〉、〈奇異的沙〉、〈醉歌行〉、〈打水漂〉等。
- 小詩（十行以內者）則有〈窗〉、〈散星集〉、〈浪花〉、〈看雲〉等二十多首。

從上列彩羽詩作的篇目來看，僅以素材區分為例，他的創作範疇可說相當的廣泛。

本節擬抽樣列舉彩羽各種風格的詩作七首，依次是〈變異的光輝〉、〈秋燼〉、〈端居在芒果樹下〉、〈蝸牛〉、〈市井邊緣的夜歌〉、〈犀牛〉、〈冷的方程式〉等，予以精簡概評式的討論。

首先請看〈變異的光輝〉⑱。

本詩以西班牙大畫家畢加索為素描對象，全詩語氣親摯而意象飽滿，作者對其畫作似甚熟稔，頻頻用敬謹燦烈的心情，抒發觀賞後波濤起伏的感覺，甚至反諷、對比交疊，詩情、畫想爭輝，從而創造以下的佳句——

我在你的毛孔中讀出一些冷汗
角形之夢與圓的設計
光和色澤的鳴應，動、靜上的對比
我復坐立體的險峰
過癮地，貪窺你敲擊著你的那麼許些偉建
宇宙是你撒下的一張網

⑱〈變異的光輝〉，原刊《創世紀》第二十三期（一九六六年一月），後分別收入《七十年代詩選》，第三〇四頁，大業版，一九六七年九月。《中國現代文學大系．詩卷二》（洛夫主編），第三十三頁，巨人出版社，一九七二年一月。

全詩凡五段二十七行，在詩人熠熠的盼顧之間，呈現極其酣暢淋漓的視矚之美。中間偶也穿插——

　　噢！你的噴泉也會哭泣嗎？

確確然，經過作者這樣小小的化合，不是把讀者的情緒引領至「萬籟俱寂」的峰頂。其次，〈秋燼〉⓳所展示的是一片淒淒切切的景象，令人十分驚駭。

請看開頭作者一連串的比擬——

　　蒼涼的天空
　　珠寶商們的天空
　　被勒在劍鋒和刀刃上的天空

⓳〈秋燼〉，原刊《創世紀》第二十六期（一九六七年三月）。後分別收入《當代中國新文學大系・詩卷》（瘂弦主編），第四八六頁，天視公司，一九八〇年四月。《感月吟風多少事——現代百家詩選》（張默編），第二一八～二一九頁，爾雅出版社，一九八二年九月。《創世紀詩選》（瘂弦編），第二五四頁，爾雅出版社，一九八四年九月。《創世紀四十年詩選》（洛夫、沈志方編），第八十八頁，創世紀詩社，一九九四年九月。

掌紋上的天空，僅僅
祇屬於天空的天空

這些對比，十分引人注目，作者為何要這樣子抒寫秋天的風景，莫非秋天某一時刻真的讓作者極其心驚而哀傷……

等到筆者讀畢全詩，我才恍然大悟，原來這看似一片淒淒切切的風景，乃是作者刻意鋪陳的。

它就是一個小逗點；
它就是一幅抽象畫。
它更是一具秋的遠遠的浮雕，站在愛詩人的心中，讓人一個勁地渴想與低徊。

生命原是遙遠遙遠的伸展
而影子與影子的陰影們擱在窗前。

是你在秋天的窗前，或是秋天在你的窗前，你能界說這不是作者刻意的喃喃囈語嗎？

細撫〈端坐在芒果樹下〉[20]，我猜想彩羽在構思它時，其心情可能有「老僧入定」的樣相。

惟有心如止水，悠然澄明，他才能寫出這樣寧靜、細緻、超絕、冷澈的詩篇。

一開頭，作者即滿懷喜悅，侃侃描繪他的居室為巨樹濃蔭所覆蓋，且充滿異樣的芬芳。接著他為芒果花開而忙碌，每天打掃落葉，撿拾斷枝，在鳥鳴蟬唱中不知日已西沉。其中第三段來了一個燦亮的轉折。

　今兒，突有
　一枚熟透了的果子，從空中
　跌落了下來

於是到結尾，他才如此宣稱——

　拾在手中，我知道的
　樹所投給我的——一枚熟透了的喜悅

本詩區分四段十六行，作者以輕巧的觸手，把節奏處理得極為徐緩而抑揚有致，於是讀詩

---

⑳〈端坐在芒果樹下〉，原刊《創世紀》第六十二期（一九八三年十月），後收入《創世紀詩選》，第二五九頁。《中華現代文學大系・詩卷》（張默、白靈、向陽編），第二〇八頁，九歌出版社，一九八九年五月。

的人，就在他「一枚熟透了的喜悅」的輕呼聲中，達到「抒情的出神狀態」（白略蒙語）而不自覺。

對動物充滿關愛，並賦予一點一滴栩栩如生的形象，讀畢〈蝸牛〉㉑一詩，則我心戚戚焉而有同感。

起始，彩羽即著墨從牠的觸角往後延展，牠雖默默如斯，而那極其敏銳的觸角，就是他小小生命的指南針。

詩分四段二十二行，每一段都安排得十分貼切。如第二段他描繪牠在後花園的青石上寫甲骨文和幾幀抽象畫。第四段，指出牠也喜愛薔薇與綠草，惟有攀上花架，牠才冷冷卓然而立。末尾的結語，或許啟人疑竇——

為你
我倒十分擔心，擔心著自己
不經意地

㉑〈蝸牛〉，原刊《創世紀》第七十二期（一九八七年十二月），後收入《中華現代文學大系・詩卷一》，第二〇九～二一〇頁。《創世紀四十年詩選》，第八十九～九十頁。

打從暗夜裡回來

作者雖未點明，但讀詩的人一看便知，如果牠不經意趴在暗夜的家門口，一不小心被晚歸的主人狠狠踹上一腳，牠能承受得起嗎？

本詩的弦外之意，至此已洩露無遺。

〈市井邊緣的夜歌〉㉒，是一首情景交融、與天地契合的抒情佳篇。

我讀第一遍，猶未深深覺察詩中的魅力，及至第二遍第三遍第四遍，情緒完全不同了，詩中某些犀利的觸手隱隱向我四面八方的撲來，但當我試著去解它評它，我又猶豫起來了。

這就是為什麼我們常常在若干「評詩場合」，碰到南轅北轍觀點的差異而互不相讓。是別人看走了眼，還是我的失察，其實都不是，只是各人讀詩的習慣採取不同的方式而已。

對於這首詩，我堅持不宜句解，而是全讀，惟有從其整體結構的純然佈構，你才可體會作者的用心與企圖。

其實詩中的「星空、蓮池、曠野、霓虹、出口、泡沫、水域」等等名詞或代名詞，它們都是假借，目的無他，乃詩人呈現「夜」的特殊的感受。而以「每一顆星子之崇高傲岸孤默」來

㉒〈市井邊緣的夜歌〉，原刊《創世紀》第三十三期（一九七三年六月）。

自嘲詩人自身的悽絕與無法遺世獨立而已。

第二段「讓夜升起」，乃第一段意象的伸展，不管詩人如何為「夜」詮釋、辯解，但他始終擺脫不了是在「孤寂中品嘗孤寂」。

本詩的結局，很淒美——

而回聲震落
天間深處垂滅一顆流星。

請問，那悄悄墜落的一顆流星，莫非正是詩人自己？

馳騁笑傲野性非洲的〈犀牛〉㉓，彩羽勇健地把牠移植到自己的心裡，繼之發為吟哦而成詩。的確，這樣的素材要想把它處理得面面俱到，幾乎是不可能的。但是，彩羽說寫就寫，可管不了這些。

首先，他心目中的〈犀牛〉，似乎就是這樣的朦朧一片——

㉓〈犀牛〉，原刊《創世紀》第九十四期（一九九三年七月），後收入《創世紀詩選》（第二集）（辛鬱、商禽、楊平編），第一一三～一一六頁，爾雅出版社，一九九四年九月。

黑
渺遠渺遠的……

他深情讚嘆犀牛是「威猛之黑，雄峙一方，無視巨象、獅王、猛虎同斑馬」。牠龐大的身軀，幾可主宰粉碎一切。

而牠更喜歡「流浪」，所以「時空和酷熱，全都向牠俯身」，牠是何等的巨大與無私。彩羽用心眼把〈犀牛〉寫得活靈活現，十分傳神，雖然其間也摻雜個人少量的感情。畢竟牠的世界是「莽莽乾坤任我行」，人類，除了在銀幕上、攝影集上看到牠龐大的身影之外，有誰能與牠朝夕相處呢？是以作者某些主觀的敘述，如——

難逃某些高級動物們，他們蓄意對你
暴弱卑污貪婪的窺伺

也就引人格外珍視與省思。

我把〈冷的方程式〉置於本節之末是有理由的。現抄錄全詩如下——

歡喜流的

都浮沉在水裡
歡喜飄的
都消失在雲中
我抬起頭來的雙肩把累積的風雨舉高而堆升到
我的髮尖
而後
降落到大地
即成為皚皚的雪

筆者早就在《小詩選讀》[24]一書中，對〈冷的方程式〉提出看法，一是對季節變化的詮釋，二是對個人情感的捕捉，所呈顯的不同流俗的狀態之描摹。

[24] 〈冷的方程式〉，原刊《創世紀》第三十八期（一九七四年十月），後收入《當代中國新文學大系・詩卷》，第四八六頁。《中華現代文學大系・詩卷一》，第二〇五頁。《創世紀四十年詩選》，第八十八頁。《新詩三百首》（張默、蕭蕭編），第四一四頁，九歌出版社，一九九五年九月。而《小詩選讀》，第五十七～六十頁，爾雅出版社，一九八七年五月，筆者對該詩評述甚為深入清澈。本詩共選入五個選本。

本詩的妙處，首在作者所營建的那種一陣緊似一陣淡泊而又輕巧的氣氛，一開頭看似敘述，實則是作者有意的安排，一寸一寸向前推演，並在緊要關頭，讓人達至一種突如其來的狂喜。

中間的長句極好，有一柱擎天的氣勢。

最後緩緩下降，而成為「皚皚的雪」，確是冷的圓融的表現。全詩更彰顯作者對生命的領悟與觀照，捨此又有何圖。

以上七首，筆者自認是彩羽於《創世紀》歷年發表詩作中具有相當程度的代表性，但無法涵蓋他所有的詩作，這是必須特別聲明的。

綜觀這批詩作，創作時間差距可能有三十年之久，內容、題旨、技法、情趣各個不同，如欲精要勾勒，則〈變異的光輝〉的神似，〈秋燼〉的淒切，〈端坐在芒果樹下〉的悠然，〈蝸牛〉的人道精神，〈市井邊緣的夜歌〉的深邃，〈犀牛〉的雄渾，以及〈冷的方程式〉的銳利。在在足以證明彩羽近半世紀來經之營之的豐碩收成。

彩羽一直致力在詩的形式、排比、語言、意象、情趣諸方面的融會，使每一首都是詩的，不要淪為散文的分行，概念化的警句，空洞的代名詞，這三者的弊端，他是嚴格遵守，時時刻刻要求自己絕對不可懈怠。

因為詩人無時無刻不是在走高空鋼索，一不小心，就會跌落深淵而難以自拔。而一個傑出詩人與平庸詩人之間的分野，就在一個是日新月異不斷的實驗與創造，一個是經年累月不斷的敘述與重複。

3

自一九八八年兩岸開放探親後，彩羽也多次返回故里尋根，因而抒寫大陸的詩篇，也相繼紛紛出籠，構成他近期詩作的一大特色。

從〈五月，偕詩友同登黃鶴樓〉（一九九一）、〈君山〉、〈鄂爾多斯〉、〈雁塔〉、〈秦俑〉、〈懸空寺〉、〈無字碑〉、〈造訪玉門關〉、〈洛陽城南祭關林〉到〈昆明池〉（一九九六）[25]，近五、六年他抒發神州的詩篇不下十數首，成績卓然可觀。

本節特挑選〈秦俑〉和〈鄂爾多斯〉二首詩作，提出個人的詮釋和拙見。

我以為〈秦俑〉[26]是彩羽寫作大陸詩抄中最具有高層次象徵意義的一首。初讀它的印象是：意象與意象重疊，是耶或非耶拔河，全詩基調看似平和，實則是波濤千尺，集視、觸、嗅、感諸覺於一瞬，令人讀後不勝唏噓！

[25]〈昆明池〉，刊於《創世紀》第一〇七期（一九九六年七月）。

[26]〈秦俑〉，刊於《創世紀》第一〇〇期，創刊四十周年紀念特大號，一九九四年九月。

所謂朝代的更迭、帝王的威權、人民的悲苦、歷史的無情，絕不是那被挖掘出的一號坑、二號坑幾千具兵馬俑的頭顱和身軀所能說明於萬一。

下面請看彩羽一開篇的洞見——

赫赫然。這曾經一度
使我們的關山
白過，而且黑過的，秦王朝的
這許些兵馬，而今，他們
竟而又幽靈般，以一種
扭曲了的形態，藉著泥土，從泥土中
鑽了出來。嗯，這真像是
一陣墓塚的風暴。猶似當年，一夜之間
那四十萬眾
趙卒的亡魂。

作者在首段中披瀝得很清楚，這些兵馬俑雖然出土，那不正是千年前業已夭亡的「四十萬眾趙卒的亡魂」。今人觀之，又有何感觸？大多是抱著好奇看熱鬧的心態，有誰，肯為秦王朝勞師動眾汗水成河的子民日以繼夜胼手胝足的代價叫屈？這些不言不語成排成隊的形象不過是滿足一代暴君個人死後的威名罷了。

今人還要從世界各地絡繹不絕的來憑弔，還要把它列為世界十大奇景，真是天理公道何存，於是詩人在本詩的結語中有如下的定見——

我等，又怎能
以戎馬和刀槍，去填補
這段子空白？這倒也，無非
是專。無非
是橫。無非
是慾。無非是一種
夢魘的縮影延伸，甚且亦無非是
　　如是一種：
　　　　黑

而詩人所界定的「黑與白」，這不就是一種絕然豁達的宣判；其懸疑氣氛的釀製，其不落俗套的創發精神，〈秦俑〉一詩或許為讀詩的人創造了一種稀有的感覺。

本文安排彩羽的壓卷之作，是屬重量級八十五行抒寫內蒙大草原的〈鄂爾多斯〉[27]。

這是一首結構完整，設計精當，語言純淨，節奏舒愉的佳作。

作者在創作本詩時，大抵以史實為經，感覺為緯，詩中「虛」的成分較多，目的在顯陳詮釋詩人對這座古陸草原諸多難以言述的觀念之貌。

一開篇，作者一連串的詢問「你是誰？從無到有，從原始乃告堆成燦爛文明」。接著再探詢「你是誰？心香燃點，我在你懷中跪下，讓一頁一頁古史，在我眼前匆遽流過」。

這一前一後的「你是誰？」卻有兩種不同的情境，前一句是無限的緬懷，而後一句則是迫不及待向它下跪，展開不眠不休深情的閱讀。

[27] 〈鄂爾多斯〉，刊於《創世紀》第九十七、八期合刊（一九九四年三月），後收入《創世紀四十年詩選》，第九十一～九十四頁。

於是詩人從第二節開始，在這夜的高原之上，立即噤聲，也不舉火，他只是感悟出寂靜的是泥土以及無聲的土地。然而千年以來，人類生物不斷的進化，地水風火，白骨、溶漿、石筆、三葉蟲、閃電、雷霆、……這泰初的鄂爾多斯，它所呈現的究竟幾回陸沉，幾次隆起。或許「天蒼蒼，海茫茫，空濛一片」的景象可以見證。

然而，作者不能一味在虛幻的幻境中漂流，他必得要對〈鄂爾多斯〉作一些具體真確的考察與追索，第四段是一個不能遺漏的存在——

或許，這原就是
太古。夢境裡，我彷彿聽到
這祁連山麓
第一聲嬰啼。鄂爾多斯，太古
恐龍之居處，所有
爬蟲們的故里
一切原始生物們的老家
幻覺中，確然

我已幻見
犀象之群奔走，羚羊在石林中掛角
人猿，活躍在群獸當中
竟自不分你我。鄂爾多斯！我不欲再說
——化石！

你乃
一切原始生物的搖籃

好一個「你乃一切原始生物的搖籃」，作者已然點破，咱們還有什麼好顧忌的呢？作者未曾到過內蒙，也未在古陸的草原上騎馬馳騁狩獵，他只是以抽象的意念暗喻鄂爾多斯曾經以及當下不朽的存在。然則不論是「北京人，山頂洞人，半坡人，河套人……」，他們畢竟俱隨蒼蒼的時間之流而遠去。是以作者繼續驚嘆——

滄茫
浩瀚
謝蒼天，所幸，煙塵起處，這兒仍有

牛、羊與夫馬群牧放
在時間的隧道中，而陸沉的歲月
已杳。鄂爾多斯！你你
我們大地的母親
三十六萬萬七千萬歲的年邁母親

遠古的大地，不朽的紅顏！

全詩至此戛然而止。是聽一闋舒伯特的小夜曲，還是一曲草原古老的牧歌，這得完全取決於讀者靈視之門的開合而定。

是以如果讚賞〈鄂爾多斯〉從悠遠素淨語言的音聲開始到終結，我也全然同意。

且讓我們的諸多感覺，盡情徜徉在〈鄂爾多斯〉一片久久連綿、奧秘、深邃、婉曲的旋律裡。

4

近半世紀來，彩羽從塗鴉迄今，究竟完成多少首詩作，可能連他自己也沒有答案，但他在

《創世紀》上發表的一百多首詩作，無疑是他最豐富的寶藏之一。二十多年前，他曾在一篇「詩觀」中[28]如是說：

關於寫詩，我著重於詩質與詩素之把持，且以繁富的意象去構成其詩境。我憎惡，那種赤裸裸的，所謂『情緒的獨白』。理念中，詩的最高境界是純粹。企圖在完成作品時，能如入化境，亦如莊子中庖丁之解牛也。

由是而觀，彩羽的詩作，大體對於「詩質」「詩素」之把握，確確然十分用心。他強調「知性之舞蹈」、「形式的美感」、「意象的確鑿」、「情趣的自如」。而一首詩如能將此四者達到水乳交融的境地，的確不易。

彩羽的詩，當然有其侷限，還未臻至爐火純青之境。譬如形式與內容的協調，語言與意象的衍生，對比與重疊的佈建，虛擬與寫實的捏塑……。強烈企圖創造一種「形銷骨立」的影像

[28] 彩羽詩觀見《八十年代詩選》（張漢良等十二人合編），第二〇六頁，濂美出版社，一九七六年六月。又彩羽詩集《上升的時間》，第三頁，臺中市立文化中心，一九九一年七月，又將該詩觀短文一字不易重刊一次。

和大理石般嚴密的構成，我想這更是彩羽和我輩今後共同致力的創作方向。

所幸，作者仍在剛健的創作之路上挺進，他詩中的若干缺失，諸如修剪不必要的枝葉，……深信只有交給時間和握在他手中的那支筆可以回答。

噢！一束水花
靜謐裡，我們聽到
時間激漾的水聲傳聞

讀著讀著他的岑寂、空濛的〈燈海〉㉙，我滿溢無比的信心與喜悅，在沒有高度《上昇的時間》裡，我樂於驚見一個嶄新的彩羽在緩緩的攀升。

附記：

一、本文在臺北三十六度高溫的籠罩下揮汗完成，希望能為老友彩羽的詩作，做一番真誠確鑿的回顧。

二、我把本文定位為「臺灣新詩史料——研究詩人彩羽的基礎論文」。當然我的觀點也有其力有未逮之處。基於迄至目前，仍未發現有關研究彩羽的長篇鉅論，故而拋磚引玉，深盼不久能讀到一篇擲

㉙〈燈海〉一詩，見《上升的時間》詩集，第一六九頁。

地有聲、鞭辟入裡的「彩羽論」，則筆者寫作本文的目的也就達成了。

——一九九八年八月三～七日脫稿於內湖

——原刊《創世紀》第一一六期，一九九八年十月

仰泳超現代與新古典之間

——試論吳望堯的詩

我遂背泰山而立
則有風雲起自腦後

——吳望堯〈我的創作論〉一詩選句

四十年前，一九六一年一月，高雄大業書店版的《六十年代詩選》，計選入從覃子豪到薛柏谷等二十六家詩作，吳望堯的詩亦列入其中，共有〈二十世紀組曲〉五首、〈憂鬱解剖學〉、〈上升的白色〉、〈乃有我銅山之崩裂〉等。瘂弦在作者小評中，劈頭就如此讚嘆：

我們所期待的原子詩人，莫非就是吳望堯嗎？

作者為臺灣早期三大詩社「藍星」的成員之一，從五十年代初期，一開始寫詩，就顯現出強勁的衝力與不凡的觀察力，尤其是他的〈力的組曲〉一詩，發表之初，立即受到詩友廣泛的矚目。前輩詩人覃子豪曾撰文指出：「在〈力的組曲〉裡，他一口氣寫了十一個人物，這些人物的性格，仍然有著惡魔主義的色彩，但顯示了作者的思想與情感已達成熟之境，他的力有了真正的用處。」例如以下的詩句──

額上佩一盞青燈，我鑽進黑暗的，蜿蜒的礦道之盲腸
以佈滿繭的雙手揮動鶴嘴鋤，向火成岩猛擊
──〈採礦者〉

何時牠發出「嘩！」然一聲，像十八世紀的傾圮
巨柱塌折了！綠色的樹頂是一個天國的崩潰
夾著萬千的雲葉，在大氣流中奔命而去
──〈伐木者〉

三秒鐘後，我拉開胸前白色的生命之線

一陣猛烈的顫動，支解我骨骼的痛苦
我仰首，呵！一朵潔白的花之蓓蕾迅速昇起

——〈跳傘者〉

凸起的肌肉，憤怒的血管
像猙獰的褐石中游動無數的青蛇

——〈舉重者〉

我的雙手緊握著楊柳和薔薇
用憂悒和愛來平衡嗎？

——〈走索者〉

再三細嚼以上的詩句，一個用心的讀者，絕對可以感受到作者豐沛的生命力，精確信達的語言，以及迎面而來襲人的意象，那些「採礦者」、「伐木者」、「跳傘者」、「舉重者」和「走索者」……，他們所傾斜的某些難以解說的奧秘，是不是很深刻的觸動吾人的心扉。

綜覽〈力的組曲〉，它可能是十一尊紋理清晰的石刻版畫，在時間的長廊，寂寞的飛躍著。

作者當初創作它們時，大多採取第二、三人稱，力求那些被素描的人物，各各展露本身絕對的特色，但有時也以第一人稱來禮讚它們，把自我融融洩洩的化入其中。

而他的少作〈二十世紀組曲〉，確是以嶄新的觀點，詮釋科技帶來的焦慮感，以及遊走在星際間的無窮狂想……，全詩以六個章節組成，環環相扣，光看小標題，就令人心曠神馳，不能自己。

請先看第一首〈受光於宇宙〉——

受光於宇宙，宇宙的大眼睛睜著
獨坐在青冷的地球之粗糙的花崗石階
看光波在玻璃的摩天樓上流浪

作者如此冷冽的獨白，特別是捕捉「光」的某些獨特絕對的感覺，故而才有「光波在玻璃的摩天樓上流浪」的組合，令人有無限的訝異。

接著，請看第二首〈與永恆作一次拔河〉，他又這樣採拾——

而分光儀上的光譜在移位，鳥宇宙在後退

而銀河系的大碟子被擦得很亮
在一支隱形的魔杖上急轉著，急轉著

作者所引借的天文學知識，從詩後的「附註」中讓我們得知：「銀河系直徑為十萬光年，厚一萬光年，形如碟子，含有一千億顆星球（每光年約八萬億公里）。」而人類怎能與星際與永恆拔河，但憑詩人無止無盡的感覺想像，當然可以拔河，長長遠遠的拔河，至於誰輸誰贏，那就不必追究了。

再看第三首〈而老將至〉，他給人間帶來可大可小冷冷的慨歎——

八千哩的直徑容不了人類的狂熱
所以空間被壓縮成固體
所以世界將小於一粒麥子
所以時間乃無限地伸長
且具有黃金的展延性……

作者之所以界定〈而老將至〉，其實是反諷手法的運用，人與地球、時間之久暫的關係，的確不成比例，而作者豁然創造的「世界將小於一粒麥子」之句，以大寓小，實屬神來之筆，令人驚嘆！而詩的想像之興味，也就悄然瀰漫其中。

第四首〈白象牙雕刻的日子〉，作者又有更超現實的理趣，不信請看——

換一個螺絲
看電子儀器控制人的思想，吃學問的維他命丸
看白髮的嬰兒誕生，學步時已傴僂
看試驗室裡氧化了相對論的鬍子
看光波與聲波咬噬著，電波與宇宙線糾纏著
然後像萬千條熱帶蛇之痙攣著死去
　　　被埋葬在葡萄架下

似乎所有的生命現象，最後都會悄悄死去，化為烏有。最末二句，尤具有十足的嘲弄意趣，思之惘然。

作者在附註中指出：「地球總重量約七十萬兆噸，其成分除氧與矽外，鋁占第三位。含總重量百分之八．一三，約為一萬億億噸，其分布尤以地殼為多。」但顯然咱們讀詩的人，並不

在意作者詩後的引經據典，而是詩中所掀起的滔天意象的波浪，究竟使人讀後能留存多久，這才是重要的。請不妨再讀最末二句：「然後像萬千條熱帶蛇之痙攣著死去／被埋葬在葡萄架下」，你說，你能不驚見詩人在伏暑天之大清早，迎面給你潑了一盆冷冷的清水？

至於本組詩第五、六兩首〈太陽系的墳場〉、〈憂鬱解剖學〉，筆者特以最末四行詩句作為小結：

所以我的狂笑原在長蛇座的星雲
我的心是古老的岩頁，記載著憂鬱的指數
但誰是明日憂鬱的解剖學家
來翻開我心頁如此沉重的巨著

詩人的狂笑，詩人的心之指數，誰能燦然翻開，誰能獲得圓滿的解答，到底二十世紀又是一個什麼樣的世紀，這些在在都是沒有答案的答案。那麼咱們何妨就暫時沉浸在詩人連天咆哮的囈語中，而不知二十一世紀東方已大白，或者是全黑。

（按：「長蛇座」，為近代所知離地球最遠的星球，約離地球七億光年。）

另一不可遺漏的，是吳望堯的〈都市組曲〉，本詩寫成於五〇年代中期，編入一九五八年五月出版的《地平線》詩集。他以「大廈、沙龍、銀行、醫院、公園、巴士、街燈、電線、十字路、工廠」為對象，率先對現代都市物質文明進行了十分深刻戲劇性的解構。特節錄若干斷句如下：

而排列得整齊的一百隻透明的眼
是阿葛斯的再生？到夜晚
乃閃著光，眈眈地監視著——夜
是怕它有太多的秘密和陰謀？

——〈大廈〉

許多情侶們的幽靈飄忽著
在陰暗的角落，尋找他們殉情後的屍身
蒼白的臉緊貼著，像被屍布包紮在一起的木乃伊
許多感情都在發霉，腐爛了

——〈沙龍〉

驕傲的，千萬個人所追求的，不屑於一顧窮人的
從冷冰冰而陰沉的，保險庫的大地獄
在大理石的陰陽界上，從鐵絲網的小門
投胎於朱門大腹賈的大口袋中

——〈銀行〉

貧血的水泥柱多瘦呵
像一排蒼白的，失寵的宮女
在夜晚，痴痴地列隊期盼君王的巡幸

——〈街燈〉

齒輪與齒輪咬噬著、吼叫著、掙扎著
一些速度表、壓力表、溫度計全有了生命
生命？大鍋爐的胸膛內火焰在燃燒

——〈工廠〉

作者觀察現代人的生活，抒寫都市的點滴，展示個人的創見，確是不流凡俗。不論是大廈、銀行、沙龍、醫院、公園等等，他都企圖確切掌握主題，深入仔細觀察，作出最有力的一擊。他這批都市詩，應被視為臺灣五〇年代最早的都市詩的代表作，但是當今喜歡高談闊論都市詩群的一些詩人、詩評家，甚少談及吳望堯的都市詩，甚或根本漠視這批詩的存在，或許是他們未能好好閱讀吳氏早期的詩作，但人云亦云的偷懶，可能也是主因之一。

筆者以為真金不怕火浴，吳望堯的都市詩，率真、婉曲、犀利，在臺灣現代詩的發展史上，一定有他應得的不可搖撼的位置。

而吳望堯完成於一九五九年的〈第一交響詩〉，他以貝多芬《第五號鋼琴協奏曲》為背景，全詩分男聲、女聲混合朗誦，充分證明作者創作觀之靈活獨特與多元，他的諸多實驗技巧，一直在自己的內心深處飛躍，於筆端燦爛的開花。

全詩概分：一、把聲音留下給世界；二、與時間化合的火焰；三、伽馬線年齡之煩惱；四、莫再訴說光年的距離；五、悲劇的指數。全詩約一二四行，以長、短句，分上下層交叉錯綜排列，企圖臻至濃郁的交響曲雷霆萬鈞之音響效果。特抽樣以第二節為證，供大家一粲：

許多昨日　許多昨日氧化於一太息中　像烟

但我不能再找回已與時間化合的火燄　烟
屹立在廿八層的高樓　　　　　　　　烟烟烟烟
想少年時，沉重已壓在我的肩頭
修弱的手指拂不去這些命運的枯葉　再也找不到
人面和春風　關閉的門扉不再開啟
　　而水流流逝了　回憶如夜色之困我
　　　　　　　　　　如華燈的尼龍絲纏繞著
呵呵！　　　　　　一尊青冷的　鋼鐵和石膏的雕塑
綠色被埋葬
秋天的鬍子裡煩惱叢生
即使是記憶　即使是記憶　如火燄的鞭子　愛情
　　　　　　　　　　　如風的巨掌　摧毀我心中的神聖　自由的
唉唉！　　　　　　　　　　　　　　　　　　榮光
愛情，自由和榮光

這首詩寫得率真、新穎、深刻，讓時間與火焰並置，其中不乏作者獨具的觀察，把現實事物與奇妙的狂想結合在一起，透過男女聲混合朗誦，其音響與感覺之效果，或許就是作者借用《第五號鋼琴協奏曲》為背景之最大企圖吧。如果可能的話，我建議愛詩人不妨閱讀全詩，當更能直探其交錯參差奇異之美。

吳望堯早期除了致力都市、科幻、天文詩之發皇外，同時也寫了數量可觀的以古典為素材的組詩小品，譬如他的〈太極組曲〉（八首）、〈東方組曲〉（十二首）、〈我來自東〉（六首）……等等，特錄〈我來自東〉，以見證他新古典意象嬝嬝不絕如縷之情懷。

鑲我以滿髮的濕濡
我來自東，零雨其濛
你說南國的雲輕，彼山的愁濃
何以是，雲天的深處，仍一抹青青
未有風寒
　卻有寂寂
湄江無月色，葉暗，石欄冷冷

我來自東，零雨其濛
而悵然未卸，河岸已戚戚
縱使有晚香醉我，微雨薰我
　自那年的遙遙起始，以長長的濕濡
　且到如今，零雨其濛

這首十二行短詩，深深傳達作者身處異國懷鄉的愁緒，筆者每讀一次，無不為他迤邐、清冽、纏綿的調子所迷醉。

去年六月，由他的老友希孟精心主編的吳望堯《巴雷詩集》，厚達三三二頁，由臺北天衛文化公司出版，吳氏一生詩作精華盡入其中，筆者以上所引，不過是其中的極少量，欲窺吳詩全貌，應以《巴雷詩集》為準據。有關吳氏簡介，和他從事詩創作的因緣，希孟在該書前言中有十分清晰的敘述，可供參閱。

總之，吳望堯的詩，有其個人的特色，現代與古典並置，科幻與抒情同行，既是感覺的，也是視覺的；既是生活的，也是冥想的；既是可讀的，也是可誦的……，他仰泳在他自己所塑造的「超現代」與「新古典」之間，不斷的變奏，不斷的突破。余光中早年曾評述：「吳望堯的詩頗有奇氣，並有一種原始人的野蠻精神。」大概指的就是他這種勇於開創詩的多種新素材滔滔不絕的情懷。

二十世紀已逝，人類對未來的焦慮，與時俱增，咱們今天撫讀吳望堯某些強烈預言反諷人類都市科幻的詩章，或許會有一種無法形容刻骨銘心的感動。而詩人早就點出：「我們將用善意與和平，去參加銀河的聯邦」（見〈太空城市〉一詩），大家何妨讓這種美麗無垠的遐想，繼續在二十一世紀華文詩的領域裡，發光，燃燒。

——二〇〇一年三月五日脫稿於內湖

——原刊《藍星詩學》第九期，二〇〇一年新春號

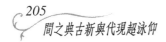

惆悵隱逸的落花時節
——讀邱平的詩筆記

·創作源頭追溯

邱平（一九三一～　）的創作詩齡，始於二十世紀五〇年代初期，迄今已歷半世紀。《現代詩》於一九五三年二月在臺北創刊，一開始，他就成為該刊的基本作者之一，紀弦曾在《密碼燈語》的序中坦言：「詩人邱平，很早就和我相識，而且也是來自軍中的，和辛鬱、商禽、楚戈、張拓蕪等差不多同時，投稿《現代詩》……。」❶

根據筆者手邊的資料，特將邱平早期發表在《現代詩》的作品篇目、期別、年月分列如下：

❶ 引借紀弦的話，見《密碼燈語》詩集之序言，詩之華出版社，一九九四年十月。

・前夕／第五期，一九五四年二月
・睡吧骷髏、黑色的感覺／第六期，一九五四年五月
・辭別／第七期，一九五四年九月
・靜靜的十月（外二首）／第八期，一九五四年十二月
・例假日的花崗山（外二首）／第十期，一九五五年夏季號
・雨／第十一期，一九五五年秋季號
・假日之晨、失蹤的夢魘／第十二期，一九五五年冬季號
・谷／第十五期，一九五六年十月❷

從一九五四年二月到一九五六年十月，邱平在《現代詩》共發表詩作十四首，產量十分豐富。

同一時期，邱平也有詩作在《創世紀》詩刊發表。例如——

・摯友的告別／第二期，一九五五年二月
・三月、螢火、候鳥／第三期，一九五五年六月

❷ 見麥穗著《詩空的雲煙》〈《現代詩》季刊作品目錄彙編〉，詩藝文出版社，一九九八年五月。

・五月之都／第四期，一九五五年十月❸

而邱平的〈夏〉、〈園中的象〉、〈劫後的船舶〉、〈晨間的獨步〉等詩，則分別於一九五四年在《藍星詩刊》發表❹（因《藍星》版本繁多，手頭無存，尚待查證）。

由此可見，邱平一開始創作，他就對準當時的三個元老詩刊，以上表列篇目，就是最明確的例證。

一九五六年一月，「現代派」在臺北成立，邱平也是第一批加盟八十三人中之一員。楊牧在〈關於紀弦的現代詩社與現代派〉文中，一開頭特別指出：「早期《現代詩》上最活躍的詩人，除紀弦自己外，有方思、李莎、鄭愁予、楊允達、曹陽、辛鬱、羅門……邱平等人。」❺

❸ 見張默、張漢良編《創世紀四十年總目》，創世紀詩社，一九九四年九月。

❹ 同❶，作者在詩後註明發表刊物、年月。

❺ 見楊牧撰〈關於紀弦的現代詩社與現代派〉，刊於《現代文學》月刊第四十六期「現代詩回顧專號」，一九七二年三月。楊牧說明早期在《現代詩》上最活躍的詩人，他認定的名單是：「除紀弦外，尚有方思、李莎、鄭愁予、吳瀛濤、楊允達、蓉子、楚卿、曹陽、楊喚、阿予、辛鬱、林郊、王容、墨人、葉泥、彭邦楨、羅門、邱平等人。另瘂弦、林泠、周夢蝶、商禽、薛柏谷、黃荷生、羅行、林亨泰、白萩、沙牧、季紅、秀陶、孫家駿、沈甸、洛夫、尉天驄等人也時有作品發表。」見該刊第八十六頁。

就在「現代派」如火如荼的開展之際，邱平由於成家、調往金門前線等諸多因素，他卻突然停筆，沉靜了很長一段歲月，直到七〇年代中期，他偶有詩作在《文壇》等刊物發表。

一九八一年二月，邱平以少校軍階自軍中退役，並轉往民間醫院工作。經過一段時間的調適，他於一九九〇年決心重新提筆上陣，其詩作〈似曾相識的臉〉初稿，於《海鷗詩刊》復刊第三期（一九九二）發表❻。自此以後即源源不斷，有詩作在各詩刊與愛詩人見面。

一九九七年，邱平正式加入創世紀詩社，下面特將他近十年在《創世紀》發表的詩作篇目登錄：

- 戈耶名畫前／第九十五、九十六期合刊，一九九三年十二月
- 液化的夜晚／第一〇七期，一九九六年七月
- 三人派對／第一〇九期，一九九六年十二月
- 夏日午後初聞雷聲／第一一〇期，一九九七年三月

❻《海鷗詩刊》，於一九五五年創刊，借臺東《正氣日報》版面，約出刊九十期休刊。創辦人是陳錦標、楊牧、邱平三人。又《海鷗》於一九九一年八月復刊，由李春生主編，與創刊的《海鷗詩刊》，應該是兩回事。參見張默編《臺灣現代詩編目》（一九四九～一九九五年修訂本），爾雅出版社，一九九六年一月。

・木槿花／第一一一期，一九九七年六月
・向天發問的小白華／第一一二期，一九九七年十月
・忍冬的花魂／第一一四期，一九九八年三月
・楓橋的夢囈／第一一七期，一九九八年十二月
・廣場／第一一八期，一九九九年三月
・迴旋與閃灼／第一二二期，二〇〇〇年三月
・最先最亮的光源／第一二六期，二〇〇一年三月
・春天還在視野之外／第一二八期，二〇〇一年九月
・冰雕人像／第一二九期，二〇〇一年十二月
・撒旦之鞭／第一三〇期，二〇〇二年三月
・石化的玄黿／第一三一期，二〇〇二年六月
・已然和預知／第一三二期，二〇〇二年九月

邱平的詩創作源頭，從早期抒發個人的浪漫情懷，生活冥想點滴，難以脫困的鄉愁，到近期視野的日益拓寬，素材的力求多元，他希望自己語言的厚度，意象的重量，逐漸在詩作中找

到一定的位置。

不信，請細品他的近作〈石化的玄黿〉的末節：

許多年後有群觀光客路過
遙見一隻緊抱旗杆的石化蜥蜴
北向扶桑痴痴地望——就如同
俱樂部裡——表演鋼管秀的哈美辣妹
跳至最煽情處——當眼睛的森林
紛傳火警！於是擺出那三點全露
既清又涼　既空又想！且又是個
最久最長的意淫的「停格」

筆者不著一字，相信大家一定會讀出詩中真正的「停格」在哪裡？

・《落花時節》內容選讀

《落花時節》是邱平第二本個集，於一九九七年三月，由詩之華出版社精印出版。

全書概分五輯。第一輯「夜雨」，收〈園中的象〉到〈失蹤的夢魘〉十首（一九五一～一九五五）。年少的情懷不時在詩中鼓盪，尤其是〈淚在我的臉上畫著航路〉一詩，是他在花蓮美崙海邊的遙想，一點一滴，讀之令人黯然。而〈例假日的花崗山〉一詩，也吐露一絲半縷的隱逸詩趣。諸如——

這時候，惟一的抒情對象
就祇有那太平洋裡藍色的海水了

讀著，讀著，你能不被這一片稀有的孤獨寂靜所感染，而憶想半世紀前的花崗山，該是怎樣的純樸。

第二輯「谷間」，收小詩四首，及〈裸身的鄉愁〉（一九七四～一九七五）。其中以〈燈〉一詩，最為令人雀躍，全詩如下：

至於說
相同的事件已產生不同的論點
或者抱怨

光亮正悄悄竊走白晝的資財
無論夜在變著怎樣的魔法
所有的回答，惟
一燈之驚訝

最後兩句結語，是全篇詩眼之所在，筆者吟詠再三，怎能不為他湧動不絕的靈思鼓掌。

第三輯「傳聞」，收〈瀟灑的縱躍〉到〈「頂客」的獲獎〉八首（一九九三～一九九四）。這一輯每一首都各有觀察心得，特別是〈瀟灑的縱躍——弔屈原〉，概分八節，凡七十行。從——

你懷抱
千鈞之重的理想
衰憊的身軀佝僂成弓
踽踽然
一步一唏噓，一步一悲嘆
你踟躕在那空寂
又無奈的江邊

而陸續前思後想展開的漫漫淒淒切切的歷程，最後仍不得不縱身一躍，而使「汨羅」成為千古的名河，你把自身付諸清澈的江水，而讓後世千千萬萬讀書人，仰望那垂天倒影中一尊不朽的天鵝。

你造成一聲震古爍今的
巨響——楚辭
一個永遠不會消逝的
美麗水漩

另一首〈戈耶名畫前〉，讓觀畫者充份揮灑個人的想像空間，一種難以言述的玄秘在往昔婉曲的風景裡蹁躚，請你再細細咀嚼全詩——

「私議」祇宜「竊竊」
不然你會驚醒
那聳立已逾百年的
孿生的風景……

且隨即愕然發現
你乃置身於無法站穩的
能搖的斜壁與乎
會動的陡坡

請你再凝神，不要被戈耶的畫作一時爆發的淡淡的陰鬱，把你的視覺神經狠狠的擊倒了。

第四輯「液化的夜晚」，收〈一九九五．希望快樂〉到〈丑的八字和流年〉等二十六首。從這輯來看，邱平已逐漸增強他對當下現實的關注，語言比較清明而有所指涉，〈出門〉一詩，更有他獨到的表現，全詩區分二節，凡二十行，請看——

又一列定時班車隆隆駛過
老想到什麼地方去，尋回，失落的什麼
不是那整件行李還沒打包收拾，不是
換洗衣褲、宴會西裝、小小的心事還沒有
裝入皮箱；不是那
備份眼鏡、懷錶、拍紙簿，沒裝進上衣口袋

不是那支書寫流利的鋼筆還沒將墨水貯滿
不是護照、運通卡、外幣零錢，沒貼身放好
不是那航機的座位還沒再去電確認
不是不是……老想著某種必需尚未備妥

不是那鱗傷的大地還沒再植皮整容
不是那腹瀉的河川還沒有發炎腫脹
不是黑金沒氾濫海島，不是牛鬼沒高踞殿堂
不是青春沒售向賓館，不是美貌沒陪同酒廊
不是良家沒乘上專送，不是幼齒沒受虐煙花
不是高潮沒湧上街道，不是慾望沒訂明價碼
不是新新沒造化人類，不是他命沒交給安非
不是牛郎沒騷擾午夜，不是尊嚴沒銷往市場
不是不是……老想到什麼地方去
又一列班車隆隆駛過

本詩書寫的都是生活中的細微末節，是每個人必須經歷的，也是一再重複的動作，由於作者巧妙的安排，把「出門」前的諸多瑣事，一一列印在心中，以二十四個否定句「不是」作為全詩向前推進的關鍵詞，使讀者閱讀時產生一些連續突兀的感受，前段是「實」的敘述，後段是「虛」的隨想，作者的心情思緒，乃霍霍然而起舞。

不論你出門或回家，現代人共同的交通工具，不外是公車、私家轎車、火車、捷運、機車……，等等，誰敢誇口說：我是孫悟空，一蹬足可以穿越十萬八千里。

〈出門〉看是小事，可是由此而衍生一些波濤壯闊的「人生風景線」，誰能道盡。

由此不禁使我憶起瘂弦的名作〈如歌的行板〉，本詩從開篇到結尾，一共連續使用十八個「之必要」，讓人讀後興起十分舒暢的感覺。這兩首詩都是針對當時現實生活而寫的，其情趣卻迥然不同，這就是詩人懂得創發「新語感」的典型的例子。

而〈六月交響〉則是邱平初讀夏宇一本詩集《摩擦，無以名狀》的讀後感。看他娓娓道來，集惆悵、暗喻、譏諷、自嘲於一爐，令讀詩者胃口大開，請看他出人意表的解讀——（以下為節錄）

六月交響之金黃，最亮的音域

奔馳著她春夜脫走的坐騎
不知道那回御前演出「腹語術」
過程到底水不水？獸不獸

好的！現在就來討論那個多用途名詞
——「摩擦」吧
若你堅持目的就是動機的持續
則無論你是鑽木取火或掘井求水其成效
全在乎一份善意的執著

用手掌和牠的「美利堅兒語發音」以
我喜歡我好喜歡的模式接觸
是會產生靜電的
於是右手就自其頸背脊梁順毛而下
叭叭！炸出火花……
然而「逆毛撫摸」？哇！那會產生什麼

或許一向正襟危坐的邱平，被夏宇一股顛覆、拼貼的後現代風驚醒了，是故他也如法炮製，大膽寫出自己不一樣的觀察囈語，咱也何妨「出言・無以名狀」的夏宇一下。而所謂詩與詩人之間無形的影響，大約就是如此。

第五輯「落花時節」，收〈沉默的戀人〉到〈木槿花〉等十三首（一九五五～一九九七）。筆者特別推介他的〈雨港送別〉——

雨夜的海港
雨裡的碼頭
雨下的遠行船，緩緩走向
星月掩面的
前程

濕冷的鬢髮
濕冷的睫毛
濕淋淋的身影，默默走著
街燈相伴的

歸路

本詩寫於一九七一年，為詩人中期詩作，全詩兩節十行，採對仗方式運行，把作者在基隆雨夜送別戀人的情景，安排得井然有序，十分傳神。首節以雨、海港、碼頭、遠行船揭開序幕，末節以濕冷、鬢髮、睫毛、身影、街燈襯底，燦然點出離別畫面的淒清。

本詩若透過朗誦或譜成樂曲，似乎更能撼動愛詩人的心扉。

又〈水禽〉一詩，深深展現了邱平老當益壯、筆力非凡的抒情本領。

自一無從瞭望的角落
你那滑翔的美姿啊
一隻水禽般的鼓著翅翼飛來了

他，是真的在為「水禽」畫像嗎？我看未必，作者不過借「水禽」悠然的潛泳，優雅的剔毛，而豁然創造一幅心中自得自如的世界，以及一個與世無爭清靜的桃花源，也說不定。讀詩、解詩，本來有很多種方法，〈水禽〉一詩背後的真意，值得探究。

綜覽邱平從五〇年代初崛起詩壇，歷經六、七〇年代的悄然擱筆，直到八〇年代後期又重新出發，他一生創作的詩應該在百首以上。基本上他是尊重傳統、敲打現代的抒情詩人，他對詩的素材並無特別的偏好，山水、人物、鄉愁、敘事、析理，甚至對當下時事的關注與批判，他都有詩為證。

邱平當然有他個人俯衝、翻轉、跳躍的世界，他長久在詩作中綻放的一股惆悵、隱逸的氣息，令人喜歡。《落花時節》雖然是他個人詩作一個小型自選集，筆者所介紹的不過是其中極少的部分，或許是由於偏愛使然吧！願天下愛詩人不妨親自走進他的詩裡，努力發現他創造的一種玄秘特異的風采。

——二〇〇二年十月十九日於內湖無塵居

——原刊《創世紀》第一三三期，二〇〇二年十二月

卷三

詩集、詩作選評

為檳榔樹高歌

——談紀弦〈濟南路的落日〉及其他

老詩人紀弦於民國三十七年十一月自上海來臺，翌年五月應聘擔任成功高中國文老師，四十一年十一月主編《新詩周刊》凡二十七期，四十二年二月獨資創辦《現代詩》季刊，四十五年一月由他創導的「現代派」在臺北成立，從者甚眾，《現代詩》共出刊四十五期，於五十三年二月休刊。有人說「紀弦從大陸帶來火種成就臺灣現代詩」，的確如此。蕭蕭更直指：「紀弦珍視詩，辦詩刊，辦活動，比起胡適、張我軍等人為詩所作的努力，何祇千倍萬倍！」（見〈我即宇宙——紀弦其人其詩〉一文）

紀弦在臺灣這塊美麗的大地生活了二十八載（一九四八～一九七六），他特別鍾愛臨風搖曳高聳挺拔的檳榔樹，就像是他自己生命的化身。是故他的詩集就以《檳榔樹》為書名，概分甲、乙、丙、丁、戊集五大卷，收錄一九四九～一九七三年間的詩作三九二首，可謂洋洋大觀。其中吟詠臺灣的詩作，諸如〈致檳榔樹〉、〈臺北萬歲〉、〈新竹行〉、〈南行草〉、〈礁溪之旅〉、〈金門之虎〉、〈八里之夜〉、〈馬祖大麴〉、〈芝山岩的曇〉、〈致陽明山〉、〈蘇花公路〉、〈徐州路的黃昏〉、〈五月的左營〉、〈鳳凰木狂想曲〉……等約四十餘篇，占全書十分之一，由此足證他熱愛寶島之深之真之痴了。

依據筆者閱讀的經驗，我認為紀弦的詩給人總體的印象是：「極端的個人化，非常的口語化，十分的生活化」。即從上述以臺灣為素材的詩來看，更是如此。譬如〈致檳榔樹〉的最末一節——

你可以曳一襲古典的長裙
而你的款步將是多丰姿的
到夜總會裡去吧！讓我挽著你
三拍子的華爾茲是我喜歡的

作者把「檳榔樹」當作自己的情人，這個意象的捕捉，出自紀弦四十年前的手筆，實在令讀詩的人驚喜，而末尾三、四兩句詩人與物融為一體，更是令人動容。他的詩每每在「明朗中有轉折，平白中現奇趣」，時下寫詩人應列為學習與珍視的對象。而另一首〈我‧‧檳榔樹〉，也閃爍著某些難以言述的新趣。

在月下，
我站著，
修長的，
像一株檳榔樹。
風來了，
我發出音響‧‧
瑟瑟瑟瑟，
瑟瑟瑟瑟瑟。

本詩根本不需解說，但結尾二行連續使用九個「瑟」字，何其高明，作者把檳榔樹自由自在的神情寫活了，詩中疊字的重複運用，本詩確是相當成功的例證之一，愛詩人切勿等閒視之。

下面請細品他的〈濟南路的落日〉：

濟南路的落日又如燈之紅了。像每天一樣的，我牽著我的混血兒，散步於植著有幾十棵蒲葵和鋪了花磚的人行道上，一面抽著煙斗悠悠然的。如像對一儀隊之檢閱，當我緩緩地行過，蒲葵們敬禮的姿勢，不愧為世界第一流的，就連那些「圓桌騎士」，怕也不能與之相比。可是二十年了，騎士們還是那付老樣子；那盞紅燈也依舊：不比往日更晦暗些，不比往日更明亮些，也不比往日更熱或更寒冷一點。只不過散步者的心情，似乎多少有了幾分改變而已。請問改變的究竟是什麼？——太陽也不知道，棕櫚科植物也不知道，甚至我的愛犬也不知道。

本詩作於五十八年六月十二日，以散文詩的方式呈現，作者當時在成功中學教書，每天黃昏散步回家，大約十分鐘就到了，詩中一點一滴，如「落日如燈之紅」、「我牽著我的混血兒」、「煙斗悠悠然的」、「像對一儀隊之檢閱」、「蒲葵們敬禮的姿勢」……這些都是詩人的經歷，二十年如一日，天天風雨無阻，他就那樣在成一直線的固定空間活動著，表面看他似乎很平靜很滿足，可是屬於詩人內心思維的波濤，誰能浮雕得出呢？作者借落日如燈之紅來引爆愛詩人閱讀的興趣，字裡行間彷彿在敘述某些事件的演出，實則它的想像空間遠比文字本身突顯的更多，最後三句是明確的見證，但，誰能覓得這首詩的答案呢？太陽不知道，棕櫚科不知道，紀弦本人不知道，而讀者更是百分之百不知道。

讀詩的樂趣，往往就在那種亦虛亦實，又連又斷，莊諧並列，如夢初醒的氣氛中。

如今，老詩人雖然遠適舊金山，可是他早年為臺灣現代詩創造的「檳榔樹」鮮明的形象，傲岸，從容，不屈不撓，大植物園百花齊放，這不正是作為一個臺灣詩人應有的襟抱？

附記：《檳榔樹》甲、乙、丙、丁、戊集五書，自民國五十六年到六十三年，由現代詩社陸續出版。

——原刊中華副刊，一九九九年八月十三日

快樂的鑰匙
——生命中的第一首情詩

五十年前，我在南京上中學時，由於國文老師的介紹，開始閱讀新文學作品，對劉大白、徐志摩、冰心、俞平伯等人的詩，略有涉獵。其中有一首題為〈伊底眼〉的情詩，更是捧讀再三，特將全詩錄後。

伊底眼是溫暖的太陽；
不然，何以伊一望著我，
我受了凍的心就熱了呢？

伊底眼是解結的剪刀；

不然，何以伊一瞧著我，
我被鐐銬的靈魂就自由了呢？

伊底眼是快樂的鑰匙；
不然，何以伊一望著我，
我就住在樂園裡了呢？

伊底眼變成憂愁的引火線了；
不然，何以伊一瞧著我，
我就沈溺在愁海裡了呢？

這首詩被老師抄在黑板上，當年我只是一個十五、六歲的少年，立即被詩中某些新鮮的語彙感動著，尤其是第三節「伊底眼是快樂的鑰匙」，一時在班上傳為趣談，「鑰匙」居然可以用「快樂」來形容，怎不令人喜歡，我還記得咱們那一班班長的名字叫李文樾，他身材頗高，領導能力特強，自從讀了這首情詩後，「快樂的鑰匙」就成了他的綽號。

後來我們查閱本詩作者為大名鼎鼎的湖畔詩人汪靜之（一九〇二～　），安徽績溪人，一九二二年三月，他與應修人、潘漠華、馮雪峯共組湖畔詩社而得名。

一九九二年四月二十四日，筆者到杭州西湖訪晤大陸詩人董培倫，在西泠印社無意中談到汪靜之的這首少作。董培倫欣然告訴我汪老就住在他家附近，時年九十，精神好得很。於是當晚咱們就去拜訪他老人家，當他得知我是安徽無為人，又同是詩的愛好者，自然一見如故。閒談時，我曾向他解說童年讀他〈伊底眼〉而衍生出「快樂的鑰匙」那一幕情景，汪老更是笑得合不攏嘴來。

想不到我一生中最喜愛的第一首情詩，竟然是前輩同鄉詩人的少作，四年前有幸相會請益，而今年他已九十有四，衷心遙祝他向百歲大慶挺進。

——原刊《中時晚報》「時代」副刊，一九九六年六月十九日

補充說明：老詩人汪靜之，已於一九九六年十月逝世於杭州。

語言的舞者

——簡評洛夫詩集《雪落無聲》

《雪落無聲》是洛夫第二十三本詩集，從第一首〈走向王維〉（一九八九年十月）到〈行過漁人碼頭〉（一九九九年二月），共收十年來長短詩作五十餘首，全書編排一律依據創作時間定先後，特別將三百多行的長詩〈杜甫草堂〉（一九九三年十月）置於卷末，算是唯一的例外。其中約三分之一強（二十餘首）是他寓居溫哥華時期的新作。經筆者徹夜反覆閱讀，圈圈點點，這確是老友晚近時期「對生命有著全面觀照，對歷史有著強烈敏感」渾圓而成熟的一部詩集。

在本書〈如是晚境〉代序中，洛夫坦陳對雪有特殊的偏愛，並直指：「選擇《雪落無聲》為書名，主要是我很喜歡這個意象，它所呈現的是將我個人的心境和自然景象融為一體的那種境界，一種由無邊無際的靜謐和孤獨所渾成的宇宙情懷。」於是洛夫連續寫成了〈初雪〉、〈白色的喧囂〉、〈埋〉、〈疊景〉、〈也許鄉愁〉等。這批以雪為對象的抒情詩，的確讓作者深刻體會天地間一片純白，驟然失去聲音、顏色、名字和個性的世界，給人一種混沌的美感，絕對的寧靜，從而他以獨特的角度觀察，寫下一些意象蒼茫、令人驚心的詩句。如「冷，仍在那裡裸著／河水喧嘩／是他的笑聲，也是輓歌」（〈初雪〉），「先掃落葉／繼而挖土／為一隻凍死的松鼠料理後事」（〈埋〉），「我沿著四壁遊走／心驚於／室外逐漸擴大的／白色的喧囂／一列火車從雪原上迤邐遠去」（〈白色的喧囂〉），「一個厚嘴唇的黑婦／在剷雪／白色的鄉愁／從鄰居的煙囪裊裊升起」（〈或許鄉愁〉）。細讀這些看似蕭散，甚或略帶悲涼的詩句，你能無視作者那種「獨與天地精神往來」的忘我心境，而不為他所創造的絕妙的抒情節奏所迷醉。

洛夫晚近的詩，尤其是收入本集中的篇章，不論抒情、寫景、託物、敘事、詠史、懷人……莫不語言精練，意象澄明，看他經常從細微末節處切入，幾乎每首詩似可分別抵達「意蘊曠遠，金鐵皆鳴，如夢初醒，一舉中的」之境界。

洛夫的創作手法，一貫注重詩的高潮之演出，在本書中尤有相當傑出的表現，他每首詩的結尾都匠心獨運，耐人尋味。下面仍以詩句作證：「節節都在搖晃／我走向你／進入你最後一節為我預留的空白」（〈走向王維〉），「馬雅可夫斯基的銅像那麼高／而鳥糞／比銅像更高」（〈馬雅可夫斯基銅像與鳥糞〉），「該下樓的時候便隨你而下／我甚麼也不參加／只參加你的孤獨」

〈登黃鶴樓〉），「不料前面又遇上西陵峽擋道／我盡量把思想縮小／惟恐兩岸之間容不下一把瘦骨」（〈出三峽記〉），「我在尋找一雙結實的筷子／好把正在沉淪的地球夾起來」（〈絕句十三帖〉），「所幸世上留有一大片空白／所幸／左下側還有一方小小的印章／面帶微笑」（〈水墨微笑〉）。他的每一首詩之結尾，莫不意象奮奮而燦然一閃，令人目不暇給。洛夫一再強調：「從混沌中建立秩序，從矛盾中求取和諧，以特殊表現普遍，以有限暗示無限。」確是提供讀者進入他詩世界的不二法門。本書壓卷長詩〈大冰河〉、〈杜甫草堂〉，意象豐沛而渾然天成，本文無法探討，留待高明的讀者去挖掘吧。

——原刊《聯合報》「讀書人」版，一九九九年七月十九日

為詠史開路

——簡評大荒《剪取富春半江水》

大荒是臺灣前行代具有相當實力的詩人之一，創作近半世紀，迄至目前共出版四部詩集，以倒敘方式列舉如下：《剪取富春半江水》（一九九九）、《臺北之楓》（一九九〇）、《雷峰塔》（一九七九）、《存愁》（一九七三）。就詩的創作量而言，的確不多，如果深一層檢視其詩質，或許會有意想不到的豐收。

回溯五〇年代末，正值現代詩狂飆時期，大荒年輕氣盛，也先後寫了不少大部頭充滿昂揚吶喊和超現實想像的詩作：諸如〈兒子的呼喚〉、〈幻影・佳節的明日〉、〈第四夜〉、〈流浪的鑼聲〉、〈最後的傲岸〉等等，作者當時對個人的孤獨心境以及厭惡戰爭與渴望物質文明體驗最為深切，詩的語彙也多豪闊歧義而大膽，深深展示一個現代知識分子「良知的呼號」。及至《臺北之楓》出版後，大荒的生命觸覺與靈視，以臺灣土地為吟詠對象的抒情篇章，竟多達二十餘首，從〈重陽公園的午後〉、〈花蓮〉、〈基子口〉、〈太魯閣峽谷行〉、〈八里海濱〉、〈關渡〉、〈十分寮〉、〈七星山看雪〉到〈第一張犁——登安平古堡〉。大荒對個人詩作的要求：「長詩追求氣勢，短詩側重氣韻」，力求多元精緻而洋溢生命的節奏與張力，令人雀躍。

本書為大荒近八年來詩作精選結集，共收長短詩作六十三首。如以素材區分，卷一側重反思後現代人的種種縱慾現象；卷二書寫閒情與幽情，將生活點滴入詩；卷三詮釋登臨故國名勝的貼身感觸；卷四為臺灣畫像，把所見所感所思，朗朗呈現其目光如炬的觀察心得。

在同輩詩人中，大荒是詠史高手，這當然與他從小就喜愛涉獵歷史典籍有關。作者在本書後記中也曾自述：「在臺灣，我大概是詠史最多的人，因此朋友都戲稱我是歷史癖。歷史與地理構成人類生存座標，避開它，你算老幾呢？」是以，諸多歷史上赫赫有名的人物和場景，在大荒不眠不休的揮灑下，燦然成為可歌可誦可詠活生生的現代詩篇了。

而〈謁杜甫草堂〉一詩，則是大荒抒寫同類創作中最具有古今交會、讀之令人唏噓不已的佳篇，老杜地下有知，也會哈哈大笑，驚奇一個後生小輩，怎能寫出這樣深情瀟灑的詩句：「只是幻想能踩中你的足跡／如踩中一枚地雷／轟一聲！化成爆裂的烟火／以落花身分與詩句風姿／在浣花溪洗澡」。作者與老杜相距千載，但生存境遇之潦倒則頗類似，故而當大荒於一九九一年五月遊成都時突然病倒，他堅持抱病親訪草堂，固然是對一代大詩人的景仰，但睹一景一物而思前賢，何嘗不是對我輩身陷現實處境的感慨與策勵。

除此之外，大荒寫〈致杜慎卿〉、〈掃毒——懷林則徐〉、〈老子出關〉、〈莊子悼妻〉、〈黛玉焚稿〉、〈訪李香君故居媚香樓〉……，實則他是借人物寄意，用自己冷冽的觀照與委婉突兀的筆觸，企圖把作古人物幻化活化與深化，大家不要太健忘了，新的並非都是好的。書中若干抒情篇章，如：〈剪取富春半江水〉、〈登黃鶴樓〉、〈天葬〉、〈屏風〉、〈貓鼻頭〉、〈阿姆坪〉諸作，諒必為讀者心動。而本書的壓卷之作〈森林中的唱片〉，短短十二行，負載的卻是作者不凡犀利的創發，把早晨的靜謐晶瑩之美寫活了。不信，請看以下的詩句：「誰在彈撥樹箜篌吧／待我推開輕霧瞧瞧／一推，只見滿林掛著帶露的唱片／一閃一閃的／在朝陽唱針下／飛旋」。

——原刊《聯合報》「讀書人」版，一九九九年四月十二日

染織土地的滄桑
——短評《向陽詩選》

向陽是臺灣中生代（現年四十五歲左右）名列前茅的傑出詩人之一。讀其近著《向陽詩選》，收錄一九七四～一九九六年間的詩作，從〈聯想之外〉到〈咬舌詩〉計九十八首，足可見證他的詩確確然「在花香中呼喊，混雜著草與泥土的味道」（見自序）。

該書編選體例，大致從處女詩集《銀杏的仰望》、《種籽》、《十行集》、《心事》、《土地的歌》、《歲月》、《四季》到近期未結集的〈亂〉，選出自認具有代表風格的詩作，約為作者創作迄今總量的四分之一，可見向陽自編個人首部選集時的嚴謹與用心。

向陽自一九七四年在華岡上大學，醉心現代詩創作，《銀杏的仰望》於一九七七年由故鄉出版，雖屬啼聲初吐，但作者精於語言的選擇，精於意象的經營，精於聲韻與情采的糅合，早就顯得十分從容與悠然，自以下的詩句中，不難窺見其獨具的奧秘：

在遙遙的村墟裡
一片擣衣聲，聲聲有疏鐘
有狼嗥，有你眸中遙遙的暮靄

——〈聯想之外〉

我無罪，我涔涔的頰上有淚
千行。我原欲燃起夜鬱中明亮的篝火
不意沙灘寸斷，一縷孤煙薰黑

——〈河悲〉

年少隱約如篝火的情懷，以及滾動不息對鄉里的關愛，由於詩人冷冽的觀察與深沉的感喟，而使稠密的意象隨語字同時汩汩流出。

《十行集》共收錄二十五首，是這部詩選中相當醒目的一卷，作者企圖實驗詩的形式，創發詩的新景，開採多種體裁，甚或挖掘未知，似乎可從若干詩篇中找到答案。雖然每一首均以五行二節為統一形式，如果細加探究，則每一首的排列又各有丘壑，如〈楚漢〉、〈水歌〉、〈雨落〉、〈痕傷〉諸詩，前後節均採用字數相等的對仗，令人讀之猶覺意蘊無窮，特摘出〈雨落〉前後各三行，供大家參閱：

枝枒落盡的老樹，在樹中
迴繞的年輪裡，想起
乾枯閉塞的晨露

茶煙瀰漫的小杯，在杯裡
倒映的皺紋中，看到
深陷洸洋的江河

而《歲月》卷中的〈鏡子看不見〉，為臺中惠明學校一六五位失明學子的內心世界，作深情的刻繪，令人動容。〈向千仞揮手〉，對大地無私的呼喊，燦爛而偉烈。《四季》卷從〈驚蟄〉到〈大寒〉，把一年二十四節氣別具匠心的詮釋，於虛實、排比、迴文、參差的諸多技法中，展示天地萬物生生不息之美德。臺語詩〈阿爹的飯包〉，細數親情點滴，幾乎家喻戶曉。〈發現□□〉，繪影繪聲滿溢理趣的政治詩，這個疆界猶待高手來繼續開發。〈日的文本及其左右上下〉，突出某些楚河漢界的弦外之旨，值得玩味。

綜覽向陽一路走來，七本詩集，百種腳印，他最最喜歡揮霍而不能忘情的還是他對土地一貫的熱愛，他慣以個人微小的生命，以劍及履及的觀察，以濃淡相宜的潑墨，輕輕染織這一塊近在咫尺大地的滄桑。

給我十個太陽的光
不如給我一個月亮

請問，你能不關注向陽現階段這樣明確的宣告嗎？

——原刊自由副刊，一九九九年十一月七日

怎樣揉捏詩的藍土壤
——汪啟疆《人魚海岸》閱讀札記

1

繼《夢中之河》（一九七九）、《海洋姓氏》（一九九〇）、《海上的狩獵季節》（一九九五）、《藍色水手》（一九九六）之後，這部《人魚海岸》應屬汪啟疆詩創作生涯中的第五部個人詩集。

寫詩二十九載，成詩四百餘首，就個人創作量而言，他並非多產詩人，然其對海洋題材涉獵之廣，對海洋生活體驗之深，對海洋意象挖掘之烈，對海洋遠景規模之巨，在在均突顯汪啟疆的從容不迫，有備而來，他一絲一縷將諸多不易為他人省察捕捉的海上視覺嗅覺觸覺聽覺川流不息的風景，一起匯集在他的詩篇中連連發出神奇的光彩，令人雀躍。

臺灣海洋詩的開拓，由於繼起者汪啟疆不斷注入新鮮、奇絕、大膽、活化的語彙，使得這一領域，於即將跨入第三個千禧年之際，而更形豐沛、瀟灑、深刻與引發議論。

2

綜覽這本《人魚海岸》，作者把它區分十二輯，依序為「四季聲響」、「那些蒲公英們」、「海峽升溫」、「黑天鵝」、「爸爸的眷村」、「時間座標」、「怎麼數算容顏」、「生活冊」、「接觸與咪唔聲」、「魂魄豈論大小」、「黑色扉頁」、「夢銜接了黎明」。共收長短詩作約七十首，實則以海為抒發對話的詩作，即高達十分之六以上，各種海洋形象的剪影，均隱約濃縮在他星羅棋布潺潺不絕的思維裡。

一開篇，〈她蹉睡．夏夜〉，就鋪陳出作者心中特異、鮮脆、不同凡俗令人興起某些難以解說的繾綣之美。

巨大毛紋內
湧愛戀色澤。且發出
夢　屬絲的　咪唔。

作者在「後記」中直指，某深夜在舷邊觀看基隆港和外海而興起一股淡淡的哀愁。實則他是借夜晚微漾的海和當下自己的心情，不禁發出對南邊那個溫馨的家，那位讓他鍾愛半生的另一半的遙想。汪啟疆不僅是詠海的著名詩人，同時更是寫情的高手，海在他的眉宇閃爍之間，只有這一聲「屬絲的　咪唔」，可以道出詩人當時相思之苦的況味。

同屬第一輯〈大海站在夢的背面〉，作者在末節所披露的「大海站在夢背面哭泣／更緊的堵住我愛慾的傾訴／讓一切更快進入遺忘／生離死別／是不堪長久負荷／我們仍被壓在海的床墊子底下／窒息著」。

請問，這是何等刻骨銘心的情景，作者與海的對話，豈僅是個人的家園之念，鶼鶼之私，如把它用放大鏡放大，則是普天下有更多在海上闖蕩的水手，他們終年以海為家與波濤共枕，惟有透過朦朧的夢才得以回去，只有夢才能掙脫大海層層的束縛。海，固然有它溫柔纏綿的一面，但更有它暴虐不忍卒睹的場景，只有長年體察風高浪急之苦，你才是海最最率真深情的伴侶。

另一首〈叮嚀〉，作者於夜晚投身倥傯的軍務之餘，仍不忘對遠方親人發出一則小小的愛的探詢：

愛的詮釋是無聲的
沉默中一份彼此體貼的爭執，即使
我已將那方月光剪下且縫在肌膚上……
所有伙伴同樣將臉、褶折了，放進電腦狀況模式
所有妻子月光肌膚如衣裳
掛在另外一間衣櫃，被遺忘了。

莫非，所有的妻子們，都像掛在房間的衣裳一樣，被遺忘了。這樣的比喻看似調侃水手們飄泊的心情，實則更充滿難以排解的弦外之意，令人激動不已，真愛就是這樣毫無造作的淡淡幾筆，何需畫蛇添足的修飾。

〈晨安，吾愛〉，則是素描經年離家的丈夫，偶爾回家夜宿，黎明即起，那種不敢大聲叫醒身畔熟睡妻子進退維谷的矛盾心理。

當我在寒噤中醒自夜的深層，多麼意外
發現自己被掀開，給遺忘在她扯緊的毯被外
她纏裹了所有如同繭裡的蛹一樣熟睡……

久久才回家的我竟躺在她夢的外邊

本詩曾被瘂弦主編的《天下詩選》（一九九九年十月）選入。筆者在詩末的小評中曾有如下的觀察：「……詩中的每一句話，每一聲探詢，都圍繞著他心愛的人而起，寫夫妻之情，而能率真、細膩、痴愚若此，惟有久久別離海上回來的丈夫才能有如此純情流露的筆觸，請讀者不妨輕聲細讀幾遍吧。」

3

汪啟疆心中一片深不可測的海，其實是無處不在，如影隨形。〈風濤〉的澎渤沛然是一種樣相；〈季節〉又是一種踩著船舷煙草和灰燼的樣相；〈海是巨大魚脊〉，它的白色鰭肢、藍色鱗片，在興奮時衝出水面，轟轟然又是一種難以形諸筆墨的樣相；〈鼻頭漁港・晨〉、〈漁港攤市・興達〉，則是展覽「所有血肉各具姿態，擺開橫放，蜷縮，維持了最後的疼痛」的尷尬樣相；〈一九九六年最末波濤〉，作者不欲預言什麼，只是輕輕感喟「東北季節藏著冰在你我臉上翻捲，他忘神回憶，不用手，就把帽子舉起來」，那種欲言又止的樣相。

真正令作者神馳的頃刻，可能是呼喚之姿，存在與緘默的〈人魚〉，這是他在航行東海岸時，由於海豚跳躍，突然「人魚」的形軀在他的腦中一再出現，於是「人性之海」某些飄忽的意念，逐漸成形，但是如何以詩來鋪張作者當時那種轟轟烈烈的景象，實難有明確的解答。

在醒與未醒來的海，日月最朦朧處
非理念、亦非慾念　希冀的尾鰭自乳色空漠划劃而來
所有神聖顏色不能解讀的迷濛同清晰，牠
自地球澄藍的光明靈魂內層
躍起

難道這就是作者迫不及待捕捉到的「人魚」形象的某些奧秘嗎？它們是不是所有航海者的幻覺，而一種生之意念無窮的追索，海豚連連的逐浪而舞，像不像「自地球澄藍的光明靈魂內層／躍起」。……

一往情深展現汪啟疆創作海洋詩的雄圖大略，則是本書的末二首〈航行者〉。本詩採上下兩層精心的排列，頗有航海者俯仰之間絕不有愧於天地的氣概，一開頭，作者即定定宣告：

航行者

始終不肯改變姿勢

於是陶陶然，作者在上下兩層，分別以三十個「吃」字作媒介，來推演他航行者各種酸甜苦辣的感覺。他們「吃海鷗和鴿子」，「吃夢」，「吃一杯酒漿的紅色燃燒」，「吃蒲公英、月亮、美麗的魚」，「吃波浪的舌頭」，「吃各處驚跳的女人」，「吃站不穩的藍墨水瓶」，「吃太陽的汗腺」，「吃颱風斷脫的繩頭」，「吃自己的心事」，「吃永遠響動的每一片鐵」……。最後他和「木頭接縫」，「仰臥休息，始終不改變姿勢」。全詩的調子舒放自如，如波濤一層層推湧，你可先讀上層，接著再讀下層，或者交叉跳躍閱讀，當可體察它充滿豪放、壯烈、曠遠和無章之美。

4

汪啟疆曾一再讚嘆，海是他心靈的「藍土壤」，但是作為一個詩人，他如何豪邁地在這一片浩瀚無垠處處都可開發的新世界，極目四望，縱橫千里，惟有以個人驚心完成的詩作才是最具體的見證。作者馳騁在海上的生活經驗無法細說，攤開他一冊冊的「航海日誌」，點點滴滴，俱可化為想像的微波，足以使他成為當代海洋詩的代言人而毫無愧色。

綜觀他先後出版的五部詩集，作者這一生似乎是「為海而生」，他抒寫海的組詩、長詩、小詩，還有很多篇章尚待完成。汪啟疆的詩有其個人特具的音色，大致不外以海洋意象為經，以個人的人間情愛為緯，使這兩者水乳交融，成為他詩作中不可或缺的兩大支柱。是以筆者向他坦誠建言，今後他在抒寫「海的組詩」方面，不妨加重特定主題的思考，譬如「人魚」意念的融會，「海洋四季」的變化，「海洋生態」的探索，突破疆域新世界觀的建立等等。在寫作「海的長詩」方面，筆者以為法國詩人韓波的〈醉舟〉可為借鑑，長詩重氣勢、結構，以及獨特觀念的形成。至於在創作「海的小詩」方面，他已有若干晶瑩可愛的小品出現，讓人傳誦，如《人魚海岸》卷一的〈日出海上〉（六行），就是最佳的範例——

海的胸膛蘊藏一千度灼熱
波浪覆蓋，而海鷗啄開了晨

一種令人如夢初醒的神往，在作者的心頭晃盪，小詩是一剎那燦爛思維的洞見，在這二行的運行中，你看到了什麼，惟有真正勤於思考的讀者可以準確掌握。

汪啟疆一直十分專注新語彙的開發，經常有令人拍案的效果。但也偶有險棋，語言的虛實、歧義、生發……，作者知之甚稔，但若因創新而組合不夠精準，也會造成某些詩作不必要的晦澀。

怎樣蒼蒼朗朗揉捏這一片詩的藍土壤，把當代臺灣海洋詩定位與光大，使它成為二十一世紀臺灣新詩的活水，可能是汪啟疆及其伙伴們今後所面臨的最嚴苛最具有挑戰性的課題。

——一九九九年十一月二日脫稿於內湖

——原刊《創世紀》第一二一期，一九九九年十二月

鄉愁瀰出新語感

——導談席慕蓉《迷路詩冊》

席慕蓉自一九八一年七月，由大地出版處女詩集《七里香》迄今，連同新近的《迷途詩冊》，共計有五部詩集問世（詩選集除外）。幾乎每出一本，都是洛陽紙貴。而二〇〇〇年中，由蕭蕭主編、爾雅刊行的《世紀詩選》一套十二冊，包括周夢蝶、洛夫、商禽，到白靈、陳義芝、焦桐，其中席慕蓉也有一冊，她的詩選在銷售量方面，也是眾詩人之冠，這是廣大愛詩人的選擇，誰也無話可說。

筆者以為，席慕蓉長久以來，擁有眾多各階層的讀者，其主因無非是她的詩語言清麗、意象澄明，節奏自然，滿溢夢幻，借用曾昭旭的評語：「藉形相上的一點茫然，鑄成境界上的千年好夢。」愛詩人大概都想從其詩篇中尋覓某些剎那的奧秘與滿足。

《迷途詩冊》共分三輯，收近三年新作四十二首，含極少數舊作，卷首有自序〈初老〉，她輕輕慼喟：「惆悵由此生成，無關於漸入老境，華年不再，反倒是驚詫憐惜於這寄寓在魂魄深處從不氣餒從不改變也從不曾棄我而去的渴望與憧憬。」原來即將步入耳順之年的她，不得不有「時光飛馳，始終不曾好好把握」的疼惜。或許本書末篇的〈結論〉得到了解答：

在生活裡從來不敢下的結論
下在詩裡

以下，咱們不妨先從輯一「日月梔子」作一次小小的巡禮。本輯收詩作十四首，她的抒情語感仍繼續顯影，諸如〈洪荒歲月〉的無從索求解答，〈明信片〉傳遞幽微的芳香，〈落日〉無端滋生黯淡的往事，以及〈迷途〉淺淺溢出「某些難以言述的惘然」。「誰又比誰更強悍與堅持呢……還是　終於迷失了路途的我們」。詩人暗暗省思回顧自己婉曲的來時路，不免淒切心驚。

輯二「色顏」，收詩作十五首，其中有一半是餽贈友人的詩作，如〈靜靜的林間——呈詩人王鼎鈞〉、〈迴向的擁抱——給夏祖麗〉、〈女書兩篇，敬詞——獻給林海音〉、〈等待——給小詩人蕭未〉、〈花開十行——給邱邱〉、〈舞者——給靜君〉，……從這批贈詩中，俱見作者的真性情，與對被贈者熱烈的期待與尊崇。其中〈我愛夏宇〉一詩，是讀《Salsa》詩集有感，寫得率真、親切與生動。如開篇：「還沒打開詩集只看到封面就讓我如此快樂又俯首貼耳地準備讓她帶我去旅行……」

輯三「猛獁象」，收詩作十三首，是她的尋根之旅，從〈鹿回頭〉的再三低語，〈篝火之歌〉的虔誠膜拜，〈金色的馬鞍〉的無限狂喜，〈猛獁象〉遠古巨獸歷史的沉睡，她的視矚焦點，都未偏離蒼蒼開闊的蒙古草原，帶給她以無比的激動與快樂。在〈父親的故鄉〉一詩中，她似乎更有獨到的領悟：

父親是給我留下了一個故鄉，
我卻只能書寫出一小部分
是那樣不成比例的微小啊

誠如作者所云：「縱使已經踏上了回家的路，卻無人能還我以無傷的大地」，她對蒙古的鄉愁是多麼深濃啊！

總之，席慕蓉的詩一直以迴旋不絕的語感勝出，《迷途詩冊》更見鄉愁意蘊的加深，詩素材的漸次趨向多元，以及新語感的不斷瀰出，她從不寫叫人費解的詩，更不希望讀者自囚漆黑的囹圄。臺灣現代詩應該向「清明有味、雅俗共賞」的地境進發，證之席慕蓉詩集的持續熱賣，或許是當下詩人共同省思的課題之一。

——原刊中央副刊，二〇〇二年九月十二日

雕像，思之惘然的風景
——淺說劉小梅的詩

1

《雕像》，是劉小梅的第四本詩集，全書概分三輯，共收長短詩作四十六首，組詩六首。誠如她在〈後記〉中所述：「本書與過去主觀的發抒顯有不同，它不僅透視內在，也放眼天下，已由書寫身邊瑣事，擴展而為關懷眾生。」她這番表白，十分妥貼而精要，可以視為解讀她詩作最實用的一把鑰匙。

近日閉門細讀全書中的每一首詩，筆者初步的觀察所得，劉小梅的文學世界悠然自得，她以小小的詩筆，精心繪出自己所關注的現實，各個不同的風景，陪伴它們一起落寞與輝煌。她不狂想個人馬上會攀上千山絕嶺，「只想做名不忮不求的文字農夫」。

信然，《雕像》的素樸身姿，自二十一世紀的仲夏出發，向華文詩壇挺進，依稀有它一股說不出的思之惘然的「鄉愁」。

2

劉小梅的詩作，往往傳達給讀者的是多種生活的面影，深深淺淺不必細剖的感覺，如果你能把讀詩的心情延伸到她所捕捉的獨具的丘壑裡，或許，你會有意料不到的發現與驚喜。不信，請看以下的斷句——

將相思之線
用針縫入
夜的裙裾
——〈別後〉

漫步湖邊
冷不防

被垂柳吻了一記

——〈散心〉

大地是書本
我的腳掌在那兒讀現代詩

——〈啊〉

乍回首
路邊的小花都懷孕了

——〈春〉

達摩祖師
請允准我送您雙鞋吧
你要「旅狐」
還是「麥克喬登」

——〈戲說書房〉（之十四）

炊煙哭訴著
無家可歸
——〈生活協奏曲〉（第五樂章）

問他的學歷
燒餅油條加豆漿
——〈豆漿店老闆〉

主子
何時才能賜我個座位
與你們共進晚餐
——〈等待晚餐的蟑螂〉

作者不論書寫日常瑣事，或對現實某些情境的剖析與箋註，她都以極敏銳的思維，清晰的語感，去解構綻放那些飄浮不定的景象，而讓讀者可以在剎那間充分感受到詩中情感行進力道的強弱。譬如上引的〈散心〉——「冷不防，被垂柳吻了一記」。〈生活協奏曲〉——「炊煙哭訴著，無家可歸」，以及〈豆漿店老闆〉——「問他的學歷，燒餅油條加豆漿」等等，確屬觀察不凡，從看似十分平淡的句構中，在在展示一個女性詩人捏塑語言，浮現意象，力求衝出困境的企圖。

3

劉小梅從事廣播工作，主持藝文節目多年，她的所見所聞所思，應比一般人更廣泛深入，對突發的重大事件，具有非常犀利的解剖綜合能力。本書第二輯所收組詩五首，就是明確的見證。

組詩之一〈慟〉，書寫兩年前發生在南投集集地區的大地震。她以十個子題，從「來不及」、「變臉」、「停電」、「夢斷」、「病危」、「垂死」、「鄉愁」、「淚乾」、「軍援」到「重生」，來呈現此一天崩地裂、慘絕人寰之浩劫，令人扼腕。其中警句如——

牆來不及哭泣
就倒下了

——〈來不及〉

一向以視力傲視群倫的
燈
突然失明了
——〈停電〉
街道頹廢得
連自殺都提不起勁
——〈垂死〉
一千個便當
裝的全是同類菜式
愛
——〈單援〉

愛詩的朋友，請你以澄明的思緒，翻閱原詩，細心品讀幾遍，你就會覓得詩中的大悲巨痛之所在。

〈那一天……〉，從「寒露」到「大暑」十題，以小詩形式出之，也寫得迤邐深情，充滿對季節變化的敏感，特以〈春分〉一詩為例：

沈鬱如密雲不雨的天空
周遭的氣氛
因人人禁語
而悶死一隻黃狸貓

作者對時令變化，觀察入木三分，由「悶死一隻黃狸貓」的小結，而令人拍案叫絕。〈戲說書房〉，從老子、孔孟、墨子、金庸大俠、乾隆、蘇東坡、徐霞客、陶淵明、達摩、李杜，到張大千，抒寫古往今來二十位傑出的飽學之士，詩人以特具的觀點，為每家燦然點出精華之所在，如〈十六〉——

杜甫兄／羨煞人也／天地一沙鷗／諸法皆空／自由自在
但／作詩也得裹腹／怎不申請清寒補助／人家不都說／咱們是「文化中國」？

詩人深諳答非所問、四兩撥千斤的諸多技巧，其他組詩，我就不再列舉了。

4

劉小梅所鍾情的生活風景意象的詩是十分豐沛的。譬如她朗朗抒寫永遠填不滿的〈六百個空格〉，一直在假裝中活著的〈假裝〉，屋裡彷彿高朋滿座的〈今夜，一人獨處〉，在山林竹軒〈你的影子正向我走來〉，被老妻河東獅吼過的〈名人〉，上次換裝時被扭傷胳膊的〈深淵（Part II）〉，血液非他不能循環的〈VIP〉，狠狠用權力解剖一本書的〈批評家〉，掃帚與抹布陪伴她一生的〈清潔婦〉，以乳溝促銷產品的〈檳榔西施〉，與胃酸抗爭一天的〈托缽的和尚〉，哈欠連連的〈世故的花圈〉，與他私奔的〈喪偶的胡琴〉，還有〈會寫詩的蚊子〉、〈公園的鴿子們〉、〈天天開會的主管〉、〈超級巨星凱蒂貓〉，以及〈長了老人斑的辭典〉……等等。它們在作者的筆下似乎都相繼走進了「柳暗花明又一村」。

總之，還有很多話想說，但我必須打住，那麼就請讀者到她書中的每個景點，親自去逛逛與觀賞吧！

——二〇〇一年五月一日於內湖

——原刊《雕像》詩集，文史哲出版社，二〇〇一年十一月

隱顯自適捕捉時間的姿影

——讀葉紅的詩札記

新世紀淡淡的五月，在攝氏二十八度的照拂下，是最適宜閱讀現代詩的季節。筆者在十分悠閒的狀態，把置於案頭已久的葉紅三本詩集，從頭到尾細讀了一遍。以下所述是個人的讀詩札記，很零碎，很隨意，但也是一篇極其率真的觀察與雜感。

對葉紅的詩，先後批註得十分清晰如白靈，鼓舞再三如向陽，賞析極為細緻有序如鄭慧如，……我想他們的見解，就不再重複了。

本文僅以她詩中以時間素材為基點，試著發抒個人讀後的一隅之見。本來談詩說藝，如果不帶有個人某些斬鐵截釘主觀的色彩，那麼詩壇何來百花齊放，百家爭鳴的榮景。

於是，我在《藏明之歌》詩集中，首先把視矚移進她〈等過了中午〉這首自由體式的十四行。

作者一開端六行，連續以三個「想」字，從天剛亮，中午一直想到晚上，可見她女性情懷的難以描繪與洞悉，她在詩中特別安排了「靠近一隻耳朵」，企圖將自我隱秘的私情，蓄積的愁緒，最後無奈的轉化為「心中的狂吼」，果真是狂吼嗎？那不過是她為了推演詩中的轉折點某些戲劇性手法的彰顯。作者最最昂大的企圖，應該是結尾栩栩欲飛的三行：

我想靠近
靠近一隻閃著金色星光的
耳朵

說它是「畫龍點睛」、「詩中留句」、「柳暗花明」、「弦外之意」無一不可。一首上乘的詩不盡的餘韻，就如此在作者輕輕鬆鬆的一揮下完成。我認為「靠近一隻閃著金色星光的耳朵」，就是這首詩「詩眼」之所在。假如作者當初未能覓得這句結語，那麼整首詩的感覺可能就會大打折扣了。

本集中涉獵時間的詩還有〈黃昏曼陀羅〉（四行），和〈試探的夜色〉（十四行）。前者把黃昏一剎那的景象，經過作者驚心的揉捏，使讀詩的人不得不面對另一種天快要黑了的必然現實。

後者則是作者以「我」、「他」對坐的默默，或許「他」就是詩人自己的影子，然則夜色還需要試探嗎？毋寧是詩人面對時間的快速飛逝，不留下一絲痕跡，而徒興沒有「可資出賣的線索」而浩歎。

一首詩是一杯上好的茗茶，讓喝過的人齒舌留香。葉紅的詩作，大體在捕捉某些幽忽飄浮難以言述的情境上，的確付出了不少推敲重組的功夫。在《廊下鋪著沉睡的夜》一集中，請愛詩人不妨先行細品以下的斷句：

月圓時，　才飛出窗口
便被枝椏鉤破了　翅膀

——〈月圓時〉

只有側耳聆聽
留下逐漸縮小的昨天
黃昏前
再掘一個墓

——〈逐漸縮小的昨天〉

是你
捕捉我唇邊
全部的沉默

——〈再見・冬季〉

從樹葉間沙沙地漏下
陽光　在綠蔭中
有點兒開心

——〈夏午〉

以上四詩，作者俱以時間為軸心，發抒個人各個不同的觀點，〈月圓時〉「枝椏鈎破了翅膀」的神來一筆，〈逐漸縮小的昨天〉「再掘一個墓」的惘然，〈再見・冬季〉，好一個「唇邊的沉默」，以及〈夏午〉「陽光，在綠蔭中開心」。……基本上，作者很重視語言的經營，在虛實自如的變化中，達至「情隨語移」的效果。

而在《瀕臨崩潰的字眼感覺有風》新著中，作者對時間的敏感，較之前二書有更冷澈的回眸。諸如〈糖果和整個下午〉的斷句：

無止境的閱讀整個下午
只穿過一個刻意迴避的主題

任何字眼還要變大我們一時覺得
好極了糖果和下午繼續交換聽的傾訴

作者的視野和運用語言的策略，顯然朝向更新銳感覺的地帶觸摸，「糖果和下午繼續交換聽的傾訴」似乎把現代人的無端落寞，浮雕得入木三分。

〈五月〉，七行小品，則對季節有更清明貼切的認知。請看末三行：

輕拂的是　風
四處游走
五月以肌膚揮別攝氏28度緊張的　漩渦

作者以「風」，以「攝氏28度」，以「漩渦」，把五月寫酷了，這也足以說明慎用語言的妙諦。〈永無休止的現在〉，現代人大家一窩蜂擠在大都市的各個角落，怎能夠得到足夠的安靜。是故作者深深的慨嘆：「寂寞的時候很虛弱，需要一點強而有力的聲音」，於是她——

拉開車門
鑽進更小的空間
關住自己
全心全意　聽
引擎敞開聲量噴出久積的　鬱悶

嗨！真是壯哉快哉！詩人內心終於衝出日常水泥叢林的方格子，燦然劃破「海大一線的寂寥」。

總之，我們從葉紅一些抒寫時間的詩作中，自有她個人獨特的觀察與發現，儘管她詠歎時間的作品不多，但這是可以努力經營的另一個永遠掘發不盡的素材。

臨近時間的邊界，虎虎有風
儘管再廣漠，浩瀚，高聳
吾人必得要一個山頭又一個山頭　攀上去

——原刊《臺灣詩學》第三十六期，二〇〇一年六月

反諷・冷鬱・奇思

——評許水富詩集《叫醒。私密痛覺》

二十一世紀伊始，在詩壇似乎是一個新鮮人——許水富，出版了一本詩畫版圖手札《叫醒。私密痛覺》，在書的封底如此寫著「一本生活、詩畫、廢墟出土的殘缺作品」，這樣反諷機智的自我介紹，在臺灣當代詩壇實不多見。就連目前旅居法國十分前衛的夏宇，她的幾本詩集也不曾有過這樣多元性的設計和製作。

當我採取跳躍式的閱讀，感覺十分驚愕，並非因為作者運用拼貼、剪輯、影像、複製、繪畫、書法等諸多技法編成這樣一本書，而是作者內在豐沛的詩思，彎曲的語言和冷僻的意象等等，在每一首詩隱密的角落，獨自凸顯某些稀有的火焰，令人渴想。

首先，請看卷首全黑扉頁一行露白小字——

「擦黑，一盞盛開微笑的燈，叫醒黎明的開始。」

他就暗暗提示讀者，請你緩緩到他書中各自不同的官感世界去徜徉吧！

接著是「目錄」，一個占全頁斗大的字「無」，告訴讀者：「翻幾頁，算幾頁，喜歡就繼續讀，不必有所謂的目錄。」這樣的設計真是把讀者調侃夠了，俺十分喜歡作者如此無預警隨興之所至的揮灑。

於是我從「煮一鍋的蒼涼」〈秋天宣告獨立〉這首詩開始讀，細細的讀，等所有的大師巴哈、尼采……翩然來到，與我展開「收拾奢侈人間」滔滔不絕的爭辯。

而後輕輕一下子翻到〈遺言〉：

戶口名簿
發覺一滴黑黑的　血
DNA檢驗・結果
是父親三十年前失蹤不慎掉落的遺言

真的，是生命的遺言嗎？「父親」給「兒子」的遺言；「女人」給「男人」的遺言；「亞當」給「夏娃」的遺言；「落葉」給「秋天」的遺言，你說，你該怎樣詮釋、解讀這首詩。

再，跳過〈私房話〉、〈玩笑發表會〉、〈弄髒的話〉，我觸到十分背叛性的〈失蹤〉：

忘了潛逃
在十七巷四弄門口
找到　蔓延

這樣的迷思、斷想，言外之意，大概不必再用多餘的話去補白吧！作者所覓得的「找到蔓延」，足以支持他創發新語言所蓄積的詩的魅力。

於是，我再急急穿越黑手印的〈SEX〉，用淚造型的〈詩啊〉，自力救濟的〈午後〉，綠色口香糖廣告的〈喂！〉，萊爾富發票彩色的〈夢〉，以及那塊孤獨、寂寞，有了淚痕的〈聽海〉，終於，我佇足在他一些自謙「發育不良的小詩」上。

煮熟一鍋的許諾
少了一點點的鹽
碗內就開始議論紛紛

食指與中指之間等矩平方
夾著一根菸
求圓周率看得見的　解答

莫非，許水富的詩，就是滿載讓人「議論紛紛」的喜悅，以及希冀從小小的「圓周率看得見解答」的迷霧。

對於這樣一本頗具新穎、豁達、獨特，實驗性很強的詩畫合集，愛詩人不妨以探密的心情，深入他生活玄想的世界，以及他混沌初開微醉的感覺之海，盡情仰泳一番吧！

最後，我願坦直建言，作者在語言歧義性的開發和張力的內斂與綻放，不妨再作適度的調整與流浪。

——原刊《幼獅文藝》月刊，二〇〇一年五月號

捕捉出神的抒情語感

——讀林怡翠《被月光抓傷的背》

詩，就是獨特的，坦蕩的，遼敻的，一種怫鬱的存在。

當身邊某些素材，從詩人起伏不定的思維步出，詩人所攫取到的不是堅實的本體，就是光鮮奪目的外貌，是以致力契刻周遭某些素材的精華，才能貼適創造個人詩作的精華。

而詩人唯一可以運用的就是令人頭痛、最難馴服的方塊字（語言），誰不希冀自己的詩能擁有最動聽感人的語言，但往往詩的語言裡不是糖，要嗎，它就是「鹹的極致」，或者是「酸的極致」，詩人對於語言的把玩與征服，可以說是一種絕對的「癮」。

筆者最早接觸林怡翠的詩，大約是在《八十四年詩選》所收入的〈九份五記〉，這首區分五節、二十六行的短詩，充滿抒情的遐想，一開頭，就有不凡的演出：

在手掌上畫一條小巷
黃包車上的女子
嗅著一朵脂粉香味的黃昏
兩旁的牆
斑駁成滿地的足印
所有的影子都等著對月亮歌唱

如此簡明親切的勾勒，把九份的鄉情野趣燦然溢出，瘂弦曾指出「他喜歡這首詩是因為它是形式上的散文化，散文的散，作者是四兩撥千斤式的，故作漫不經心的，而詩又何嘗不是一種從不自然到自然的過程，技術的奧秘即在此」。殊不知在一首詩中適當的加添一些散文性，可能會增強詩的張力，甚至活潑詩的節奏。

林怡翠的語言，似乎不時從個人寧靜、澎湃的心湖中流出，一旦醞釀成詩，它已變成各種形式，彷彿容器與水，容器有多大，水就漲得多高。不信，請看以下的詩句：

你怎麼輕過一張鷺鷥啣起的霧
——〈臨山的窗〉

跑進書裡
踏過李白寬闊的額間
彷彿踏過眾鳥撲散的山巔
——〈在南華的樓前讀書〉

妳杯中的茶垢
是堆積了一百年的烽火
——〈與世紀末相遇〉

我把星期天折得很小，裝進記憶的暗袋
——〈週休二日〉

一大片蟬聲從樹梢被吹落下來
——〈小讀六月〉

以上佳句，隨手拈來，只是本書中極小極小的部分，愛詩人不難看出林怡翠採集語言的手法：既迂迴又直接、既真實又虛幻、既內斂又舒放、既陰冷又濃烈……，她喜歡深深凝視每首詩中的每一個語字，她希望它們獨立、深入、蒼茫、幽微，既拉長又壓扁，均能伸縮自如，像垂柳一樣，輕輕搖曳著讀者似醒欲醉的心靈。

筆者曾經說過：「詩是呼之欲出的真摯，詩是無怨無悔的飛翔，詩是無限，詩是絕對。」證之林怡翠的諸多創作手法，她勢必會不斷的栽植、翻新、尋找、碰撞……，她勢必在每一首詩的成篇之際，十分昂揚孤獨的捕捉一種出神的抒情語感。

林怡翠，好一個雅靜的名字，假如筆者沒有看走眼，她確確然是繼林泠、敻虹、馮青、羅任玲、陳斐雯之後，在詩壇最有希望管領風華的新一代女詩人。

我，誠摯的期待著。

——二〇〇二年一月五日於內湖

——原刊《被月光抓傷的背》詩集，麥田出版，二〇〇二年三月

美與神往之演出

——導讀方明的詩〈懷情篇〉

方明創作詩齡甚長，七〇年代中期在臺大讀書時，曾以〈髮〉一詩榮獲臺灣大學六十六年新詩獎。一九八二年爾雅版、筆者主編的《感月吟風多少事》（現代百家詩選），曾選入他的少作〈簾〉、〈早寒〉二首，該書出版後曾風行國內，被十幾所大學中文系選為現代詩教材。

作者離開大學後，為生活奔波，遠赴巴黎經商有成，曾有一段長時期停止詩作，數年前回臺，重拾詩筆，佳作不斷，因而有這部詩集之誕生。

本集為作者個人新舊作之混合紀念集《生命是悲歡相連的鐵軌》，並以題材區分，其中〈懷情篇〉，收詩作十四首，大體說來，應屬他早期的作品。其中〈賦懷〉、〈情簾〉、〈情人的臂〉、〈髮〉、〈典藏年代〉、〈那年〉等六首，採散文詩的形式，抒發個人對美的追求與神往，其中不乏巧思與令人擊節的意象。例如——

溪頭是一幀多霧的畫……，引誘雙飛的鳥兒，展向那轇轕的叢林。

——〈賦懷〉

戀愛是一篇讀不倦的詩……

——〈情簾〉

請履我身讓那幽幽的溫馨滲透羞赧之心房

——〈髮〉

那年，累城的輝煌繁衍不如一片死吻盤根的落葉

——〈那年〉

方明創作散文詩的手法是：儘量出之以散文的靈動語言，但他懂得「約制」與「壓縮」，且在必要的段落，深刻契入，創發一種令人意料不到的玄想。如〈情人的臂〉之結尾。

愛情是一道可口的甜品

但勿過份狼吞

而〈典藏年代〉，他則十分規則地每行十四個字，區分四段排列，不時在中間打散、停頓、空格、參差……，以覓取詩的歧義之婉曲延伸。

其他八首，則採一般詩創作的形式，其中〈賞月〉的愁緒濃深，借用作者的話語，確確是「不然，你教我如何對影、乾下那一壺家鄉的思念」。這一畫龍點睛的結局，令人拍案。〈當我死後〉，開篇引借余光中「葬我於長江黃河之間」的名句，之後，他則一氣呵成為個人的詠歎，如末段的：

豪飲長城下
然後細數千年英傑
誰解遊俠情

更是慼喟人生有限，不過命若蜉蝣而已。

而〈夢〉的苦短，〈習字〉的奇遇，〈失眠〉的無奈，尤其〈微恙試筆〉的調侃，叫人難忘：

打卡時

還靠羸弱的夕陽
扶我一把

愛詩的朋友，請你盡情到方明的詩圃裡逛逛吧！他多年來培植的奇花異卉，為求取一首詩能抵達無限的神往之境，絕不是我這管禿筆所能全然描繪的。

——二〇〇二年六月三日

——原刊《生命是悲歡相連的鐵軌》詩集，文史哲出版社，二〇〇三年八月

悠僻、神似、虛實之構成

——初探劉益州的詩

劉益州是最近年間崛起詩壇，頗有潛力的新生代詩人之一。

《創世紀》第一二四期（二〇〇〇年九月），曾在「新生代四人小集」中，以五頁篇幅介紹他的九首詩作，並在卷前小評中直指：「劉益州的詩，充滿對某些新奇事物的玄想，與日常生活片斷的挖掘，不論寫網路、鷹、殷鼎、蒽，以及現代的城市，他都從小我出發，希冀捕捉一些未知的驚喜，甚至也把古典邈遠的情懷融和在他的詩作裡，而讓讀者低徊。」筆者仍自信，兩年前的這個小評，仍適用於賞析他當下的詩而毫無偏頗。我讀過劉益州的長短詩作當在百篇以上，他，給我整體的感覺是：

他十分珍惜一首詩內在肌理的燦爛形成。

他十分強調一首詩從容不迫的節奏感。

他十分看重一首詩隱喻與象徵的渾然化合。

他十分盼望：一種悠僻，一種神似，以及某些難以抵達的虛實之構成。

是以我讀他的詩，說他的詩，甚至眉批他的詩……，不是學理上的一些約定俗成的規範，而是個人近半世紀來讀過天下很多好詩佳構而興起的零碎的知感波濤之抒發，如果說那是「曲水流觴」的小酌，也無不可。

我大膽認為：要一探劉益州的詩的世界，還是應該以其發表過的詩作為佐證，吾人可以極自由的從他的字裡行間，他的語感，他的偏愛，他的奇特的思考方式，他的變動不居的形象，以及他時時刻刻企圖否定過去的我，一種很難詮釋的創作觀的開展。

是故，他詩中的花蓮、奇萊、鯉魚山、潮汐、網路、微雨之巷、T的窗前、貓的國度、巫術咒語……等等，它們似乎都烙印著詩人揮之不去的探險的影子，他在某種意象裡靜靜地坐著，聆聽著，徘徊著，敲打著……，或許某首詩完成後，他的深沉的眼眸，又把一些未曾觸及的餘光，唰唰向另一個等待開發的新的處女地竄進。

在當代，他雖然很喜歡某幾位前行代詩人，如瘂弦和楊牧，前者的「戲劇音效」，後者的「浪漫隱逸」，劉益州似乎是頗為傾心的，但是他沒有刻意明顯的模仿他們，他走的是自己想開採的羊腸小路，當然目前還無法界定，他正在努力暗暗地生長著，以及修正著。

以下概分四個小節，行雲流水，踩踩他的詩癖。

·向未知的「感覺之海」探險

凡是寫詩的人莫不竭力捕捉自己所嚮往的「感覺之海」，但是如何創發、吸納；怎樣張揚、抵達，的確令人躊躇。年輕的劉益州，面對新詩的汪洋，他該怎樣舉筆，他該怎樣在浩瀚的詩海裡淘沙揀金，以下請看他詩中所興起的抒情之啁啾：

晴朗。詩是
稍稍的雨意，用某種語言
落下
——〈九月〉

停止那些對神秘的星圖作追溯

用不斷的厭倦疲累的旅程
讓它們安靜下來

——〈我停止出發〉

點燃、懸置綠色的遠方
大河，江渚
而且瞇著眼睛看

——〈追溯〉

南半球以上的某一處地表
白色的無尾熊用接近人類的聲音
哭泣

——〈T的窗前〉

車入大港
船出大港

那濕度與透明宛如我最初的神似

——〈總有一輛公共汽車開往港口〉

一群白鳥從童話中起飛，順勢
順勢取代天空的位置

——〈影子〉

上述六例，似乎可以初步解讀作者的語感相當細膩清晰而突兀，〈九月〉直指兩意是某種語言落下，這不是詩人靈思的燦然一閃？〈追溯〉中的大河、江渚，瞇著看遠方的綠色，又見怎樣的一種況味。〈T的窗前〉、〈總有一輛公共汽車開往港口〉、〈影子〉則各自淺淺釋出特異感覺稀有的音律，在在令人鼓舞。

其實，詩的真摯動人的感覺，每每從各自不同的歧義中喃喃瀰出。你還要繼續把它抽絲剝繭，讓它一絲不掛，那麼一首詩真正隱逸的情趣到底在哪裡？

簡言之，詩人規模的「感覺之海」，不僅儲存於每一閃光的語字，更點石成金於眾多愛詩人開合自如的視矚中。

‧時間之峰，你在等我攀登嗎？

古往今來，以時間為吟詠的詩篇，難以枚舉，誰不想攀登時間的峰頂而睥睨一切。劉益州是一個殷勤的耕耘者，他抒寫時間的詩，自有特別觀察的心得，不信請看：

泥濘，以溫柔沖洗
我沿著時間快速經過
——〈桃芝颱風後七日在花蓮〉

我坐下，看一些蘑菇開
看一些檳榔落
——〈登鯉魚山〉

夕陽在兩岸之間輝映
現在時間依然，處於半靜半燥時間的流裡
；岸邊，有垂釣者的影子。

——〈時間〉

幾千萬光年之外的事，再度
提醒我久久沉寂的情緒

——〈七夕命題〉

他們，是用按鍵吐絲的蜘蛛
每個按鍵都留下一個腳印
每個按鍵都試著捉魚
每個按鍵都是投進籃網的球
每個按鍵都是一個吻

——〈網路詩的誕生〉

當你細讀作者這批詮釋時間之詩，你能測出「我坐下，看一些蘑菇開，看一些檳榔落」，究竟是何種景象，那才是登鯉魚山最孤獨的結論嗎？而「每個按鍵都試著捉魚，每個按鍵都是一個吻」，你的真正的驚喜，可能不只是語言內涵和外延所拋出的奧秘之所在了。

時間，誰能留得住，時間，誰能從從容容的攀登，在它亦步亦趨的顧盼之間，作者周遭的一切都是動盪的，變異的，難以征服的。

你想要開採，你想要挖掘，它是沒有底層的，何妨珍惜現在，把握當下每一分每一秒絕對的情境，創造出你自己最最豐沛的生活意象，而與時間緊密相連的詩篇吧！

．抓住間間的，不確定的意象

詩人融鑄意象，絕對不能懈怠，劉益州自有個人涉獵的方式。

信然，詩是意象的輻射，意象猶之春天的泉水，必須透過詩人高度的技巧，它才能跑得更遠，跳得更高，穿越一切煙霧而臻至「婉曲幽深」的新境。以下，仍以詩作為例：

我坐在相思木之下，聽到一些聲音
隔著書本和雲飄動的影子
——〈前進〉

我以九月楓香之姿等待
——〈天亮以前，向前，左轉〉

水紋波動，幾個詢問的耳語
悄悄，我無法回答，讓虛空低聲，嗯了一聲
——〈最初墜落的兩顆星星〉

山是高高的，祈禱必須低下頭來
——〈實驗性的意義〉

消失的昆蟲刺探哎那些藤蔓糾糾結結的
我以紅色的鐵籬笆抵禦
——〈有隻〉

作者很篤定，很專注，他的寫詩秘訣絕對是彎曲的，迂迴的，剛柔同行的，他要防止有話直說。當你讀過「山是高高的，祈禱必須低下頭來」，我想你一定深信劉益州的意象語言確確是伸縮自如的，他會在其每一篇完成的詩作中，儘量達到穿越時空的「知性之飛躍」。

・悠僻，神似怎樣捕捉

每一首詩是一個特殊的存在，詩人用心蓄積自己的「觀念之貌」，我以為「悠僻，神似」的境界是劉益州所嚮往的。是故他的許多詩，都強烈企圖朝這方面朗朗的挺進。作者怎樣看視事物的本貌，一切都在和諧的秩序中運行，透過詩人精神活動殷切的參與，他所攝取的素材、視景，自有一種意料不到的冷冽與奔放。

風，就讓風自己去拂動
無關我空白的思慮
我的轉移是仲夏裡一片突然落下的綠色葉子。
——〈轉移〉

像是月光尚未來到，生命豎立
在懸崖的懸崖上
更盡頭處有男孩掏出陰莖小便
——〈我墜入一場黃昏以及月亮〉

我閉上眼睛，在失去顏色的天空下

星星凝睇成近墨色的光從黑色奇萊
戛戛而來

——〈黑色漩渦〉

我，假裝睡眠
兀自想起去年開徑入山林的時刻
那合歡群峰中的石門。

——〈賞心變奏〉

不論是〈轉移〉的弦外之意，〈黑色漩渦〉的剎那奇想，〈我墜入一場黃昏以及月亮〉的特殊快感，甚至〈賞心變奏〉的逆向思考，作者一再企圖排鋪一種屬於自我的悠然豁達與變調的詩景，是無時無刻不與自己的閱讀呼吸同在的。

總之，劉益州的辛勤耕耘，在新世紀的第二年，已結出鮮翠的果實，《楊寒短詩選》（中英對照本）是一個起點，而這冊《與詩對望》又是另一個起點，或許他並不滿意這兩冊處女作之問世，但詩人總得有個人的處女航。因此筆者引用他的詩來泛談他的詩，大概這樣的方式作者可能樂於接受。

華文新詩，當然無涯，劉益州還有很長很久的路要走，我期待，詩人惟有堅持，才有更壯麗、更精湛的演出。年輕人，好好為臺灣新詩的未來繼續揮舞自己的筆吧！

——二〇〇二年五月二十八日於內湖無塵居

——原刊《與詩對望》詩集，文史哲出版社，二〇〇三年五月

從錦連到紀小樣

——《天下詩選》入選詩作十四家小評

．錦連〈颱風與嬰兒〉

錦連，本名陳金連，臺灣彰化人，一九二八年十二月六日生。曾就讀日據時期鐵道講習所電信科，畢業後進入鐵路局彰化火車站電報房服務，退休後，教授日語。一九四四年與林亨泰、張彥勳、詹冰、蕭金堆等人參加「銀鈴會」，而後又加盟紀弦創導的「現代派」，並為《笠》詩刊發起人之一。著有詩集《鄉愁》、《挖掘》。曾獲鹽分地帶文藝營頒贈的「臺灣新文學特別推崇獎」及「榮後臺灣詩獎」。

早年，錦連曾受日本教育，他也是從日文跨越到中文的詩人之一，是故作者深體鍛鍊語言、掌握語言的重要。一開始，他就希望用平凡的語彙寫出忠於自己，同時也不忘對我們生存環境表現出一些批判性、諷刺性的詩作。被收入在《六十年代詩選》（一九六二）的〈轢死〉、〈嬰兒〉諸作，充分展示其滿溢現實意象的觀察和堅實獨立的現代感。

〈颱風與嬰兒〉顯然是一強烈的對照，作者借賀伯颱風來襲之夜，寫下他對新生命誕生的喜悅，與成長過程的期盼，全詩充滿驚詫、關愛、鞭策與批判，特別是結尾，令人讀後恍然大悟，它也是本詩詩眼之所在。請大家不妨探討一下作者為我們所締造的「想像世界」是什麼？

．魯蛟〈水語〉

魯蛟，本名張騰蛟，山東省高密縣人，一九三〇年六月二十二日生，一九四九年底由青島來臺，一九五四年四月在《中興報》副刊發表第一首詩〈迎春花〉，一九五六年一月參加紀弦倡組的「現代派」。在軍中服役官拜上校，退伍後轉往新聞局工作。散文作品曾多次被編入國中、高職及五專國文課本。先後獲第一屆國軍新文藝短詩金像獎、中國文協文藝獎章、文復會金筆獎等。

自處女詩集《海外詩抄》於一九六〇年出版，隔了三十五載之後，也就是一九九五年，才出版第二部詩集《時間之流》，作者對詩的鍾愛請看他的自述：「詩是莊嚴的文學，寫詩者則是莊嚴的人類，提筆運墨或可活俏或可詼諧，但詩的內蘊和詩人的內心，應是一片清純，不見塵沙。」魯蛟晚近的詩，大都從現實出發，將生活素材化為驚心的詩篇，澄明中有新意，含蓄中留餘韻，向前行進的步履十分穩健，或如向明所云：「祇有詩，才是流不走的歲月。」

〈水語〉充分展現作者創造「意境」與「形式」渾然合一的才具。首節連續以七個「喝我」生動肯定的語氣，來導引讀詩人的興味，末句一聲「奶水」，令人擊節；末節作者以「站躺匍匐跳躍流瀉」而達至「成線成灣成潭成海」，更是把水開闊靈動的形象之美寫活了。我讀過詠水的詩作不下百篇，但能像魯蛟這樣疏朗、細密、別具創意的安排，似乎不多。

·碧果〈椅子或者瓶子〉

碧果，本名姜海洲，河北永清人，一九三二年九月二十二日生。少年時對古典詩產生濃厚的興趣，一九四四年開始閱讀《紅樓夢》、《金瓶梅》，一九五一年來臺從軍，從事文學藝術創作凡四十年，詩、散文、小說、歌劇、現代畫、插畫，樣樣精通。現為《創世紀》詩社同仁，著有詩集《秋・看這個人》、《碧果自選集》、《碧果人生》、《一個心跳的午後》、《愛的語碼》。曾獲國軍新文藝金像獎多座。而他於一九八八年為旅日聲樂家吳文修主唱的「雙城復國記」作詞，和一九九二年「萬里長城」歌劇的作詞，更使他譽滿藝文界。

碧果被譽為臺灣新詩壇的怪傑，由於他一開始創作，就不按牌理出牌，語言新銳，自成一格，一九六一年被選入有名的《六十年代詩選》的詩作，如〈果樹園〉、〈鈕扣〉、〈兵士的．玫瑰〉，充滿現代感覺，而難以句解。他的〈靜物〉一詩，更被詩評家孟樊選為後現代主義的代表作之一。晚近轉向情詩的抒寫，成績可觀。

〈椅子或者瓶子〉，作者借用兩種日常用具寫出個人獨特的觀點。詩分五節，雖然每一節的意義不同，但事實上是作者在看視椅子和瓶子的交互演出，甚至他自己也參加演出，每一句詩看似平白，連起來讀絕非一看就能懂得它們真正的意圖，如果你也想寫一首這樣的詩，請問你該從何處下手。

．辛鬱〈自己的寫照〉

辛鬱，本名宓世森，浙江慈谿人，一九三三年六月十三日生於杭州。從小寄居在外婆家，七歲方與父母共處，並赴上海讀書，十五歲離家，一九五〇年隨部隊來臺，在陸軍服務二十一載，一九六九年退役。早年曾參加「現代派」，創辦「十月」出版社，主編《人與社會》雜誌，現為《科學月刊》社務委員、「創世紀」詩社同仁。著有詩集《軍曹手記》、《豹》、《因海之死》、《辛鬱自選集》、《在那張冷臉背後》等。一九九五年十一月獲第三十屆中山文藝獎新詩獎。

五〇年代中期開始寫詩時，也略受當時現代主義詩潮的影響，以挖掘抒發內心經驗的殊相為主軸，不久即試圖尋找現實的素材，如〈順興茶館所見〉、〈豹〉、〈老花眼鏡組曲〉、〈西門町之什〉……和近期〈老龍渡口的梢公〉、〈訪嚴子陵釣臺有歌〉、〈銅像〉系列等，洛夫曾詮釋他的詩是「冰河下的暖流」，可謂相當傳神。

〈自己的寫照〉，是作者個人栩栩如生的畫像，他把自己的性格，對生命的感歎、疏懶以及執著，全然不經意地穿插在井然有序的詩語中，最後一句「無刺的薔薇」，使人悚然一驚，原來他也是眾醉獨醒的酒客，朗朗蹲在「許多個未完成的情節中」，笑看生命鮮紅的落日尚未西沉。

．李魁賢〈三位一體〉

李魁賢，早年曾用筆名楓堤，臺北縣淡水人，一九三七年六月十九日生。臺北工專畢業，一九五三年開始發表詩作，一九六四年參加「笠詩社」，曾獲吳濁流新詩獎、巫永福評論獎、「笠詩社」評論獎，現為臺灣筆會理事、名流企業公司負責人。著有詩集《靈骨塔及其他》、《枇杷樹》、《南港詩抄》、《赤裸的薔薇》、《李魁賢詩選》、《水晶的形成》、《永久的版圖》、《黃昏的意象》等；評論集《臺灣詩人作品論》、《詩的反抗》等。

李魁賢寫作生活已逾四十載，自認重視現實經驗的轉化，強調詩不能與生活脫節，力求以藝術手法，來創造高度人間性的詩篇。他是一位充滿自覺性的詩人，面對大時代，詩人不能只寫甜味的詩，而應五味並陳，作者一直在尋索真正屬於自己的聲音。

〈三位一體〉，作者把母親、情人（太座）、女兒視為一個共同體，抒寫親情而滿溢平中見奇的細緻感受。首節以玉蘭花，深體母愛給與生命的驚喜，中節以杜鵑花覺察與情人的不可須臾分離，末節以百合花，象徵小女兒的純潔晶瑩，三種花，三種永恆不渝的愛，親情詩能抵達此一幽微可讀的境地，還需要筆者繼續嘮叨嗎？

・朵思〈士林夜市〉

朵思，本名周翠卿，臺灣嘉義人，一九三九年八月四日生。嘉義女中畢業，現為「創世紀」詩社同仁，著有詩集《側影》、《窗的感覺》、《心痕索驥》、《飛翔咖啡屋》等，另有小說、散文集多種。

朵思開始塗鴉年代甚早，最先接觸新詩期刊和發表詩作，那是一九六〇年十一月紀弦主編的《現代詩》二十七至三十二期合刊，刊出她的〈雨季〉、〈虹〉二首。她早期的詩頗受西方詩體的影響，詩風比較晦澀，以挖掘個人內心經驗為主，七〇年代以降，詩的觀點逐漸轉變，關懷現實環境的詩作無形加多，由於她的表現手法獨特，詩想濃郁飽滿，極富個人色彩。「有冰雪

性情而不作女兒態，本真投入，不見刻意，不事矯飾，字裡行間有一種冷凝的光暈，凸顯詩人久經磨礪的藝術功夫。」（沈奇語）

從〈士林夜市〉一詩，可以直探朵思的創作手法，新穎而大膽，她看到那些長短衫的排列，馬上就激出「一些領夾以鱷魚之姿，夾住要飛走的歲月」，何等神采飛揚的一筆。接著從一杯杯酸梅湯……她意識到「河」的意象在內心湧動。最後則是她自己如何把墨色濃濃的感覺留住。一首寫實詠景詩燦然臻此令人目不轉睛的抒情領域，夫復何求。

·羅青〈我拒絕對秋天發表評論〉

羅青，本名羅青哲，湖南湘潭人，一九四八年生於青島，襁褓來臺，基隆中學畢業後，入輔仁大學英文系就讀，一九七二年赴美，於西雅圖華盛頓大學研究比較文學，獲碩士學位。曾任教輔大外語學院，現任國立師範大學英語系所教授。著有詩集《吃西瓜的方法》、《神州豪俠傳》、《捉賊記》、《隱形藝術家》、《水稻之歌》、《不明飛行物來了》、《我發明了一種藥》、《錄影詩學》；詩論集《從徐志摩到余光中》、《詩人之燈》、《詩的照明彈》、《詩的風向球》等多種。

羅青詩創作始於六〇年代末期，《幼獅文藝》自一九三期（一九七〇年一月）開始發表他的〈春訊〉，接著〈月亮、月亮〉、〈吃西瓜的六種方法〉、〈柿子的綜合研究〉、〈給樹看相的秘訣〉、

〈雪夜駐馬林畔〉、〈神州豪俠傳〉、〈蜉生記〉、〈三段論法〉等約三十多首，先後在該刊登場。余光中的長論〈新現代詩的起點〉，也於該刊二三二期（一九七三年四月）刊出，從而使羅青揚名詩壇，《幼獅文藝》最先的點火之功，應該記上一筆。

〈我拒絕對秋天發表評論〉，羅青以敢想、肯想、奇想、妙想著稱，他的每一首詩幾乎都創發新意，這首四十二行十四節的秋詩，更是我行我素，集漫罵、反諷、使詐、說教、嘮叨於一爐，說穿了，這一切無非是衝著「秋天」而來，其實作者所謂拒絕對秋天發表評論，實則是反語，由此更增加愛詩人閱讀本詩的興味。如果你有更鮮活的絕招，請快快使出來吧，難道你不怕秋天也會對你紅著臉頰，大發雷霆。

·白靈〈口紅〉

白靈，本名莊祖煌，福建惠安人，一九五一年生於臺北萬華，臺北工專三年制畢業，美國新澤西州史蒂文斯理工學院化工碩士，現任臺北科技大學副教授。曾參加「葡萄園」詩社，主編過《草根》詩刊，現為《臺灣詩學》季刊同仁。詩作曾獲《中國時報》敘事詩首獎、《創世紀》三十五周年詩創作獎、國家文藝獎等。著有詩集《後裔》、《大黃河》、《沒有一朵雲需要國界》、《妖怪的本事》；詩論集《一首詩的誕生》、《煙火與噴泉》、《一首詩的誘惑》等。

白靈開始詩創作，約為七〇年代初期，他的題材相當多樣性，從長逾千行的〈原木〉，四、五百行的〈大黃河〉到近期的五行體，他致力在詩的「長度、濃度、明度」三方面作深入的探討，堅持摒棄蕪雜和冗長。他曾引借濟慈的話「詩應以豐富優美使人驚訝，不應以離奇古怪使人眩惑」，作為自己對詩藝追求的準則。

〈口紅〉確是作者神來一筆的靈動，全詩從在屋內讀書開頭，隱約浮現抒情的奧秘。首先他以玻璃上水溶溶的小徑，和鮮紅的嘴唇吻印相對照，暗喻口紅給人間帶來的色彩景觀，接著於末節來一個輕巧有趣的速寫：「霧剛散，上方停著一顆打哈欠的太陽」，作者有意在本詩中造設一種玄奇的境界之美，請讀者不妨去詢問打哈欠的太陽吧。

・王添源〈臺灣，一九九八〉

王添源，臺灣嘉義人，一九五四年生。輔仁大學英文系畢業，淡江大學西洋語文研究所碩士，現在廈門大學攻讀博士學位。曾任書林書店執行主編，策劃出版《書林詩叢》，水準甚高。現任台明文化公司總編輯，並兼中國青年寫作協會理事長。著有詩集《如果愛情像口香糖》、《我用贋幣買了一本假護照》。

王添源早在大學時代開始寫詩，《草根》詩刊是他最先發表詩作的園地。他的詩語言諧趣，善於諷嘲世俗，莫不入木三分，令人哭笑不得。一九八六年曾以一首長詩〈我不會悸動的心〉獲第九屆《中國時報》文學獎新詩評審獎，在詩壇展現風華。以後專攻十四行體，雖然有行數的限制，而他卻能得心應手，忘卻帶著鐐銬跳舞的尷尬。使沉寂多時的十四行詩又在眾多讀者的眼前閃爍。

〈臺灣，一九九八〉，這個美麗的島，被沉浸在一片旗海、人海、聲音之海的風暴中。在那段競選捉對廝殺的日子，街頭巷尾被強強滾的宣傳車隊、海報、擴大器一波接一波的推擠，作者面對此情此景，乃昂然寫下他見解確鑿，「每一句不滿都是愛」的諍言，詩人要找候選人真正的漢堡牛肉，可是滿地都是跌落眼鏡的碎片。於是作者不得不慨歎而鼓其餘勇「我們要奮力迎拒／秋天之後聖嬰現象帶來的豪大雨」。……令人錯愕不已。

．羅智成〈壁畫〉

羅智成，湖南安鄉人，一九五五年生於臺灣，臺灣大學哲學系畢業，美國威斯康辛大學東西語文研究所博士。曾任《中國時報》副刊編輯、《中時晚報》副刊主編、康泰納仕雜誌集團編輯總監、《TO'GO》雜誌發行人，現專事寫作。著有詩集《畫冊》、《光之書》、《傾斜之書》、《擲地無聲書》、《黑色鑲金》等多種。

羅智成在中學時代即開始詩的習作，在臺大讀書期間曾自行設計處女詩集，由鬼雨書院出版。他曾自述：「我寧願竊喜於和一個作者秘密瓜分共同的心緒，也不願和多數人去享有普通而浮泛的共鳴。」羅智成是玄學而神秘的，他特別鍾情黑色，從八〇年代末的少數工作室，到今年二月《聯合文學》出版他一系列著作，都一貫以全黑的封面呈現。他不僅神遊古代的中國，中古的歐洲，更以詩去透視老子、荀子、齊天大聖、徐霞客……等前賢，企圖搖動他們閃光的思想之魔影。

〈壁畫〉，是作者旅遊阿里山的所見所感，順手拈來的空靈、幽渺之作，把某一黃昏剎那的景象化為「一卷展開的橫軸」，好一幅自然成形的壁畫，讓山「不要說話，陪我獨處」，這或許正是他當時所撲捉的最最悠然神性的孤絕。從本詩自可看出羅智成別具一格的觀察，和其思維之澄明專注與無為。

．張國治〈高粱稈〉

張國治，福建惠安人，一九五七年五月八日生於金門，國立藝專美工科，臺灣師範大學美術系畢業，美國密蘇里州芳邦學院藝術研究所碩士，現任臺灣藝術大學視覺設計學系專任副教授。曾與王志堃等人創辦《新陸》現代詩誌，曾獲師大現代文學獎、全國大專院校文學獎新詩首獎、教育部文藝創作新詩獎等。著有詩集《雪白的夜》、《憂鬱的極限》、《帶你回花崗岩島》、《末世桂冠》等。

從事新詩創作已逾二十載，由於他個人對現代建築、繪畫、雕塑、音樂、攝影等的涉獵，使他於吸納各種經驗之餘，既有抒小我之情的私語，也有歌唱金門島的鄉土建築之美。而他的〈一顆米如是說〉（曾獲臺灣省糧食局推廣米食詩歌比賽優等獎），曾被納入國中國文課本教師輔導手冊，使他深體創作一首富有鮮活生命的詩作，比什麼都有意義。

〈高粱稈〉，是一首詠物詩，作者從家鄉金門帶來臺灣置於案頭，被風乾的高粱稈，而展開一場十分細密親摯的回憶。由島的花崗岩之紅褐挺拔，每一粒都滿懷風沙的神秘，而今它在現代都市的櫥窗裡，鐵定會錯愕無奈，最後暗喻作者本身原本溫潤的心田，被風化變成一束沒有生命的廢物。本詩以物的微小喻人心之深邃，可為最佳例證。

‧路寒袖〈衣櫃〉

路寒袖，本名王志誠，臺中縣大甲鎮人，一九五八年生。臺中一中、東吳大學中文系畢業。曾任傳播公司企劃兼主編、永和復興商工專任教師、《臺語文摘》總編輯、《中國時報》「人間」副刊編輯，現任《臺灣日報》副刊主編。著有詩集《早，寒》、《夢的攝影機》、《春天的花蕊》、

《我的父親是火車司機》等。

一九七五年作者開始現代詩的寫作，一九八二年創辦《漢廣詩刊》，他的詩是從最初的浪漫，逐漸歷經苦澀的蛻變到生命的探索，他個人的旅程，如戀愛、當兵、教書、從事文字編輯，依稀都在他詩中散置點點滴滴的意象，他熱中臺語詩的寫作，精確運用大眾可以朗讀的書寫文字，掌握傳統歌謠風味，有相當傑出的表現。到了《夢的攝影機》，作者以凝鍊的思維，記錄下某些「時空相通、人事與共」的幽微情思。而《我的父親是火車司機》，則是對現實生活反省的篇章，讀之令人泫然欲泣。

〈衣櫃〉一詩，足以證明路寒袖的視矚，充滿咄咄逼人的意象，他自年逾一甲子的衣櫃，看到祖父母親切威嚴的袍影，往事歷歷如夢在眼前浮現，從日據到民國，從南京到臺灣，由於他清晰的筆觸，匠心的點放，而令人不忍驟然離去。

·羅任玲〈遇見〉

羅任玲，廣東大埔人，一九六三年十月一日生於臺北市，國立臺灣師範大學國文系畢業，曾參加「地平線」、「曼陀羅」詩社，曾主編《中央日報》「文心藝坊」周刊，《中央日報》專刊主編。曾獲師大文學獎新詩首獎，耕莘文學獎新詩、散文獎，梁實秋文學獎散文獎。著有詩集

《密碼》、《逆光飛行》，散文集《光之留顏》等。

八〇年代中期，作者開始詩的創作，她慣以獨立的思考方式，進行所謂詩的「密碼」之追索。從容穿梭各種素材，「詩的形式短小，以有限象徵無限，形成一個自足而完整的世界」（瘂弦）。她在「詩的意象的重組上運用極好，感覺非常現代，有很廣大的想像空間」（鄭愁予）。而青年詩人許悔之則稱許「時間的不可逆性以及命運的合法性造就了她的詩，而她也用詩來背叛時間以及命運……」。她的名詩〈盲腸〉，短短六行，二十四個字，以盲腸之小寓意鄉愁之深，別具慧眼，被人傳誦不已。

〈遇見〉，作者為義大利新寫實主義大導演費里尼而寫。羅任玲極喜愛他的電影，如《八又二分之一》、《羅馬風情畫》等。他影片中奇詭絢麗的風格，巧妙的象徵手法，似真似假的劇情，都令人傾倒。從而作者這首詩中敘述的諸多情節，或來自電影，或來自個人憧憬，或來自他的對話錄，作者企圖以另類反思手法浮雕費里尼深不可測的藝術境界，亦未可知。

·紀小樣〈簡〉

紀小樣，本名紀明宗，臺灣彰化人，一九六八年生，空中商專企管科畢業，現從事人像攝影相關工作。曾獲全國優秀青年詩人獎、吳濁流文學獎新詩獎、《臺灣新聞報》「西子灣」副刊

「年度最佳詩人獎」、《聯合報》新詩評審獎。著有詩集《十年小樣》、《實驗樂團》、《想像王國》。

八〇年代後期開始新詩寫作，陸續向各大報刊投稿，分別以本名、筆名發表詩作，作者對於詩作的取景，經常採取比較獨特的角度切入，他不喜全方位的大鏡頭，而側重寫意潑墨的婉曲與深入。其次對個人經驗世界的重塑，儘量使現實與玄想交織，記憶與實體糾結，發揮個人淋漓盡致的超脫想像。而對生活意象的採拾，他企圖自己是一位身歷其境的探險者，讓詩中的虛實情景能燦然湧動。而作者也曾自述：「詩是理智的夢，想像力的高度運作……在晦澀幽深的記憶的角落，我把語言的泥土切割成意象的鑽石。」是以在追求語言與意象的長征中，他會永不停息。

〈筍〉是微不足道的，但它也有生命的厚度。所以他為筍寫下一篇精采的告白，藉筍來暗示人類的不可理喻與自私。最後三行是全詩焦點之所在，當你讀到「我看見中央山脈在流血／世界啊！是一片忍不住抽痛的竹林」，你該怎麼著？

附記：《天下詩選》二冊，由瘂弦主編，張默、蕭蕭應邀擔任編輯委員，於一九九九年九月三十日由天下遠見公司出版。共選華文詩人一〇一家的詩作一〇一首，每家詩後附有作者簡介及小評。筆者撰寫四十二家，本書特抽樣輯入十四篇，供愛詩人參閱。

——以上十四家小評，選自《天下詩選》

從葉維廉到唐捐

——「年度詩選」入選詩作十二家小評

·張芳慈的〈答案〉

「答案」或「疑慮」，是否經常互換位置，在吾人的心坎裡徘徊。

張芳慈以不急不徐的步姿，把她對人間世的觀察所得，一點一滴娓娓自其筆端浮出。開頭二句極好——

看見了渺小
在山脊中懸著　我如一片葉子

接著輕輕向後推移，意象次第展開，如影隨形。諸如「河畔的盡頭」「泡沫般的我」，「海水倒灌」「家從地圖上淪陷了」……隱隱剖白她的答案的確切性。

第二節落入現實，落入「某些擁有巨大私慾的」人類，他們當然鄙視「渺小」，一逕向「無限」挺進，然而，生命的本質豈是所謂「渺小」與「偉大」所能規範的？

〈答案〉全詩如下：

看見了渺小
在山脊中懸著　我如一片葉子
看見了渺小
在沒有盡頭的河畔　泡沫般的我
看見了渺小
當海水倒灌　家從地圖上淪陷了
看見了渺小
當遇上貪婪　正義在福爾摩沙消沈了
哦！那些擁有巨大私慾的人們

他們看不見渺小
他們以為POWER不會衰竭
他們妄想　無限
他們害怕成為渺小
然而　那才是生命的答案啊

・詹澈的〈勇士舞〉

詹澈近年來以「西瓜寮」為題材的詩作，頗為引人注目，抒寫臺灣本土風情一直是作者的最愛。

一九九五年，我和蕭蕭主編《新詩三百首》，曾選入他的〈翡翠西瓜〉，繼而大陸出版的《中國新詩萃》（謝冕、楊匡漢主編），也將這首詩輯入。

〈勇士舞〉，為作者抒寫蘭嶼風情的詩作之一。作者以清晰的白描手法，把勇士們的舞蹈和當時的情景融鑄在一起，語言活絡，想像繽紛，燦然繪成一幅罕見犀利悲壯的風景。

以下特摘錄本詩末節，供讀者品賞。

彷彿橫行向海洋沒有柵欄
彷彿他們牽手在山上搖擺
其實他們就是在山上搖擺的海浪
圍著他們的島
和裸體的太陽

·洪淑苓的〈醉〉

數年前讀過洪淑苓的詩集《合婚》，以後偶或在報刊觸及她一些少量的詩篇，印象並不深刻。但九七年她在《現代詩》發表的〈洗衣程式〉系列，充分顯示她重視個人創作，邁出大步向新領域開採的新契機。

這首〈醉〉，作者以「水晶杯」為引子，全篇以明喻、暗喻交叉，音感、搖擺共舞，在不經意間，致力捕捉某一出神的抒情狀態，完成一闋搭配佳妙、起落有致的抒情小夜曲。咱們期盼洪淑苓漸次從學院濃蔭齊天的長廊跨出來，今後在新詩創作上，有更令人刮目相看的表現。

以下特節錄〈醉〉之首段，供愛詩人欣賞。

你是我舌尖的一滴酒
我始終不敢說出我的醉
當愛情和酒徒相遇
我選擇了迷茫

・林廣的〈悲愴〉

小詩，體積小，字少質精，近年來在有心人士陸續的鼓動下，似乎有「春風吹又生」的態勢。

但眾說紛紜，對小詩行數的界定一直難以達成共識。羅青倡言小詩最大的上限是律詩的雙倍，白靈贊同一百字以內者都可列為小詩，洛夫、大荒、向陽……都寫過十行詩。是以筆者認為以十行為最高極限似可言之成理。

而林廣的小詩，則為五行，尚未誇出小詩極限的中線，是名副其實的小詩。從〈茶壺〉、〈微笑〉到〈悲愴〉，各詩均以某一點為靈感攻占的標的，大體均能達成。其中以「把一粒一粒頑石／雕成剔透的水晶」來暗示微笑的結局，確是意密情深。

特將〈悲愴〉五行，全錄如下：

書包的重量不等於書的重量
飆車的悲劇不等於車的悲劇
說穿了
都市的雲也不過是
被禁止的魚　吞吐的泡沫

——以上四家小評，選自《八十六年詩選》

·葉維廉的〈北京大學勺園初曉聞啼鳥〉

一九八八年九月中旬，臺灣六位詩友洛夫、管管、辛鬱、碧果、張堃及筆者，連袂首次訪問北大，咱們曾在該校中文系與同學們談詩，此情此景，猶之昨日。

北大的未名湖，曾經徜徉半日，那兒有接待過我們的謝冕教授和一些青年詩人，而老木編的二巨冊未名湖叢書《新詩潮詩集》，當下仍在我的書櫥中隱隱閃光。

葉維廉十年後在北大作客，「初曉聞啼鳥」有感而成此章，讀他一點一滴的抒情敘事，借鳥的鳴叫而觸發些許的感歎、尋索與期許，我也有若干相似的探問：

你有沒有像今晨那樣
不斷地熱切地啼叫呢
是因為你柔弱的翅膀
撥不動沈重窒息的空氣
展翼歸來？

請再看本詩篇首的九行：

是昨夜滂沱大雨的關係吧
滿天沉重濃濁的空氣
都全然沖洗乾淨
你一早就到我窗前
繞著一群未知名的美樹
時高時低
時遠時近
把亮麗的啼聲

撒在滿地待開的蓮花上

‧非馬的〈雪夜〉

雪花六出，漫天飛舞，那種景象的確令人印象深刻。大概愛詩寫詩的人，是很少不對一片皚皚的大雪發自內心的讚嘆。尤其今年二月中，筆者偕同妻女，走訪冰天雪地的捷克，在布魯諾某一高地，站在拿破崙當年大敗奧德俄聯軍的指揮臺上，那天大雪紛紛，一望無際的雪原勝景，真是美不勝收。

現在回過頭來，再捧讀非馬的〈雪夜〉，我心更是戚戚焉，作者對雪的細膩的捕捉與描繪，特別是第三節，那種嘩啦啦的狂喜之情，「前一腳，後一腳，左一腳，右一腳，以輕輕重重深深淺淺的腳印，把影子踩滅」。筆者幾乎可以完全體會非馬對雪的感動。這是一首「情思趣」三合一詠雪的佳篇，請你不妨細嚼以下的斷句：

寧靜潔白的雪地上
一雙形單影孤的腳
冰柱般矗立

此刻突然動彈如受電擊
嘩啦啦狂跳起自由之舞來
　前一腳　　後一腳
左一腳　　右一腳
用輕輕重重深深淺淺的腳印
把影子踩滅

·簡政珍的〈畢業考〉

簡政珍從事教學多年，經驗豐富老到，每年依依不捨看到莘莘學子一批又一批爬過大學門牆，踏入社會。

〈畢業考〉確是有感而發，每位大學生都得通過這一關。詩分二節，首節以空白考卷為引子，填完這些空白，除非繼續深造，否則就不會再碰它了。作者形容「語言如蚊蚋，每一個字，都刺痛紙上的肌膚」，的確是一針見血的體會與觀察。

第二節以油墨為主軸，暗示考卷是自己的傷口，把它交了，也就和昨天的我告別，大學四年，過眼雲煙，其實人生何嘗不是一次接一次的「畢業考」。最重要的，你得努力經營每一次「畢業考」，不能讓自己出局，考倒。本詩滿溢對受教學子強烈的關愛之情，令人動容。特錄其中斷句如下：

填完這些空白
就要和這一類的紙張告別了
語言如蚊蚋
每一個字
都刺痛紙上的肌膚

‧孫維民的〈某女士〉

此刻她是一片下午的虛墟。

一開頭，作者即冷冷點出本詩創作的意旨。「某女士」究竟是誰，讀畢全詩，似乎難以界定。創作，本屬極自由之私事，「某女士」是誰，絕對與詩的良莠無關。但是作者企圖在詩中釋放怎樣的詩情與詩想，對讀詩人而言，當然有權利追索。本詩中段，作者抒寫比較具體，多屬對往昔的憑悼與追憶。

「某女士」曾經年輕，歷經歲月洗禮，現在老了醜了，從而衍生作者一連串的追述，甚至不愉快的戰爭影像等等之突然插入。

在時間的長河中，人是微不足道的。一種可怖的失落與迷惘，它不僅僅是「某女士」淒切的寫照，由後代來看視前代，所謂「輝煌與落寞」，莫非是一體的兩面。孫維民並未刻意為「某女士」畫像，僅僅點到為止，開頭與結尾的悲涼，令人思索良久。

請看本詩的結尾：

至於孩子們：
他們覺得時間漫長
非常無聊
除了發現一尾可怕的蜥蜴。

・李進文的〈情詩〉

「我一直在探索屬於自己的表達方式：要求意象務求精準，語法要知所分寸，而內涵必須自由、歧義且能緊扣著中心意圖。」見爾雅版《一枚西班牙錢幣的自助旅行》作者後記。因此要想闖入李進文的情詩世界，以上他的自述確有相當正面的導讀效用。

十分篤定、從容不迫而又自負，他寫作〈情詩〉的出發點，即是實驗佐證自我與眾不同的表達方式。

他企圖創造一種新穎、鮮亮、豪闊的語法，它既貼近現實而又非人間性，它既生活化而又富玄想；他致力遊走在十分陌生、荒蕪、驚險、超脫的重重語意裡，甚至強烈促使某些語系不著邊際的非常組合。不信，請看以下的詩句——

·一具福馬林氣味十足的政治，埋在亞熱帶
·水能解渴蒼白的玫瑰？
·甜蜜和悲傷溫飽在海堤
·你會赤著腳在骨髓摘一束野菊
·浪跡天涯時千萬別在平鋪直敘的草原
·索性淋浴卻忘了把亂世脫掉

・歐洲睡了，你的夢會自地下鐵逃出嗎？
・穿越心靈的島嶼且向你手中的水果刀逼近

他的〈情詩〉沒有瘂弦〈給橋〉的甜美，也沒有鄭愁予〈錯誤〉散灑的纏綿，更沒有早期葉珊（楊牧）於〈夢中〉釋放的一股「幽幽的火焰」。然則，李進文的詩的世界仍在成長著，目前還不宜界定，讀者何妨耐心守候他更昂大、流暢的成熟。

・唐捐的〈我的詩和父親的痰〉

初讀〈我的詩和父親的痰〉，眼睛為之一亮，各種遊走爭鳴的意象，紛紛從內心深處燦然爆裂。

唐捐藉微不足道的一口痰，而能娓娓寫出兩代如此溫婉、深摯的親情，且刻意以長句創造另一種猶待探索的活生生的演出，確是開啟現代詩新領域的佳作之一。

本詩雖陰錯陽差，未能獲得時報文學獎詩首獎，但年度詩選全體編委一致肯定頒給他「年度詩獎」，總算彌補了這項似乎不應該發生的遺憾。

特錄結尾五句，自會感受作者真摯的親情，在無限的擴散。

我才知道　原來　詩　來自於痰
他說過的話語將永遠捏弄我的舌頭　像風提拔著火　火雕塑著木頭
他吐出的痰　痰裡的愛恨悲歡　呸　早已悄悄融入我的腦漿
當一口痰在詩裡流淌　渲染　擴散　就像枯竹彎腰舔舐著新筍
紮實的醜陋餵養虛無的美感　我的詩和父親的痰

——以上六家小評，選自《八十七年詩選》

·蕭蕭的〈仲尼回頭〉

在臺灣現代詩壇，一提到散文詩，商禽、秀陶一定會被點名叫好，其他管管、渡也、蘇紹連……也有不凡的表現，但是另一匹黑馬蕭蕭，他卻不動聲色，暗中注視大家的風向，久矣。《創世紀》一一九期「散文詩小輯」，共十六家散文詩，筆者獨獨推薦這首〈仲尼回頭〉，不是它的故事性，不是孔老夫子的盛名，不是它最末一句「留個寬廣任人行走」；而是蕭蕭特具的觀點，他把至聖先師關愛眾多弟子的情誼，刻繪得十分維妙維肖，從三次的回頭中，他還是忍不住要老淚縱橫。究竟仲尼為什麼要回頭，請問誰有標準答案。詩的妙趣就在於此。

〈仲尼回頭〉全詩如後：

走過曲阜斜坡，仲尼曾經三次回頭，一次為顏淵、子路、曾參、宰我，一次為孔鯉、孔伋，另一次為門口那棵蒼勁的古柏。

走過魯國開闊的平疇，仲尼只回了兩次頭，一次為遍地青柯不再翠綠，遍地麥穗不再黃熟，一次為東逝的流水從來不知回頭而回頭，回頭止住那一顆忍不住的淚沿頰邊而流。

走過人生仄徑時，仲尼曾經最後一次回頭，看天邊那個仁字還有哪個人在右邊撐天上的那一橫地上的那一橫，留個寬廣任人行走。

．侯吉諒的〈斷臂〉

在中生代詩人中，侯吉諒集多方面的才具於一身，除詩外，他擅長書法、水墨畫、金石印章之雕刻，均有相當亮麗的成績單。

近年來，他的詩創作量不多，每有新作發表，均有個人獨特的觀點，這首〈斷臂〉即是最好的例證。初讀，以為他是為殘障人士繪像，實則他是感歎城市白領階級終日忙忙碌碌，身心負荷極重，彷彿一個斷臂人，短短九行，道盡上班族心靈無助與疼痛，尤以末五句看似平淡，實則最為耐人尋索。詩的高度技巧就在這樣一彈指間完成。

特錄〈斷臂〉全詩如下：

彷彿殘缺的身體想念失去的手臂
走過熟悉的暗夜和小巷
圍牆上樹枝低垂
拂去我肩上的風塵
我和風，和雨，一起回家
家，像失去的手臂
不存在了
但還牢牢在肩膀上
覺得痛

——以上二家小評，選自《八十八年詩選》

卷四

附錄

臺灣新詩大事紀要（一九〇〇～二〇〇二）

・一九〇〇年

六月

二日　吳濁流出生於新竹新埔。

・一九〇一年

十月

廿五日　王白淵出生於彰化二水。其重要詩集為《荊棘之道》。他早年用日文寫的新詩共六十六首，由巫永福譯成中文，於一九八八年《文學界》第廿七期一次刊出。

・一九〇二年

本年　張我軍出生於板橋。

・一九〇五年

三月

九日　楊守愚出生於彰化。

・一九〇六年

本年　楊華（器人）出生於屏東。

十月

十七日　楊雲萍出生於士林，他於一九四三年出版日文詩集《山河》，此集奠定了他的詩人地位。

・一九〇八年

一月

六　日　郭水潭出生於臺南佳里。

十一月

廿九日　楊熾昌（水蔭萍）出生於臺南。

・一九〇九年

四月

本　月　賴和入臺北醫學校第十三期。

・一九一三年（民國二年）

三月

十一日　巫永福出生於埔里。

・一九一四年（民國三年）

四月

一　日　林芳年（林精鏐）出生於臺南佳里。

本　月　賴和於臺北醫學校第十三期畢業，稍後到嘉義病院實習。廿三歲回彰化開設「賴和醫院」，第二年遠赴廈門「博愛醫院」服務。廿六歲返臺，開始他一生波瀾壯闊的臺灣新文學運動。

・一九一六年（民國五年）

二月

廿五日　王昶雄出生於淡水。

・一九二一年（民國十年）

十月

本　月　賴和參加「臺灣文化協會」，並當選為理事。

・一九二二年（民國十一年）

五月

一日　陳千武（桓夫）出生於南投名間。

·一九二三年（民國十二年）

十二月

十六日　賴和因治警事件，第一次入獄。

·一九二四年（民國十三年）

四月

十日　追風（謝春木）率先用日文於《臺灣》第五年第一號，發表〈詩的模仿〉四首短詩，這是臺灣新詩的濫觴。

·一九二五年（民國十四年）

三月

一日　張我軍〈詩體的解放〉一文，於《臺灣民報》發表。

八月

廿六日　張我軍〈新文學運動的意義〉，於《臺灣民報》第六十七號發表。

九月

本月　張我軍入北平中國大學國文系，第二年轉入北平師範大學。

十二月

廿日　賴和最早的詩作〈覺悟下的犧牲〉，發表於《臺灣民報》第八十四號，是為彰化二林蔗農抗爭事件被捕同志而寫。

本月　張我軍出版新詩集《亂都之戀》。

·一九二六年（民國十五年）

一月

廿四日　賴和（懶雲）的〈讀臺日紙的新舊文學之比較〉，於《臺灣民報》第八十九號發表。

十一月

本　月　《臺灣民報》向島內徵求新詩，共得五十餘首，經評審結果：計有崇五、器人（楊華）、黃得時、黃石輝、沈玉光、謝萬安等人作品入選。

・一九二七年（民國十六年）

二月

五　日　楊華因治安維持法違犯被疑事件入獄，從而寫成〈黑潮集〉（五十三首小詩），十年後，也就是一九三七年一月、三月發表於《臺灣新文學》第二卷第二號、第三號。

・一九二九年（民國十八年）

五月

本　月　張我軍畢業於北平師範大學，後於師大、北平大學、中國大學等校擔任日文講師。

・一九三〇年（民國十九年）

八月

二　日　《臺灣新民報》第三三四號增闢「曙光」欄，徵集新詩作品，由賴和主編。一時白話詩蜂湧而起，蔚為大觀。

十一月

一　日　楊守愚詩作〈蕩盪中的一個農村〉，發表於《臺灣新民報》第三三七號。他以簡單的比喻寫出農民的血淚。

十三日　陳奇雲日文詩集《熱流》，由南溟藝園社出版。

・一九三一年（民國二十年）

一月

一日　虛谷（陳滿盈）的詩作〈敵人〉，發表於《臺灣新民報》第三四五號。同期有賴和（懶雲）的〈希望我們的喇叭手吹奏激勵的進行曲〉。

四月

廿五日　賴和名詩〈南國哀歌〉發表於《臺灣新民報》第三六一、三六二號。為前一年的霧社事件給予精神上的鼓舞。

六月

一日　王白淵日文詩集《荊棘之道》，由日本岩手縣盛岡的久保庄書店出版。

本月　楊熾昌日文詩集《熱帶魚》，由日本夢書房出版社出版。

・一九三二年（民國二十一年）

三月

廿日　留日學生吳坤煌、張文煌、蘇維熊、王白淵等組織「臺灣藝術研究會」。翌年創刊《福爾摩沙》純文學雜誌，共出刊三期。

・一九三五年（民國二十四年）

六月

本月　風車詩社成立，創始人為楊熾昌（水蔭萍），同仁有林永修、張良典、李張瑞和日本人戶田房子、岸麗子、尚梶鐵平（島元鐵平）共七人。另發行《風車》詩刊四期，引進法國超現實主義，鼓吹主知的現代詩。

・一九三六年（民國二十五年）

五月

卅　日　楊華因生活陷入絕境，懸樑自盡。

·一九三九年（民國二十八年）

本　年　郭水潭詩作〈向棺木慟哭〉，發表於《臺灣新民報》文藝欄，被龍瑛宗譽為當年最使人感動的傑出詩篇。

二月

本　月　邱炳南（邱永漢）主持的《月來香》詩刊，共發行七期。

九月

九　日　「臺灣詩人協會」成立。龍瑛宗任文化部委員。十二月發刊《華麗島》詩誌（西川滿主編），只出一期。翌年「臺灣詩人協會」改組成立「臺灣文藝家協會」。

·一九四〇年（民國二十九年）

三月

本　月　由黃宗葵創辦的《臺灣藝術》創刊，特約龍瑛宗主選詩作，在該刊登臺的詩人有邱淳洸、王昶雄、吳瀛濤、陳千武、林夢龍、曾石火、吳天賞、陳遜仁、陳綠桑、張冬芳、郭啟賢、林清文、趙真琴、邱鴻恩、周伯陽等五十餘人。

·一九四二年（民國三十一年）

六月

本　月　張彥勳、朱實等人組織詩團體「銀鈴會」。創辦《緣草》季刊，以日文為工具，互相研究文藝創作，直到一九四四年已有詹冰、林亨泰、蕭金堆、錦連等人出現，這個油印刊物後來改為《潮流》，一直持續到一九四七年。

‧一九四三年（民國三十二年）

一月

卅一日　賴和逝世。

‧一九四六年（民國三十五年）

八月

本　月　雷石榆著《八年詩選集》，由林光灝發行，高雄粵光印務公司出版。收新詩七十首，這是臺灣光復後出版的第一冊新詩集。

‧一九四八年（民國三十七年）

三月

本　月　《路》詩集，由臺北讀賣書店出版。作者有王黎、黎焚薰、鄒荻帆、田野、葛珍、江有汜、綠原等十七家。

‧一九五〇年（民國三十九年）

十月

十　日　中華文藝獎金委員會公佈雙十節得獎名單：短詩類：第一、二獎從缺，第三獎：鍾雷〈豆漿車旁〉，稿酬獎金：陳南夫〈臺灣頌〉。

十二月

本　月　國立臺灣大學詩歌研究社成立，並辦《青潮》詩刊。

‧一九五一年（民國四十年）

五月

四　日　中華文藝獎金委員會公佈「五四」文藝獎金新詩類得主。第一獎上官予〈祖國在呼喚〉，第二獎徐翔宇〈啊！大陸，我的母親〉，第三獎童華（張徹〉〈魔鬼的契約〉、張自英〈黎明集〉、古之紅〈湖濱〉。

本　月　紀弦詩集《在飛揚的時代》，由寶島文藝社出版。

鍾鼎文詩集《行吟者》，由臺灣詩壇社出版。

十一月

五　日　《新詩周刊》借《自立晚報》副刊版面創刊，每周一出版。至民國四十二年九月十四日休刊，共出刊九十四期。此為遷臺後最早出現的一份新詩期刊，第一至廿六期由紀弦主編，第廿七期以後由覃子豪主編。經常在該刊發表詩作的詩人有鍾鼎文、鍾雷、方思、李莎、上官予、蓉子、潘壘、楊喚、林郊、童鍾晉、墨人、李政乃、林亨泰、亞汀……等。

・一九五二年（民國四十一年）

六月

廿八日　詩人節慶祝大會，上午在臺北市中山堂舉行。中國文藝協會於當晚假南陽街省黨部禮堂舉行聯歡晚會，有詩人覃子豪等數十人參加，當場發起以「中華民國萬歲」為題的組詩，定稿後於雙十節刊登於《中華日報》副刊。

八月

一　日　紀弦主編的《詩誌》創刊，十六開本，為遷臺後第一本現代詩雜誌，只出版一期。

九月

本月　第一部《反共抗俄詩選》，收葛賢寧、墨人、李莎、紀弦四人詩作，由中華文物社出版。

・一九五三年（民國四十二年）

二月

一日　《現代詩》季刊在臺北創刊，紀弦任發行人兼主編，共出版四十五期，至一九六四年二月停刊（其中廿二期曾經改組，由林宗源任社長，黃荷生任主編）。

四月

五日　覃子豪詩集《海洋詩抄》，由新詩周刊社出版。

九月

本月　吳瀛濤詩集《生活詩集》，由英文出版社出版。

十一月

十五日　女詩人蓉子詩集《青鳥集》，由中興文學出版社出版。

・一九五四年（民國四十三年）

三月

七日　詩人楊喚因車禍去世。楊喚，本名楊森，民國十九年生，遼寧興城人，享年廿五歲。同年九月，一部具有代表性的《風景》詩集，由現代詩社出版。

本月　藍星詩社於臺北市成立，發起人有覃子豪、鍾鼎文、余光中、夏菁、鄧禹平、蓉子、司徒衛等人。計出版有《藍星》宜蘭版，《藍星詩頁》、《藍星季刊》等多種。

六月

十七日　《公論報》《藍星周刊》創刊，每周四出刊一次，覃子豪主編，自第一一一期，由余光中接編，至民國四十七年八月廿九日出版第二一一期停刊。

十月

本　月　《創世紀》詩刊於左營創刊，張默、洛夫主編，第二期起瘂弦加入，出版至第廿九期（民國五十八年一月）停刊，六十一年九月於臺北市復刊，改為季刊，擴大為同仁詩雜誌。

・一九五五年（民國四十四年）

三月

一　日　林亨泰的第一部中文詩集《長的咽喉》，由彰化新光書店出版。

四月

本　月　鄭愁予的詩集《夢土上》、方思詩集《夜》，由現代詩社出版。

六月

廿四日　中國文藝協會詩歌創作委員會共同議定，自本年起，就上半年各報刊發表的新詩，彙集評審，擇優給獎，計有六人獲得。分別是白萩〈羅盤〉、吹黑明〈工人之詩〉、林泠〈不繫之舟〉、徐礦〈讓我們到前線去〉、孫家駿〈戰鬥詩抄〉、彭捷〈水鄉〉。

十一月

本　月　《詩與音樂》在高雄創刊，蔡天予、朱沉冬主編，共出版二期。

十二月

本月 海鷗詩社成立，借《正氣日報》出刊《海鷗詩刊》，陳錦標主編。

・一九五六年（民國四十五年）

一月

十五日 由紀弦創導的「現代派」在臺北成立，假民眾活動中心舉行第一屆年會，提出「創導新詩的再革命，推行新詩的現代化」口號，加盟者八十三人，以後增至一一五人，包括方思、林亨泰、鄭愁予、李莎、白萩、羊令野、葉泥、林泠、商禽、季紅、黃荷生、辛鬱等。

本月 《中國新詩選輯》，張默、洛夫主編，創世紀詩社出版，此為近卅年來最早的一本詩選。

四月

一日 嘉義《商工日報》《南北笛》詩刊創刊，羊令野、葉泥主編。至第十六期（民國四十五年九月一日）休刊。民國四十七年一月廿日復刊，由旬刊改為周刊，至第卅一期（民國四十七年五月四日）停刊。

・一九五七年（民國四十六年）

一月

一日 《今日新詩》月刊創刊，左曙萍任發行人兼社長，上官予任執行主編，共出刊十一期。

本月 彭邦楨、墨人主編《中國詩選》，由高雄大業書店出版。

六月

本月 「中國詩人聯誼會」成立，推舉鍾雷、紀弦、覃子豪、鍾鼎文、上官予等為籌備委員。

・一九五八年（民國五十七年）

六月

一　日　《公論報》《藍星周刊》第二〇〇期，藍星詩社頒發吳望堯、黃用、瘂弦、羅門四人「藍星詩獎」各一座。

廿一日　中國詩人聯誼會頒發本年度新詩獎，得主為洛夫的〈靈河〉、羅門的〈曙光〉、奎昊的〈唐人街〉。

十二月

本　月　白萩第一本詩集《蛾之死》，由藍星詩社出版。

・一九五九年（民國四十八年）

二月

廿二日　《詩播種》詩刊，借《臺東新報》創刊，由李春生、秦嶽主編。

十一月

廿　日　言曦在中央副刊一連四天發表〈新詩閑話〉，引起余光中、張健、吳宏一等分別在《文學雜誌》、《文星》、《藍星詩頁》撰文反駁，從而展開一場大規模的新詩論戰。

・一九六〇年（民國四十九年）

五月

廿九日　中國詩人聯誼會，假臺北「文藝之家」舉行詩人節慶祝大會，上官予主編《十年詩選》，收錄近百家詩作，當日由明華書局出版。

九月

本　月　《筆匯》雜誌第二卷第二期出刊「詩特輯」，由尉天驄、許國衡主選。

・一九六一年（民國五十年）

一月

本　月　張默、瘂弦主編的《六十年代詩選》，收覃子豪到薛柏谷等廿六家詩作，由高雄大業書店出版。

三月

本　月　《縱橫詩刊》創刊，劉國全主編，共出版七期。

七月

本　月　《詩・散文・木刻》季刊創刊，朱嘯秋主編，共出版六期。

《現代文學》第九期發表洛夫〈天狼星論〉，針對余光中詩作〈天狼星〉而發的批評，余氏接著於《藍星詩頁》第卅七期發表〈再見，虛無〉予以反駁。

・一九六二年（民國五十一年）

二月

廿四日　中國第一部白話詩集《嘗試集》的作者胡適博士，逝世於南港中研院，享年七十二歲。

五月

四　日　中國文藝協會第三屆文藝獎章新詩獎由余光中獲得，也是第一位新詩人獲得此項殊榮。

《野火詩刊》創刊，綠蒂、素跡主編，共出版四期。

七月

十五日　《葡萄園》詩季刊創刊，發行人王在軍，主編文曉村、陳敏華。

·一九六三年（民國五十二年）

十月

十　日　詩人覃子豪病逝臺大醫院，享年五十二歲。他是藍星詩社的創始人之一。

十一月

廿五日　《詩展望》，借臺中《民聲日報》副刊版面創刊，由桓夫主編。

十二月

十六日　《新象》詩刊創刊，由古貝、方平主編。

·一九六四年（民國五十三年）

二月

本　月　《現代詩》正式停刊，共出刊四十五期。

三月

七　日　藍星詩社慶祝成立十周年，假臺北「美而廉」舉行座談會，由李鑄晉教授發表演說。

四月

一　日　《星座詩刊》創刊，王潤華、林綠等創辦，共出刊十三期。

六月

十五日　《笠》詩刊創刊，成員有林亨泰、白萩、桓夫、杜國清、林宗源、葉笛、錦連、趙天儀、李魁賢、陳秀喜、詹冰等人。首任主編林亨泰，強調鄉土色彩。

十月

廿七日　《創世紀》詩刊創刊十周年慶，頒發詩創作獎，由葉維廉、金炳興獲得。

·一九六五年（民國五十四年）

一月

卅一日　由中國青年反共救國團舉辦的第一屆「中國青年文藝獎金」新詩類由瘂弦獲得。

六月

本　月　詩人《覃子豪全集》第一冊（詩），於本月出版。第二冊（詩論）於一九六八年六月出版。第三冊（譯詩及其他），於一九七四年十月出版。

七月

十五日　《葡萄園》詩刊三周年頒發「葡萄園第一屆新詩獎」。第一名從缺，第二名林佛兒，第三名晶晶、林泉、洪流文。

十月

卅一日　第一屆國軍新文藝金像獎頒獎，長詩金像獎古丁〈革命之歌〉，銀像獎王祿松〈河山春曉〉，銅像獎沙軍〈毋忘在莒〉。朗誦詩金、銀、銅獎，由魯蛟、張拓蕪、菩提獲得。

·一九六六年（民國五十五年）

三月

廿六日　由《前衛雜誌》、詩人辛鬱共同策劃的「第一屆現代藝術季」，假臺北中美文經協會舉行，計有詩展、詩座談、詩朗誦等活動。次年又舉辦第二屆。

廿九日　由《幼獅文藝》、《現代文學》、《笠》、

《劇場》等雜誌共同贊助的「現代詩展」，於臺北西門町圓環舉行，共展出吳瀛濤等十七位詩人的作品。

・一九六七年（民國五十六年）

七月

本　月　詩人羅門〈麥堅利堡〉一詩，獲得菲總統馬可仕金牌獎。

十一月

十二日　「中華民國新詩學會」正式成立，以研究開拓我國當前新詩機運為宗旨。其前身為「中國詩人聯誼會」。

・一九六八年（民國五十七年）

一月

一　日　國立臺灣師範大學《噴泉詩刊》創刊，藍影主編，大荒、秦嶽、陳慧樺為編委，共出版十二期。

七月

七　日　羊令野主編《詩隊伍》雙周刊，借《青年戰士報》副刊創刊，共發行十五載，至一九八三年十二月休刊。

・一九六九年（民國五十八年）

三月

本　月　後浪詩社於中部正式創立，由蘇紹連、蕭文煌、司徒門發起，以後陸續加入莫渝、陳義芝、蕭蕭、李國耀等人。

六月

十五日　《笠》詩刊假臺北新光產物保險公司四樓舉行創刊五周年暨第一屆詩獎頒獎典禮。創作獎：周夢蝶。評論獎：李英豪。翻譯獎：陳千武。

本　月　《幼獅文藝》月刊第一八六期「詩專號」出版，由瘂弦主選。

・一九七〇年（民國五十九年）

一月

十三日　由多位詩人共同組織的「詩宗社」在臺北舉行「初生酒會」，詩宗叢刊第一號《雪之臉》（洛夫主編）同時出版。

十二月

廿七日　中國新詩學會為慶祝建國六十年，假臺灣藝術館舉行一項規模盛大的「新詩朗誦會」。其中以師大同學合誦的〈草原的呼喚〉至為感人。

・一九七一年（民國六十年）

一月

一　日　龍族詩社成立，由辛牧、施善繼、蕭蕭、林煥彰、陳芳明、喬林、景翔、高上秦、蘇紹連、林佛兒等組成。三月三日《龍族詩刊》季刊創刊，共出刊十六期。

三月

十三日　第一屆「詩宗獎」頒獎由葉珊（楊牧）的〈十二星象練習曲〉獲得。

六月

十五日　主流詩社成立，由黃勁連、羊子喬、龔顯宗、凱若、杜皓暉、德亮、莊金國、李男等組成。七月卅日《主流詩刊》創刊，共出刊十三期。

七月

本　月　《暴風雨》詩刊在屏東創刊，沙穗、連水淼、張堃合編，共出版十三期。

十月

十五日　山水詩社於高雄成立，由白浪萍、阜東、朱沉冬、張綉綺、李春生、李冰、謝碧修、呂錦堂等組成，並創刊《山水詩刊》，共出刊十六期。

・一九七二年（民國六十一年）

一月

本　月　洛夫、白萩等編《中國現代文學大系・詩卷》（一九五〇～一九七〇）二輯，由巨人出版社出版。

十一月

本　月　第一屆吳濁流新詩獎由岩上獲得。

・一九七三年（民國六十二年）

二月

五　日　葡萄園詩社假澄清湖畔舉行「南部詩人聯誼會」，由閔垠主持，到有李冰等五十餘人，有座談及詩朗誦。

十一月

十二日　「第二屆世界詩人大會」假臺北圓山大飯店舉行，由鍾鼎文負責籌劃，全世界各國詩人約三百人與會，發表多篇論文，舉辦座談、朗誦及詩畫展。

・一九七四年（民國六十三年）

一月

一　日　《秋水詩刊》創刊，由古丁、涂靜怡主編。

六月

廿三日　旅越詩人吳望堯設的「中國現代詩

獎」，舉行第一屆頒獎儀式，由葉公超頒獎，紀弦獲特別獎，羅青獲詩創作獎。第二年又舉辦第二屆，由管管、吳晟獲獎。

本　月　《中外文學》第廿五期「詩專號」出版，由余光中、楊牧主選。

十一月

八　日　《創世紀》詩刊慶祝創刊廿周年，特舉行詩朗誦會及贈獎典禮。蕭蕭、張漢良獲詩評論獎，蘇紹連、季野獲詩創作獎。

・一九七五年（民國六十四年）

五月

本　月　草根詩社在臺北成立，同仁有張香華、羅青、李男、詹澈等。同時出版《草根詩刊》，至四十二期休刊。

十月

卅一日　《大海洋詩刊》創刊，由朱學恕、沙白、汪啟疆等主編，強調發展海洋文學。

・一九七六年（民國六十五年）

六月

一　日　臺大「現代詩社」主辦的「第一屆現代詩歌實驗發表會」，當晚假學生活動中心舉行，演出苦苓、羅智成、楊澤等十餘人的詩作，由顏元叔、張漢良指導，頗有創意。

七月

廿五日　《詩脈》季刊在南投創刊，由岩上主編，共出版九期。

・一九七七年（民國六十六年）

五月

一日　《詩潮》創刊，高準、丁潁主編，共出版七期。

十四日　教育部委託中國新詩學會舉辦「大專院校學生新詩創作獎」揭曉，第一名向陽，第二名羊子喬，第三名丘昌泰。

六月

本月　《中華文藝》月刊第七十六期「詩專號」出版，由洛夫主選。

・一九七八年（民國六十七年）

一月

一日　《山水詩選》出版，由朱沉冬、李冰、白浪萍、李春生、張綉綺合編，為《山水詩刊》發表詩作的選集。

本月　《風燈》詩頁於北港創刊，四開報紙型，由楊子澗主編。

六月

本月　《綠地詩刊》第十一期，出刊「中國當代青年詩人大展專號」，展出王灝、渡也等九十七家詩作，由傅文正主選。

・一九七九年（民國六十八年）

一月

本月　《掌門》詩季刊創刊，社長古能豪，主編陳文銓，共出刊九期。

五月

本月　羅青編《小詩三百首》二冊，由爾雅出版社出版。

九月

卅日 《中國時報》文學獎，自本年第二屆起設置敘事詩獎，獲敘事詩首獎為白靈的長詩〈黑洞〉。

十一月

本月 張漢良、蕭蕭編著《現代詩導讀》五大冊，由故鄉出版社出版。

十二月

本月 《陽光小集》創刊，莊錫釗、苦苓、向陽、張雪映主編，共出刊十三期。

・一九八〇年（民國六十九年）

五月

一日 詩人周夢蝶因胃出血住進榮總治療，他設在武昌街廿一載的書攤隨之結束，從此臺北街頭再沒有詩人的「孤獨國」。

六月

十二日 由聯合副刊舉辦「水調歌頭」（詩與歌之夜），在碧潭水上舟中舉行，應邀參加的詩人有羊令野、洛夫、辛鬱、張默、羅青；民歌手楊弦、張弼、鍾少蘭、韓正皓、吳統雄；散文家琦君。

八月

十七日 《葡萄園》詩刊舉行創刊十八周年酒會，並頒發詩評論獎，由李春生《現代詩九論》獲得。

・一九八一年（民國七十年）

六月

本月 張默編《剪成碧玉葉層層》，卅年來第一部女詩人選集，由爾雅出版社出版。

十二月

本　月　中日韓三國六詩人白萩、桓夫（中），秋谷豐、高橋喜久晴（日），具常、金光林（韓）合編《亞洲現代詩集》第一集，在東京出版，共收一〇五位亞洲各國詩人的作品，以中日韓英四種文字呈現。我國詩人有鍾鼎文等廿四位入選。

·一九八二年（民國七十一年）

五月

本　月　《臺灣文藝》第七十六期「詩專號」出版，由李魁賢主選。

六月

本　月　《現代詩》季刊復刊，發行人羅行，社長羊令野，主編梅新。

八月

本　月　《葡萄園》詩刊舉行創刊廿周年茶會，並出版《葡萄園詩選》（文曉村編）。

十月

十　日　《詩人坊》創刊，謝秀宗、郭成義主編，約出刊七期。

·一九八三年（民國七十二年）

二月

本　月　李魁賢主編《一九八二年臺灣詩選》，由前衛出版社出版。

三月

本　月　張默主編《七十一年詩選》，由爾雅出版社出版。到民國八十年，爾雅版年度詩選共出版十集。自八十一年由現代詩社接手，迄今共出版七集。採輪編制。

五月

一　日　自立副刊和笠詩社合辦「藍星、創世紀、笠」三角討論會，假臺北四季餐廳舉行，討論「現代派以後詩壇的演進」和「主要社團運動的影響」兩大課題。

七月

十七日　《春秋小集》，借嘉義《商工日報》副刊版面創刊，每月第三周日出刊，李瑞騰主編，約出版卅多期。

・一九八四年（民國七十三年）

四月

本　月　《中外文學》月刊第一屆「現代詩獎」揭曉，分由李渡予、夏宇、劉克襄獲前三名。遊喚、江中明、苦苓獲優選獎。

六月

三　日　《文訊》月刊與《商工日報》合辦首屆「現代詩學研討會」，假「文苑」舉行，羅青、渡也、向陽、游喚等四人發表論文。

十月

六　日　《創世紀》創刊卅周年詩獎頒獎。詩創作獎：周鼎、沙穗、夏宇、林彧。詩評論獎：林亨泰。
國立中央圖書館主辦「現代詩三十年展」。

十　日　《藍星詩刊》創刊，發行人余光中，主編向明，九歌出版社出版，共出刊卅二期。

・一九八五年（民國七十四年）

二月

本　月　由朱學恕等主編《中國海洋詩選》出版。

六月

本　月　由白靈、杜十三策劃的「一九八五中國現代詩季」於臺北新象藝廊揭幕，舉辦多項新穎的詩的演出。

十二月

本　月　陳慧樺主編《心臟詩選》，由心臟詩社出版。

・一九八六年（民國七十五年）

三月

十六日　笠詩社舉行《臺灣詩人選集》出版酒會，李敏勇主持，巫永福等卅位詩人詩集卅冊一次出版。

六月

本　月　張健、羅門編《星空無限藍——藍星詩選》，由九歌出版社出版。

八月

十　日　《文訊》月刊主辦的「第二屆現代詩學研討會」，假「文苑」舉行一天。計有鄭明娳、孟樊、林燿德、劉裘蒂、許悔之等人發表論文。

・一九八七年（民國七十六年）

三月

十一日　表演家趙天福，首次在臺北春之藝廊發表「貧窮詩劇場」，獨自表演廿位現代詩人的詩作。

廿九日　《新陸》創刊，由王志堃主編，歷經改組為《新陸現代詩誌》，由張國治、徐望雲、楊平等分別主編。

九月

廿八日　《曼陀羅》詩雜誌創刊，楊維晨主編，約出版十二期。

・一九八八年（民國七十七年）

一月

十四日　「第三屆亞洲詩人會議」，由笠詩社主辦，為期四天，以「詩人在亞洲發展中的角色」為主題，發表多篇論文。

八月

本　月　《臺北評論》第六期「當代詩專輯」出版，由羅青、林燿德、黃智溶主選。

十月

本　月　海風詩社在鹿港成立，由杜潘芳格、羊子喬、劉克襄、李篤恭任顧問。

・一九八九年（民國七十八年）

一月

一　日　《秋水詩刊》創刊十五周年茶會，綠蒂、涂靜怡主持。現場並展出該刊成長紀錄資料。代表該刊耕耘十五年的成果《秋水詩選》於七月中出版。

五月

本　月　張默、白靈、向陽編《中華現代文學大系・詩卷》（一九七〇～一九八九）二冊，由九歌出版社出版。

九月

本　月　中國新詩學會會刊《新詩學報》創刊，發行人鍾鼎文，主編綠蒂、劉菲。

・一九九〇年（民國七十九年）

九月

十六日　由杜十三、林燿德共同策劃的「詩與新環境」多媒體展演系列，假「誠品書店」展出一個月。分視覺詩、聽覺詩、文學詩等多項活動。

・一九九一年（民國八十年）

六月

十五日　由《天下雜誌》等七家企業，聯合假臺北「松江詩園」廣場舉行「詩的交響夜」，演出多位詩人的名作。

八月

十五日　第一本臺語詩刊《蕃薯詩刊》創刊，收黃恆秋、向陽等多家評論與詩作。

本　月　《現代詩》季刊贊助出版第一本詩集，由黃廣青的《受難前書》獲得。《海鷗詩刊》復刊，由李春生主編。《世界詩集》雙周刊，借《世界論壇報》副刊版面創刊，由劉菲主編。

十月

本　月　詩人陳千武獲頒第一屆「榮後臺灣詩獎」。

・一九九二年（民國八十一年）

六月

五　日　藍星詩社主辦的「屈原詩獎」今天頒獎。首獎匡國泰，二獎孫維民，三獎孫謙。佳作馮傑、方群、徐望雲。

八月

七　日　由洛夫發起「詩的星期五」，每月第一個周五晚上假臺北「誠品書店」舉行，首場由洛夫、辛鬱擔綱，採詩朗誦、講解、座談三段式進行。此項活動約持續三年多，共辦卅八場，有六十餘位詩人參加演出。

九月

本月 文曉村主編的《葡萄園三十周年詩選》，由文史哲出版社出版。

由趙天儀、李魁賢、李敏勇、陳明台、鄭烱明合編《混聲合唱——笠詩選》，由文學臺灣雜誌社出版。

十二月

本月 《臺灣詩學》季刊創刊，由尹玲、白靈、向明、李瑞騰、渡也、游喚、蘇紹連、蕭蕭等八人集資創辦。該刊並適時舉辦「現代名詩講座」、「挑戰詩人」等多項活動。

・一九九三年（民國八十二年）

五月

十五日 彰化師範大學主辦的「第一屆現代詩學研討會」今日舉行，由李威熊主持，林燿德、李豐楙、莫渝、也斯、王浩威、楊文雄、焦桐、白靈等人發表論文。

六月

廿四日 「八十一（一九九二）年年度詩獎」，由原住民詩人瓦歷斯・尤幹獲得。

八月

廿五日 《現代詩》季刊慶祝四十周年，假臺北「誠品書店」舉行面對詩人、詩的演出、對談、朗誦等多項詩的活動，由梅新總策劃。

十二月

十八日　《秋水詩刊》創刊廿周年，涂靜怡主編《悠悠秋水》詩選出版。

‧一九九四年（民國八十三年）

三月

一　日　大海洋詩社慶祝成立廿周年，由朱學恕領軍假高雄「仁愛之家」舉辦多項詩活動。

六月

一　日　由《文訊》雜誌主辦的「九〇年代前期臺灣十件詩事」票選活動揭曉，十件詩事依得票多寡分列如下：

‧詩人與詩評家走向大眾，朗誦及詮釋作品（「詩的星期五」、「現代名詩講座」）。

‧張默編《臺灣現代詩編目》出版。

‧國立彰化師大成立「現代詩研究中心」，舉辦「現代詩學研討會」。

‧笠詩社出版《臺灣詩庫》。

‧爾雅出版社《年度詩選》停辦。

‧第一本臺灣文學刊物《蕃薯詩刊》創刊。

‧中視推出公共電視節目「現代詩情」。

‧《臺灣詩學》季刊創刊號製作「大陸的臺灣詩學」專題，在大陸詩壇引發極大爭議。

‧九歌版《藍星詩刊》休刊。

‧正中書局出版《中國新詩淵藪》（王

志健編著）引發著作權糾紛。

七月

本　月　《植物園》詩學季刊創刊，楊宗翰、何雅雯主編。

八月

本　月　詩人《李莎全集》上、下冊，李春生、文曉村編訂，由海鷗詩社出版。

九月

十　日　《創世紀》詩雜誌慶祝四十周年，假誠品書店舉辦一系列活動。包括頒贈詩創作獎，由沈志方、于堅、渡也、杜十三、葦鳴、雨田獲得。現代詩研討會，由葉維廉、簡政珍、蕭蕭、陳慧樺、孟樊、游喚發表論文。另有綜合座談、詩朗誦等相關活動。

十一月

廿二日　獨身詩人羊令野，於十月四日因心臟衰竭辭世，享年七十二歲。詩壇老友特於今日假臺北市立第二殯儀館為他舉行追悼會，倍極哀思。

・一九九五年（民國八十四年）

三月

四日～五月廿七日　由文建會贊助，文訊雜誌社主辦的「臺灣現代詩史研討會」，從「日據時代」、「五〇年代」、「六〇年代」、「七〇年代」、「八〇年代」到「九〇年代」，共舉辦六場，發表論文卅篇，引言十八篇。共有六十多位詩人學者參加撰文行列，是一項規模空前、設計周密的學術研討會。

四月

本　月　羅門著《羅門創作大系》十冊，由文史哲出版社出版。

八月

廿四～廿八日　「九五亞洲詩人會議」由笠詩社主辦，假日月潭教師會館舉行，有來自各國的詩人代表一八〇人參加，大會主題「邁向廿一世紀的詩文學」，計有九篇論文發表。

九月

八　日　九歌版，張默、蕭蕭編《新詩三百首》（一九一七～一九九五）出版，今日舉行發表會。

・一九九六年（民國八十五年）

一月

八　日　青年詩人林燿德因突發性心肌梗塞辭世，享年卅四歲。

三月

本　月　黃恆秋、龔萬灶編選的《客家臺語詩選》，由臺灣客家文史工作室印行。

六月

九　日　由傳神工作坊沈萌華編輯完成的《巫永福全集》十五冊，今天下午假臺北臺大校友樓舉行發表會。

八月

卅一日　由中國詩歌藝術學會主辦的「第一屆詩歌藝術獎」，得主是：詩歌藝術貢獻獎鍾鼎文、紀弦。詩創作獎尹玲。

詩刊編輯獎向明、涂靜怡。

九月

十六日　文建會主辦的「秋詩翩翩——生活、詩與歌的饗宴」，於臺北大安森林公園舉行，向陽、莫那能，席慕蓉等應邀朗誦詩作。

本　月　《臺灣日報》副刊，在路寒袖的策劃下，開闢「臺灣日日詩」，每天刊登新詩一首，極具創意，迄今從未間斷。

・一九九七年（民國八十六年）

一月

本　月　《乾坤詩刊》創刊，藍雲主編。

五月

本　月　李魁賢編訂的女詩人《陳秀喜全集》十冊，由新竹市立文化中心出版。

六月

七　日　由《雙子星人文詩刊》主辦的「雙子星第一屆新詩獎」揭曉，五位得獎者是余怒、葉匡政、魯鳴、洪正壹、吳佩珊。

七月

廿七日　創世紀詩社假臺北舉辦「青年詩人創世紀」講談會，由陳大為、丁威仁、楊宗翰、黃粱四人發表論文。

八月

十八日　詩人周夢蝶獲第一屆國家文藝獎「文學類」獎章。

十月

十　日　詩人梅新因病於榮總辭世，享年六十四歲。現代詩社特於十二月廿五日下午假中國文協舉辦「詩人梅新紀念會」，余光中曾稱許「梅新的詩藝老而愈醇」。

・一九九八年（民國八十七年）

九月

廿六日　中國詩歌藝術學會主辦「兩岸詩刊學術研討會」在臺北登場，計有羅行、張健、丁威仁、文曉村、莫渝、涂靜怡等十餘人發表論文。

本　月　呂興昌編訂的《林亨泰全集》十冊，由彰化縣立文化中心出版。

十月

廿四日　一項定名為「詩的播種者」追念覃子豪、羊令野、沙牧、梅新四位詩人逝世紀念會，假中國文協大廳舉行，由王聿均、司馬中原、瘂弦、尉天驄分別簡述四人的生平，並朗誦他們的詩作，歷二小時結束。

卅　日　今年重九（十月廿八日）為詩人余光中七十壽誕，除中山大學於廿三日舉行一場「重九的午後」暖壽活動。九歌出版社亦於本日下午假臺北福華飯店舉行《與永恆對壘》三書發表會，以示慶賀。

十一月

一　日　女鯨詩社創立，十二位創社女詩人是王麗華、江文瑜、李元貞、利玉芳、沈花末、杜潘芳格、海瑩、陳玉玲、張芳慈、劉毓秀、蕭泰、顏艾琳。代表她們創社的詩選集《詩在女鯨躍身擊浪時》，於同日由書林出版公司出版。

・一九九九年（民國八十八年）

二月

本　月　由文建會與聯合副刊合辦的「臺灣文學經典」書目卅種，已於本月初正式出爐。其中新詩類共有七冊詩集獲選，包括鄭愁予《鄭愁予詩集》、瘂弦《深淵》、余光中《與永恆拔河》、周夢蝶《孤獨國》、洛夫《魔歌》、楊牧《傳說》、商禽《夢或者黎明》。

四月

本　月　《文訊》雜誌第一六二期策劃「當文學遇上網路」專輯。須文蔚在卷前〈淺談本土網路文學的現況與隱憂〉中直指：「當前網路文化最大的問題，莫過於許多人把網路當作新的行銷管道，讀者面對密密麻麻的分類廣告，勢必迷失在膚淺的商業宣傳中，而失去對文學的興趣。」陳宛蓉編的〈文學網站分類目錄〉，特將現代詩部分網站列名如下：水若的現代詩選、維哥的詩集、種子詩園、幸福地下道、詩島、代橘Elea、詩之天堂、林彧之驛、生命空間、須文蔚的家、鄭愁予的詩、向陽工坊、陳黎文字倉庫、秋心工作室（以上個人）。詩路——臺灣現代詩網路聯盟、心詩小站、掌門詩學社、火狼之巢、雙子星人文詩刊、雨舍、停詩間、創世紀詩雜誌、若水詩路、心情驛站（以上團體）。

五月

本　月　中國新詩學會策劃，綠蒂、一信主編的《詩報》創刊。

七月

四　日　由中國詩歌藝術學會主辦的「兩岸女性詩歌學術研討會」，假臺北師大綜合大樓國際會議廳舉行，計有趙遐秋、李元貞、呂進、洪淑苓、宋穎豪、樊洛平、尹玲、巴莫曲布嫫等發表論文。

十月

八　日　由瘂弦主編的《天下詩選》二冊，天下遠見公司在臺北舉行發表會，會中邀請大荒、杜十三、向陽、許悔之、顏艾琳等人朗誦為九二一震災而寫的詩作。

三十日　《創世紀》詩刊今日舉行創刊四十五周年茶會，計有須文蔚、劉坤仁、紀小樣、張仰賢、張慶麟等獲頒詩創作獎。

十二月

廿五日　文建會策劃，中國新詩學會主辦的「詩迎千禧年」活動，今晚假臺北圓山飯店舉行。徵詩有黃翔等人入選，詩展有余光中等人參展。另優良詩刊第一次徵選，依次為《創世紀》、《臺灣詩學》、《笠》、《葡萄園》、《中華詩刊》等獲獎。

・二〇〇〇年（民國八十九年）

一月

一　日　杜十三出版詩集《石頭悲傷而成為玉》（世紀末詩篇），分手工限量版及有聲版兩種形式。並於一九九九年十二月卅一日晚上十一時（亦即跨千禧）到凌晨一時卅分，假誠品書店舉行發表會，有管管、白靈、趙天福、李泰祥參與演出。

四月

二　日　《八十八年詩選》假臺北舉行出版茶會，資深詩人余光中、向明、商禽、張默、辛鬱等在茶會中公開宣佈，自現在起，「年度詩選」編選事宜由中生代詩人蕭蕭、白靈、陳義芝、焦桐正式接棒，另組編委會，展開下一世紀的編選工程。

五　日　由蕭蕭主編爾雅版的《世紀詩選》，採統一規格，共推出十二冊，依次是周夢蝶、洛夫、向明、管管、商禽、張默、辛鬱、席慕蓉、蕭蕭、白靈、陳義芝、焦桐。

六月

四　日　迎向新世紀——臺灣新世代詩人會談，由中央大學中文系、《臺灣詩學》季刊主辦，假臺北耕莘文教院舉行，計有李瑞騰、鄭慧如、顏瑞芬、林于弘、須文蔚等參加討論。

七月

一　日　《秋水詩刊》假臺北舉行創刊廿五周年茶會，由涂靜怡主編的《浩浩秋水》

詩選同時出版。

八月

六　日　楊雲萍逝世，他是臺灣第一期新文學運動重要詩人。

十九日　臺灣現代詩研討會，假國家圖書館舉行，由臺灣文學協會、輔仁大學文學院合辦，計有焦桐、洪淑苓、是永駿、陳千武、李癸雲、陳大為發表論文。另有張默、陳義芝、許悔之、唐捐、顏艾琳參加討論。

九月

十五日　《九月悲歌——九二一大地震詩歌集》，鄭素卿、曹美良編，南投縣文化局出版。

廿三日　《笠》詩學術研討會，假臺灣師範大學國際會議廳舉行，由巫永福文化基金會主辦，計有李豐楙、陳明台、林盛彬、李元貞、施懿琳、阮美惠、葉笛、龔顯宗、許俊雅發表論文。

十月

十五日　《百年震撼——九二一大地震詩歌集》，台客主編，詩藝文社出版。

十二月

四　日　臺灣當代詩史及史論座談會，由中研院文哲所主辦，「人間」副刊協辦，假誠品書店舉行，上半場為「當代詩史書寫與史觀」，瘂弦主持，李瑞騰、李元貞、陳芳明、焦桐、向陽、向明引言。下半場為「當代新詩理論與實際」，李豐楙主持，陳鵬翔、李敏勇、鄭慧如、陳千武、陳義芝、楊澤引言。現場情況熱烈，為廿世紀臺灣新詩劃下美麗的句點（本座談會由應鳳凰女士策劃執行）。

十六～廿三日　二〇〇〇年臺北首屆詩歌節展開為期八天的活動，以「半個城市都在讀詩」為主題，計有詩歌舞大地、詩人第一本詩集展、尋找失蹤人口、詩城元年研討等。

·二〇〇一年（民國九十年）

四月

廿一日　由中壯輩詩人蕭蕭接棒主編的《八十九年詩選》出版茶會，假臺北金橋圖書公司舉行，今年獲得年度詩獎為隱地、李元貞，他倆分別從周夢蝶、杜潘芳格手中接獲獎牌，倍感親切。

六月

十　日　由瘂弦創議，攝影家柯錫杰「為這一代詩人造像」，本晚假臺北信義路柯的工作室分批進行，每五人一組，整整花了約一七〇分鐘，參加者為巫永福、鍾鼎文到涂靜怡、劉延湘等四十四人。將來製作合成一張團體照，一字排開，與本人一樣大小，十分壯觀。

八月

一　日　由馬悅然、奚密、向陽主編的《廿世紀臺灣詩選》中文版，由麥田出版。共選從楊華到許悔之等五十位詩人的佳作。另英文版，則於四月間由美國哥倫比亞大學出版部印行，大陸簡體字版本也在進行中。

十四日　洛夫長詩《漂木》，由聯合文學出版，本日下午假臺北舉行發表會，洛夫親自主持，到場有老友多人。

九月

十四～廿三日　二〇〇一臺北國際詩歌節登場，由聯合文學主辦，除開幕酒會隆重舉行外，其他包括研討會、朗誦會、專題演講，均因颱風來襲而作罷。市府中庭展出的臺灣新詩集、詩刊，約一千餘冊，是向中央大學中文系洽借的。另大會印行的《向歲月致敬——臺灣前輩詩人攝影集》（陳文發攝影）、書籤、明信片等等則如期出版。原擬來華的美國黑人詩人沃克特，也因紐約「雙塔」事件而取消，大陸詩人舒婷、于堅也因手續趕辦不及而爽約。這是一次未完成的詩歌盛會，十分可惜。

十一月

三　日　詩人林亨泰作品研討會，假淡水真理大學舉行，計有郭楓、蕭蕭、趙天儀、三木直大、孟佑寧發表論文，李魁賢、白靈、向陽參加座談。

十二月

十五日　須文蔚、代橘編《網路新詩紀——詩路二〇〇〇年詩選》，由未來書城出版，計選從〇東左到流零等六十一家詩作。分由鴻鴻、羅任玲、顏艾琳、蘇紹連、鄭慧如、李進文、唐捐撰寫短評。

・二〇〇二年（民國九十一年）

一月

二　日　《紀弦回憶錄》三卷，由聯合文學出版，本日下午臺北老友包括商禽、辛鬱、管管、魯蛟、向明、丁文智、大荒、張默、麥穗、黃荷生、邱平、碧果等，假大安森林公園雅集，慶祝這套書出版，並特別感謝臺北市文化局的專款贊助。

十三日　明秋水（一九一九～二〇〇二）逝世。著有八十自選集《追尋永生的舊曲》。

四月

廿四日　中國海洋文學座談會，假高雄海洋技術學院召開，計有兩岸詩人學者余光中、文曉村、張永健、邱紫華、麥穗、彩羽等數十人與會。一部由朱學恕、汪啟疆主編的《廿世紀海洋詩精品賞析精選集》同時出版，計選一三二位華文海洋詩作數百首，為大海洋詩社獻給愛詩人的禮物。

五月

五　日　洛夫以三千行長詩《漂木》，宋澤萊以臺語詩集《一枝煎匙》，獲九十年年度詩獎。

青年詩人曾琮琇、林婉瑜、若驩、張瓊方、紫鵑、何亭慧、吳文超、劉明蓁等獲中國新詩學會九十年度優秀詩人獎。

七月

廿一日 《乾坤詩選——拼貼的版圖》(一九九七~二〇〇二),假臺北舉行發表會,藍雲主持,到有鍾鼎文到解昆樺三代詩人近百人。

廿八日 《中英對照短詩選》發表會,在臺北舉行,從鍾鼎文(一九一四~)到楊寒(一九七七~)共五十家,每人一冊,各門各派,風格多樣,譯筆流暢,裝幀精美。總策劃傅天虹,主編張默,英文校讀宋穎豪,顧問向明、文曉村共同協力編成,由香港銀河出版社與詩人集資一次推出,確屬臺灣新詩界的創舉,今天集會,到了八十餘人。

九月

七　日 《葡萄園》詩刊四十周年酒會,原訂本日上午舉行,因辛樂克颱風來襲而取消,由台客主編的《不惑之歌——葡萄園四十年詩選》,收兩岸三地詩人作品,仍適時出版。

廿九日 獲諾貝爾桂冠詩人德瑞克・沃克特(Derek Walcott),在聯合文學的邀約下,繼續去年國際詩歌節未完的行程,於廿七日來臺,本日下午在臺北與詩人余光中、楊牧、鄭愁予、施家彰舉行「島與島的呼喚——圓桌論壇」,由奚密主持。又於十月一日與高行健舉行世紀對話,同時接受臺大外文系廖咸浩的邀約,到該校與同學們談詩。

十月

十八～廿六日　二〇〇二臺北詩歌節，於十八日晚間假中山堂舉行開幕酒會，正式展開多項活動。計有數位詩展、讀詩的九十九種方法、外勞詩會，向陽、鴻鴻、陳黎、陳克華、夏宇之夜，須文蔚與數位詩人，六年級詩人同學會，最後壓軸是煉金術士的降靈會——詩人之夜。本次承辦單位象形文字傳播公司，總策劃羅智成。

十九～廿日　李魁賢文學作品討論會，假高雄中正文化中心舉行，由文學臺灣基金會主辦，計有陳義芝、穆罕默德・法赫魯定、托馬斯・肯普、陳明台、三木直大、許達然、彭瑞金、江寶釵發表論文，鄭烱明、李敏勇、郭楓參加座談。

本文參考資料：

一、林瑞明編〈臺灣文學史年表II（一八九五～一九四五）〉，本表附錄於《臺灣文學史綱》（葉石濤著）書末，一九九一年九月，文學界雜誌社出版。

二、羊子喬撰〈光復前臺灣新詩論〉，該文為《亂都之戀》（光復前臺灣文學全集9）之前言。該書由羊子喬、陳千武主編，均係詩集，共四冊，另三冊為《廣闊的海》、《森林的彼方》、《望鄉》，一九八二年五月，遠景出版公司出版。

三、葉笛撰〈日據時代臺灣詩壇的超現實主義運動——風車詩社的詩運動〉，本文收錄於《臺灣現代詩史論》，封德屏主編，一九九六年三月，文訊雜誌社出版。

四、趙天儀撰〈臺灣新詩的出發——淺論張我軍與王白淵的詩及其風格〉，本文收錄於《臺灣現代詩史論》。

五、林煥彰編《近三十年新詩書目》，一九七六年二月，書評書目出版社出版。

六、張默編《臺灣現代詩編目》修訂本，一九九六年一月，爾雅出版社出版。

七、文建會編印《光復後臺灣地區文壇大事紀要》（民國三十四～八十年），一九九五年六月二版。

八、張默、張漢良編《創世紀四十年總目》（一九五四～一九九四），一九九四年九月，創世紀詩社出版。

九、吳政上、陳鴻森編《笠詩刊三十年總目》（一九六四～一九九四），一九九五年十月，春暉出版社發行。

十、賴益成編《葡萄園目錄》（一九六二～一九九七），一九九七年十一月，詩藝文出版社出版。

十一、文訊雜誌社編印《一九九六臺灣文學年鑑》，一九九七年六月，文建會出版。

十二、文訊雜誌社編印《一九九七臺灣文學年鑑》，一九九八年六月，文建會出版。

十三、舒蘭著《中國新詩史話》第三冊（全書共四冊），一九九八年十月，渤海堂文化公司出版。

十四、前瞻公關公司編印《二〇〇〇臺灣文學年鑑》，二〇〇二年四月，文建會出版。

（又本編一九〇一～一九四三年大事部分，曾寄請對臺灣新詩早期史料素有研究的李魁賢兄，承他百忙中過目一遍，除改正少許謬誤，並提供若干新資料，特此附筆申謝）

——原刊《文訊》月刊第一六六期，一九九九年八月

——二〇〇二年十一月中旬補充訂正

三民詩樂園

魚川讀詩　　梅新　著

身為詩人、編者兼文學愛好者，《魚川讀詩》藉著不鬆不緊、從容不迫的談論，從多角度的觀察，引領更多讀者產生對新詩閱讀的興趣，刺激詩壇煥發出另一番美景。讓您優遊於文字的川流中，享受詩情詩意的律動。

新詩補給站　　渡也　著

補給您新詩的鮮活知識，以淺易有趣、實際有效的方法，引導讀者學習寫詩讀詩；還將告訴您新詩在廣告上的運用、新詩的鑑賞與批評，及如何探求作者寫詩的動機與詩路歷程等等，給您源源不絕的新詩泉源。

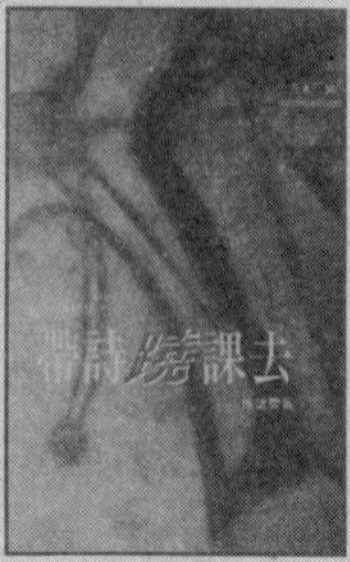

帶詩蹺課去——詩學初步　　徐望雲　著

在一成不變的生活中，是不是偶爾也想出軌一下？別忘了帶一本詩，讓她滿溢您的自由時光！本書以輕鬆的筆調、嚴肅的心情，一步步帶您揭發詩的奧妙之處，讓您了解詩學之美。

國家圖書館出版品預行編目資料

臺灣現代詩筆記／張默著.－－初版一刷.－－臺北市：三民，2004
面；　公分－－(三民叢刊：260)
ISBN 957-14-3814-6　(平裝)
1.中國詩－歷史－現代(1900-　) 2.中國詩－評論
820.9108　　　　92020669

網路書店位址　http://www.sanmin.com.tw

© 臺灣現代詩筆記

著作人　張　默
發行人　劉振強
發行所　三民書局股份有限公司
地址／臺北市復興北路386號
電話／(02)25006600
郵撥／0009998-5
印刷所　三民書局股份有限公司
門市部　復北店／臺北市復興北路386號
重南店／臺北市重慶南路一段61號
初版一刷　2004年1月
編　號　S 811100
基本定價　肆元捌角
行政院新聞局登記證局版臺業字第〇二〇〇號

ISBN　957-14-3814-6　(平裝)